PAVILLON

ROBERT LUDLUM

Das Osterman-Wochenende

Roman

Aus dem Amerikanischen
von Heinz Nagel

PAVILLON VERLAG
MÜNCHEN

Pavillon Taschenbuch
Nr. 02/379

Titel der Originalausgabe
THE OSTERMAN WEEKEND

Umwelthinweis:
Dieses Buch wurde auf
chlor- und säurefreiem Papier gedruckt.

Taschenbuchausgabe 10/2003

Der Pavillon Verlag ist ein Verlag der
Ullstein Heyne List GmbH & Co. KG
Printed in Germany 2003
Umschlagillustration: The Image Bank/Luis Veiga
Umschlaggestaltung: Nele Schütz Design, München
Druck und Bindung: Elsnerdruck, Berlin
http://www.heyne.de

ISBN: 3-453-87705-5

Teil 1

Sonntagnachmittag

1.

Saddle Valley, New Jersey, ist ein Dorf.

Zumindest fanden die Immobilienmakler und Bauträger ein Dorf, als sie Ende der dreißiger Jahre, von Alarmsignalen aus einem zerbröckelnden Manhattan der oberen Mittelklasse aufgeschreckt, in seine bewaldeten Gefilde eindrangen.

Die weiße, wappenförmige Tafel an der Valley Road trägt die Aufschrift

SADDLE VALLEY
GEGRÜNDET 1862
Willkommen

Das ›Willkommen‹ ist kleiner geschrieben als die Worte davor, denn in Wirklichkeit sind in Saddle Valley Fremde gar nicht willkommen, Fremde, wie jene Sonntagsausflügler, die den Dorfbewohnern gerne bei ihren sonntäglichen Vergnügungen zusehen. Am Sonntagnachmittag patrouillieren zwei Polizeiwagen aus Saddle Valley die Straßen.

Man könnte vielleicht noch feststellen, daß das Schild nicht lautet

SADDLE VALLEY, NEW JERSEY

oder gar

SADDLE VALLEY, N.J.

sondern nur

SADDLE VALLEY

Das Dorf akzeptiert keine höhere Autorität; es ist sein eigener Herr. Isoliert, sicher, unverletzbar.

An einem nicht weit zurückliegenden Sonntagnachmittag im Juli wirkte einer der beiden Streifenwagen aus Saddle Valley besonders gründlich. Der weiße Wagen mit den blauen Streifen rollte ein wenig schneller als gewöhnlich über die Straßen. Er fuhr von einem Ende des Dorfes zum anderen, drang in die Wohngebiete ein, auch hinter die geräumigen, geschmackvoll gestalteten Grundstücke, von denen jedes einen Acre* groß war.

Dieser Streifenwagen fiel an diesem besonderen Sonntagnachmittag einigen Bewohnern von Saddle Valley auf.

Das sollte er auch.

Das gehörte zu dem Plan.

John Tanner, bekleidet mit alten Tennisshorts, dem Hemd von gestern und Turnschuhen ohne Socken, war damit beschäftigt, seine Doppelgarage auszuräumen und hörte dabei mit halbem Ohr auf die Geräusche, die vom Pool herüberdrangen. Sein zwölfjähriger Sohn Raymond hatte Freunde zu Besuch, und Tanner ging immer wieder mal weit genug in die Einfahrt hinein, um am Hinterhof vorbei zum Pool zu sehen und sich zu vergewissern, daß bei den Kindern alles in Ordnung war. Genauer gesagt, er ging nur dann hinaus, wenn das Geschrei auf normale Gesprächslautstärke zurückging – oder wenn es gar eine Weile still war.

---

* 1 Acre = ca. 4000 Quadratmeter

Tanners Frau Alice kam mit nervtötender Regelmäßigkeit durch den Hausarbeitsraum in die Garage, um ihrem Mann zu sagen, was er als nächstes wegwerfen sollte. John warf ungern etwas weg, und die daraus folgende Ansammlung von Kram brachte sie zur Verzweiflung. Diesmal deutete sie auf einen zerbrochenen Grassammler, der seit Wochen hinten in der Garage gelegen hatte.

John bemerkte ihre Geste. »Ich könnte ihn ja auf ein Stück Schmiedeeisen montieren und ihn dem Museum of Modern Art verkaufen«, sagte er. »Überreste vergangener Ungerechtigkeiten. Vor-Gärtner-Periode.«

Alice Tanner lachte. Ihr Mann stellte wieder einmal fest, wie er das schon seit so vielen Jahren tat, daß es ein hübsches Lachen war.

»Ich leg' ihn neben die Einfahrt. Die holen das Zeug montags ab.« Alice griff nach dem Relikt.

»Schon gut. Ich mach' das schon.«

»Nein, machst du nicht. Du überlegst es dir auf halbem Wege anders.«

Ihr Mann hob das Gerät über einen Briggs-and-Stratton-Rasenmäher, während Alice sich an dem kleinen Triumph vorbeischob, den sie stolz als ihr ›Statussymbol‹ bezeichnete. Als sie anfing, den Grassammler die Einfahrt hinunterzurollen, fiel das rechte Rad ab. Beide lachten.

»Jetzt wär' der Handel mit dem Museum perfekt. Das Ding ist unwiderstehlich.«

Alice blickte auf und hörte zu lachen auf. Vierzig Meter entfernt vor ihrem Haus rollte langsam der weiße Streifenwagen den Orchard Drive hinunter.

»Heute nachmittag kümmert sich die Polizei aber gründlich um die Bauern«, sagte sie.

»Was?« Tanner hob das Rad auf und warf es in die Abfalltonne.

»Saddle Valleys Stolz ist bei der Arbeit. Das ist jetzt das zweite- oder drittemal, daß die durch den Orchard Drive fahren.«

Tanner blickte dem Streifenwagen nach. Der Fahrer, Officer Jenkins, erwiderte seinen Blick. Er winkte ihm nicht zu, auch keine Grußgeste. Nichts. Dabei waren sie miteinander bekannt, wenn nicht gar Freunde.

»Vielleicht hat der Hund letzte Nacht zu viel gebellt.«

»Unser Babysitter hat nichts gesagt.«

»Für einen Dollar fünfzig die Stunde kann man auch den Mund halten.«

»Jetzt solltest du das Ding wegstellen, Darling.« Alices Gedanken wandten sich von dem Polizeiwagen ab. »Ohne Rad wird das eine Arbeit für Papi. Ich kümmere mich um die Kinder.«

Tanner zog das klappernde Gerät hinter sich her, bis zum Straßenrand. Ein helles Licht, das etwa sechzig Meter entfernt war, zog seinen Blick auf sich. Der Orchard Drive führte in westlicher Richtung um ein paar Bäume herum. Ein paar hundert Fuß hinter der Biegung wohnten Tanners nächste Nachbarn, die Scanlans.

Das Licht, das ihm aufgefallen war, war der Reflex der Sonne von dem Streifenwagen. Er parkte jetzt am Straßenrand.

Die beiden Polizisten hatten sich in ihren Sitzen umgedreht und starrten zum Heckfenster hinaus, starrten *ihn* an, da war er ganz sicher. Ein oder zwei Sekunden lang blieb er reglos stehen. Dann setzte er sich langsam auf den Wagen zu in Bewegung. Die beiden Beamten drehten sich um, gaben Gas und rollten davon.

Tanner blickte dem Wagen verblüfft nach und ging dann langsam zu seinem Haus zurück.

Der Saddle-Valley-Polizeiwagen raste zur Peachtree Lane; dort verlangsamte er seine Fahrt und rollte wieder im Schrittempo dahin.

Richard Tremayne saß in seinem klimatisierten Wohnzimmer und sah zu, wie die Mets einen Vorsprung von sechs Runs verpatzten. Die Vorhänge der weiten Erkerfenster waren offen.

Plötzlich erhob sich Tremayne aus seinem Sessel und ging zum Fenster. Da war der Streifenwagen schon wieder. Nur, daß er sich diesmal kaum bewegte.

»Hey, Ginny!« rief er seiner Frau. »Komm mal her.«

Virginia Tremayne ging die drei Stufen ins Wohnzimmer hinunter. »Was ist denn? Du hast mich doch ganz bestimmt nicht gerufen, um mir zu sagen, daß deine Mets oder Jets etwas getroffen haben?«

»Als John und Alice gestern abend hier waren – haben da er und ich – irgend etwas gemacht? Ich meine, wir waren doch nicht zu laut oder so etwas, oder?«

»Ihr wart beide blau. Aber freundlich. Warum?«

»Ich weiß, daß wir betrunken waren. Das war auch eine lausige Woche. Aber wir haben doch nicht irgend etwas Unpassendes getan?«

»Natürlich nicht. Anwälte und Reporter sind Muster an Wohlanständigkeit. Warum fragst du?«

»Der verdammte Polizeiwagen ist jetzt zum fünften Mal vorbeigefahren.«

»Oh.« Virginia spürte, wie sich in ihrem Magen etwas verkrampfte. »Täuschst du dich auch nicht?«

»*Den* Wagen übersieht man doch am hellichten Tage nicht.«

»Nein, da hast du recht... Du hast gesagt, es sei eine miese Woche gewesen. Meinst du, daß dieser schreckliche Mann vielleicht...«

»Großer Gott, nein! Ich hab' dir doch gesagt, daß du das vergessen sollst. Er ist ein Großmaul. Er hat den Fall zu persönlich genommen.« Tremayne blickte immer noch zum Fenster hinaus. Der Polizeiwagen entfernte sich jetzt.

»Aber er hat dich bedroht. Das hast du gesagt. Er sagte, er hätte Verbindungen...«

Tremayne drehte sich langsam herum und sah seine Frau an. »Wir alle haben Verbindungen, oder? Manche, die bis in die Schweiz reichen.«

»Dick, bitte. Das ist doch absurd.«

»Natürlich ist es das. Der Wagen ist jetzt weg. Wahrscheinlich hat das Ganze nichts zu besagen. Die sollen im Oktober eine Gehaltserhöhung kriegen. Wahrscheinlich sehen sie sich nach Häusern um, die sie kaufen können. Diese Dreckskerle! Die verdienen mehr, als ich fünf Jahre nach dem Studium verdient habe.«

»Ich glaube, du bist jetzt ein wenig gereizt und verkatert.«

»Ich denke, du hast recht.«

Virginia beobachtete ihren Mann. Er starrte immer noch zum Fenster hinaus. »Das Mädchen möchte am Mittwoch frei haben. Da gehen wir zum Essen aus, einverstanden?«

»Sicher.« Er drehte sich nicht um.

Seine Frau ging wieder in den Korridor zurück. Sie sah sich nach ihrem Mann um; jetzt sah er sie an. Schweißtropfen hatten sich auf seiner Stirn gebildet. Dabei war es kühl im Zimmer.

Der Streifenwagen nahm Kurs nach Osten, auf die Route Five zu, die wichtigste Verbindungsstraße mit dem sechsundzwanzig Meilen entfernten Manhattan. An einer Stelle, von der aus man die Ausfahrt 10 A überblicken konnte, hielt er an. Der Streifenpolizist, der rechts vom Fahrer saß, holte einen Feldstecher aus dem Handschuhkasten und begann die

Fahrzeuge zu mustern, die von der Ausfahrt kamen. Es war ein Zeiss-Glas.

Nach einigen Minuten tippte er Jenkins, den Fahrer, an, der durch das offene Fenster herübersah. Er ließ sich den Feldstecher geben, hob ihn an die Augen und verfolgte den Wagen, den ihm sein Kollege gezeigt hatte. Dann sagte er nur ein Wort: »Bestätigt.«

Jenkins legte den Gang ein und fuhr in südlicher Richtung. Er nahm den Telefonhörer ab. »Hier ist Wagen zwei. Fahren in südlicher Richtung auf der Register Road. Verfolgen grünen Ford. New Yorker Kennzeichen. Mit Niggers oder P.R.s.«

Über den Lautsprecher hallte es knatternd: »Verstanden, Wagen zwei. Verjagt sie.«

»Wird gemacht. Kein Problem. Ende.«

Der Streifenwagen bog nach links und jagte die lange Rampe zur Route Five hinunter. Sobald sie auf dem Highway waren, trat Jenkins das Gaspedal bis zum Boden durch, und der Wagen kam auf der glatten Straße schnell auf Touren. Binnen sechzig Sekunden zeigte der Tachometer zweiundneunzig Meilen die Stunde an.

Vier Minuten später verlangsamte der Streifenwagen in einer langen Kurve die Fahrt. Ein paar hundert Meter hinter der Kurve standen zwei Telefonzellen, deren Glas das grelle Licht der Julisonne reflektierte.

Der Polizeiwagen kam zum Stillstand, und Jenkins' Begleiter stieg aus.

»Hast du einen Dime?«

»Ich werd verrückt, McDermott!« Jenkins lachte. »Fünfzehn Jahre bei der Firma und hast noch nicht einmal Kleingeld, um Kontakt herzustellen.«

»Schlaumeier. Ich hab' Nickel, aber einer hat einen Indianerkopf.«

»Hier.« Jenkins holte eine Münze aus der Tasche und reichte sie McDermott. »Du würdest selbst dann einen Roosevelt-Dime nicht für einen Alarmruf verwenden, wenn irgendwo eine Atomrakete unterwegs wäre.«

»Weiß ich nicht.« McDermott ging zu der Telefonzelle, schob die ächzende Türe auf und wählte ›O‹. In der Zelle war es drückend heiß, die Luft in ihr schien völlig stillzustehen. Er hielt deshalb die Tür mit dem Fuß auf.

»Ich fahr' die Straße hinunter und kehre um«, rief Jenkins vom Wagen. »Ich lass' dich auf der anderen Seite zusteigen.«

»Okay... Vermittlung. R-Gespräch nach New Hampshire. Vorwahl drei-eins-zwei. Sechs-fünf-vier-null-null. Mr. Leather.«

Er hatte ganz deutlich gesprochen. McDermott hatte ein Gespräch nach New Hampshire bestellt, und das Mädchen in der Vermittlung stellte es auch durch. Was sie nicht wissen konnte, war, daß diese spezielle Nummer nicht dazu führte, daß ein Telefon im Staate New Hampshire klingelte. Vielmehr wurde irgendwo unter der Erde, in einem riesigen Komplex mit Tausenden von Leitungen ein winziges Relais ausgelöst, und eine kleine magnetisierte Stange fiel herunter und stellte eine andere Verbindung her. Diese Verbindung führte dazu, daß ein Telefon, das zweihundertdreiundsechzig Meilen *südlich* von Saddle Valley, New Jersey, stand, nicht etwa klingelte, sondern leise summte.

Das Telefon befand sich in einem Büro im ersten Stock eines roten Ziegelgebäudes, das von einem zwölf Fuß hohen, mit Strom geladenen Zaun umgeben war. Das Gebäude gehörte zu einer Gruppe von zehn ähnlichen Gebäuden, die alle miteinander verbunden waren und daher einen einzigen Komplex bildeten. Außerhalb der Umfriedung stand dicht belaubter Wald. Es handelte sich um McLean, Virginia. Der

Komplex beherbergte die Central Intelligence Agency. Isoliert, sicher, unverletzbar.

Der Mann, der in dem Büro im ersten Stock hinter dem Schreibtisch saß, drückte erleichtert seine Zigarette aus. Er hatte unruhig auf den Anruf gewartet. Er stellte befriedigt fest, daß die kleinen Räder des Aufnahmegerätes sich automatisch zu drehen begannen. Er nahm den Hörer ab.

»Hier spricht Andrews. Ja, ich nehme das R-Gespräch an.«

»Hier Leather«, hallte es an sein Ohr.

»Geht klar. Band läuft, Leather.«

»Bestätige Anwesenheit aller Verdächtigen. Die Cardones sind gerade vom Kennedy Airport eingetroffen.«

»Wir wußten, daß er gelandet ist...«

»Warum zum Teufel mußten wir dann hierher rasen?«

»Die Fünf ist eine ziemlich miese Straße. Er hätte einen Unfall haben können.«

»Am Sonntagnachmittag?«

»Oder zu jeder beliebigen anderen Zeit. Wollen Sie die Unfallstatistiken für diese Strecke?«

»Gehen Sie doch zu Ihren verdammten Computern zurück...«

Andrews zuckte die Achseln. Diese Außendienstler regten sich dauernd über alles mögliche auf. »Wie ich Ihrem Bericht entnehme, sind alle drei Verdächtigten anwesend. Korrekt?«

»Korrekt. Die Tanners, die Tremaynes und die Cardones. Alle anwesend. Alle warten. Die ersten zwei haben wir scharf gemacht. Jetzt kümmern wir uns in ein paar Minuten um Cardone.«

»Sonst noch etwas?«

»Für den Augenblick nicht.«

»Wie geht's der Frau?«

»Jenkins hat es gut. Der ist Junggeselle. Lillian starrt dauernd diese Häuser an und will eines haben.«

»Nicht bei unserem Gehalt, McDermott.«

»Sag' ich ihr ja auch immer. Sie will, daß ich abhaue.«

Andrews ging auf McDermotts Witz ein. »Die zahen noch schlechter, hab' ich gehört.«

»Unmöglich... Da ist Jenkins. Ich melde mich wieder.«

Joseph Cardone steuerte seinen Cadillac in die kreisförmige Einfahrt und parkte vor der Steintreppe, die zu der mächtigen Eichentür hinaufführte. Er schaltete den Motor ab und streckte sich, hob dabei die Ellbogen bis ans Wagendach. Dann seufzte er und weckte seine zwei Jungen, sechs und sieben Jahre alt. Ein drittes Kind, ein vielleicht zehnjähriges Mädchen, las ein Comic-Heft.

Neben Cardone saß seine Frau Betty. Sie blickte zum Fenster hinauf auf das Haus. »Es ist gut, einmal wegzukommen, aber noch besser ist es, wenn man dann wieder zu Hause ist.«

Cardone lachte und legte seiner Frau die große Hand auf die Schulter. »Ich glaube, du meinst das ernst.«

»Tu' ich auch.«

»Bestimmt. Du sagst das nämlich jedesmal, wenn wir nach Hause kommen. Wort für Wort.«

»Ist auch ein schönes Haus.«

Cardone öffnete die Tür. »Hey, Prinzessin... Du kannst mit deinen Brüdern eurer Mutter mit den kleineren Taschen helfen.« Cardone zog den Schlüssel aus dem Zündschloß. Er ging zum Kofferraum. »Wo ist Louise?«

»Sie kommt wahrscheinich erst Dienstag. Wir sind ja drei Tage früher gekommen, weißt du. Ich hab' ihr bis Dienstag freigegeben.«

Cardone zuckte zusammen. Der Gedanke an die Kochkünste seiner Frau war nicht besonders angenehm. »Dann gehen wir auswärts essen.«

»Das müssen wir auch heute. Es dauert zu lange, etwas aufzutauen.« Betty Cardone ging die Steintreppe hinauf und holte den Haustürschlüssel aus der Handtasche.

Joe tat die Bemerkung seiner Frau ab. Er liebte gutes Essen und war mit den kulinarischen Künsten seiner Frau nicht zufrieden. Reiche Debütantinnen aus Chestnut Hill kochten eben nicht so gut wie italienische Mamas von der Südseite von Philadelphia.

Eine Stunde später lief die zentrale Klimaanlage, und die stickige Luft in dem seit fast zwei Wochen ungelüfteten Haus begann langsam wieder erträglich zu werden. Er bemerkte solche Dinge. Er war ein ungewöhnlich erfolgreicher Sportler gewesen – seine Straße zum Erfolg, gesellschaftlich wie finanziell. Er trat auf die vordere Terrasse und blickte auf den Rasen mit der großen Trauerweide, um die die kreisförmige Zufahrt herumführte. Die Gärtner hatten das alles hübsch in Ordnung gehalten. Das konnte man auch erwarten, bei dem Geld, das die verlangen. Nicht, daß es ihm noch darauf ankam.

Und da war er plötzlich wieder. Der Streifenwagen. Das war das drittemal, daß er ihn jetzt sah, seit er den Highway verlassen hatte.

»Hey, Sie da! Stehenbleiben!«

Die beiden Beamten in dem Wagen sahen einander kurz an und schienen davonrasen zu wollen. Aber Cardone war schneller.

»Hey!«

Der Streifenwagen hielt an.

»Ja, Mr. Cardone?«

»Was ist denn los? Hat es hier Ärger gegeben?«

»Nein, Mr. Cardone. Es ist Ferienzeit. Wir überprüfen nur

unsere Zeitpläne, wenn die Leute vom Urlaub zurückkehren. Sie sollten heute nachmittag zurückkommen, also wollten wir uns vergewissern, daß das auch Sie waren. Jetzt können wir Ihr Haus von unserer Liste streichen.«

Joe musterte den Polizisten. Er wußte, daß der Beamte log, und der Polizist wußte, daß er das wußte.

»Sie verdienen sich Ihr Geld.«

»Wir geben uns Mühe, Mr. Cardone.«

»Ich wette, daß Sie das tun.«

»Guten Tag, Sir.« Der Streifenwagen jagte davon.

Joe blickte ihm nach. Er hatte erst Mitte der Woche wieder ins Büro gehen wollen, aber das ging jetzt nicht. Er würde morgen nach New York fahren.

Zwischen fünf und sechs an Sonntagnachmittagen pflegte Tanner sich in sein Arbeitszimmer einzuschließen, ein mit Nußbaumpaneelen verkleidetes Zimmer mit drei Fernsehgeräten. Er sah sich dann gleichzeitig drei verschiedene Interviewsendungen an.

Alice wußte, daß ihr Mann das tun mußte. Als Chef der Nachrichtenredaktion von Standard Mutual gehörte es zu seinen Aufgaben, über die Konkurrenz informiert zu sein. Dennoch fand Alice, daß an einem Mann, der alleine in einem schwach beleuchteten Raum saß und gleichzeitig drei Fernsehgeräte beobachtete, etwas Unheimliches war, und sie machte ihm auch oft deshalb Vorhaltungen.

Heute erinnerte Tanner seine Frau daran, daß ihm der nächste Sonntag entgehen würde – Bernie und Leila würden da sein, und nichts und niemand durfte ein Osterman-Weekend stören. Also saß er in dem verdunkelten Raum und wußte nur zu gut, was er sehen würde.

Jeder Chefredakteur eines jeden Senders hatte sein Lieblingsprogramm, das, dem er besondere Aufmerksamkeit widmete. Für Tanner war das die Woodward-Show. Eine halbe Stunde am Sonntagnachmittag, in der der beste Nachrichtenkommentator in der ganzen Branche sich mit einem Thema befaßte, gewöhnlich einer etwas kontroversen Gestalt, die im Augenblick Schlagzeilen machte.

Heute interviewte Charles Woodward einen Ersatzmann, Undersecretary Ralph Ashton vom State Department. Der Secretary selbst hatte wegen dringender Geschäfte absagen müssen, also mußte Ashton einspringen.

Seitens des State Department war das ein eklatanter Fehler. Ashton war ein witzloser, prosaischer ehemaliger Geschäftsmann, dessen Hauptfähigkeit darin bestand, daß er sich darauf verstand, Geld herbeizuschaffen. Daß man ihn auch nur dafür in Betracht zog, die Administration vor der Kamera zu vertreten, war ein großer Fehler. Es sei denn, andere Motive waren dafür maßgeblich.

Woodward würde ihn ans Kreuz schlagen.

Während Tanner sich Ashtons ausweichende, leere Antworten anhörte, war ihm bewußt, daß eine ganze Anzahl Leute in Washington bald anfangen würden, einander anzurufen. Woodwards höfliche Andeutungen konnten die wachsende Abneigung nicht verbergen, die er gegenüber dem Undersecretary empfand. Sein Reporterinstinkt wurde frustriert; bald würde Woodwards Ton eisig werden, und dann würde er Ashton schlachten. Höflich, versteht sich, aber nichtsdestoweniger schlachten.

Tanner war es peinlich, so etwas ansehen zu müssen. Er schaltete die Lautstärke des zweiten Geräts höher. Ein Moderator schilderte gerade mit behäbiger, nasaler Stimme den Hintergrund und die politischen Positionen der Expertenteams, die im Begriff waren, den UN-Delegierten aus Ghana zu befragen. Der schwarze Diplomat sah aus, als sollte er aufs Schaffott geführt werden.

Keine Konkurrenz also.

Der dritte Sender war besser, aber auch nicht gut genug. Keine Konkurrenz.

Tanner beschloß, daß er genug hatte. Das Ganze war schon viel zu weit gediehen, als daß es noch Sinn gehabt hätte, sich Sorgen zu machen, und außerdem würde er sich Woodwards Band morgen ansehen. Es war erst zwanzig Minuten nach fünf, und die Sonne schien noch auf den Pool. Er hörte die Schreie seiner Tochter, die vom Country Club zurückkehrte, und den widerstrebenden Abzug von Raymonds Freunden aus dem Hinterhof. Seine Familie hatte sich versammelt. Alle drei saßen jetzt wahrscheinlich draußen und warteten, bis er mit Fernsehen fertig war und das Feuer für die Steaks in Gang setzte.

Er würde sie überraschen.

Er schaltete die Geräte ab und legte Block und Bleistift auf den Schreibtisch. Jetzt war Zeit für einen Drink.

Tanner öffnete die Tür seines Arbeitszimmers und ging in den Wohnraum. Durch die Hinterfenster sah er Alice und die Kinder sich einander über das Sprungbrett und durch den Pool jagen. Sie lachten, waren glücklich und zufrieden.

Alice verdiente das. Herrgott! Und wie sie es verdiente!

Er beobachtete seine Frau. Sie sprang – in vorbildlicher Haltung – ins Wasser und kam sofort wieder an die Oberfläche, um sich zu vergewissern, daß die achtjährige Janet gut abkam.

Bemerkenswert! Nach all den Jahren liebte er seine Frau mehr denn je.

Er erinnerte sich an den Streifenwagen, tat den Gedanken dann aber ab. Die Polizisten würden sich einfach eine abgelegene Stelle suchen, um sich auszuruhen oder sich ungestört das Spiel anzuhören. Er hatte gehört, daß Polizisten in New

York so etwas taten. Warum also nicht in Saddle Valley? Saddle Valley war viel sicherer als New York.

Saddle Valley war wahrscheinlich der sicherste Ort auf der Welt. Wenigstens schien es John Tanner an diesem Sonntagnachmittag so.

Richard Tremayne schaltete seinen einzigen Fernseher ab, zehn Sekunden nachdem John Tanner seine drei abgeschaltet hatte.

Die Mets hatten also doch gewonnen.

Seine Kopfschmerzen waren verflogen und damit auch seine Gereiztheit. Ginny hatte recht gehabt, dachte er. Er war einfach unruhig, aber das war noch lange kein Grund, das an der Familie auszulassen. Sein Magen fühlte sich jetzt besser. Wenn er eine Kleinigkeit aß, würde alles wieder in Ordnung sein. Vielleicht würde er Johnny und Ali rufen und mit Ginny zu den Tanners hinübergehen, um ein paar Runden im Pool zu schwimmen.

Ginny fragte ihn immer wieder, warum sie nicht auch einen hätten. Ihr Einkommen war weiß Gott höher als das der Tanners. Jeder konnte das sehen. Aber Tremayne wußte warum.

Ein Pool würde genau ein Statussymbol zu viel sein. Zu viel für vierundvierzig. Es reichte schon, daß sie nach Saddle Valley gezogen waren, als er erst achtunddreißig war. Ein Vierundsiebzigtausend-Dollar-Haus mit achtunddreißig Jahren. Mit einer Fünfzigtausend-Dollar-Anzahlung. Ein Pool hatte Zeit bis zu seinem fünfundvierzigsten Geburtstag. Dann würde es gehen.

Woran die Leute – seine Klienten – natürlich nicht dachten, war, daß er sein Examen an der Yale-Universität unter den besten fünf Prozent seiner Klasse gemacht hatte und dann drei Jahre auf der untersten Rangstufe seiner gegenwärtigen

Firma tätig gewesen war, ehe er angefangen hatte, Geld zu verdienen. Als er dann freilich anfing, kam es reichlich und schnell.

Tremayne ging hinaus. Ginny und ihre dreizehnjährige Tochter Peg stutzten an einem weißen Spalier Rosen. Sein ganzer Hinterhof, der fast einen halben Acre ausmachte, war gepflegt, ja beinahe manikürt. Überall gab es Blumen. Der Garten war Ginnys Zeitvertreib, Hobby, Vergnügen – neben Sex ihre große Leidenschaft. Gegen Sex kam eben nichts an, dachte ihr Mann und lächelte unbewußt.

»Hier! Laßt euch helfen«, rief Tremayne und ging auf sie zu.

»Du fühlst dich wohl wieder besser«, sagte Virginia und lächelte.

»Schau dir die an, Daddy! Sind die nicht schön?« Seine Tochter hielt ihm einen Bund roter und gelber Rosen hin.

»Reizend sind sie, Liebes.«

»Dick, habe ich dir das schon gesagt? Bernie und Leila kommen nächste Woche nach Osten. Sie sind Freitag hier.«

»Johnny hat es mir gesagt... Ein Osterman-Weekend. Ich muß sehen, daß ich noch in Form komme.«

»Ich dachte, du hättest gestern abend geübt.«

Tremayne lachte. Er entschuldigte sich nie dafür, wenn er sich einmal betrunken hatte; es geschah zu selten, und er war dann auch nicht unangenehm. Außerdem hatte er es gestern abend verdient. Es war wirklich eine scheußliche Woche gewesen. Sie gingen zu dritt zum Haus zurück. Virginia schob ihre Hand unter seinen Arm. Wie groß Peggy geworden ist, dachte ihr Vater und lächelte. Das Telefon auf der Terrasse klingelte.

»Ich geh' schon hin!« Peg rannte los.

»Warum auch nicht?« fragte ihr Vater gespielt verzweifelt. »Es ist ja doch nie für uns!«

»Wir müssen ihr einfach ein eigenes Telefon besorgen.« Virginia Tremayne kniff ihren Mann verspielt in den Arm.

»Ihr treibt mich noch ins Armenhaus.«

»Es ist für dich, Mutter. Mrs. Cardone.« Plötzlich legte Peggy die Hand über die Sprechmuschel. »*Bitte* sprich nicht so lang, Mutter. Carol Brown hat gesagt, sie würde mich anrufen, wenn sie zu Hause ist. Du weißt doch, ich hab' es dir gesagt. Der Choate-Junge.«

Virginia Tremayne lächelte wissend und warf ihrer Tochter einen verschwörerischen Blick zu. »Carol wird schon nicht von zu Hause ausreißen, ohne es dir zu sagen, Darling. Wahrscheinlich braucht sie mehr als das Taschengeld für eine Woche dazu.«

»Oh, Mutter!« Richard beobachtete die beiden amüsiert. All das tat ihm ungemein gut. Seine Frau leistete wirklich prima Arbeit mit ihrem Kind. Niemand konnte da etwas sagen. Er wußte, daß es Leute gab, die Ginny kritisierten, die sagten, sie kleide sich ein wenig auffällig. Er hatte das schon ein paarmal gehört und wußte, daß es da noch eine versteckte Nebenbedeutung gab. Aber die Kinder. Die Kinder umschwärmten Ginny förmlich. Das war heutzutage sehr wichtig. Vielleicht wußte seine Frau etwas, das die meisten anderen Frauen nicht wußten.

Die Dinge liefen gut, dachte Tremayne.

Selbst was die äußere Sicherheit betraf, wenn man Bernie Osterman glauben durfte.

Es war ein gutes Leben.

Er würde mit Joe telefonieren, wenn Ginny und Betty ihr Gespräch je beendeten. Dann würde er John und Ali anrufen. Nachdem Johnnys Fernsehshows vorüber waren. Vielleicht konnten sie alle sechs in den Club fahren, dort gab es sonntags immer ein Buffet.

Und dann fiel ihm plötzlich wieder der Streifenwagen

ein... Er tat den Gedanken gleich wieder ab. Er war nervös gewesen, gereizt, verkatert. Eigentlich war das doch ganz normal, dachte er. Schließlich war es Sonntagnachmittag und der Stadtrat hatte darauf bestanden, daß die Polizei die Wohngebiete an den Sonntagnachmittagen besonders gründlich überprüfte.

Komisch, überlegte er. Er hatte gar nicht gedacht, daß die Cardones schon so bald wieder zurückkommen würden. Vielleich hatte Joe einen Anruf von seinem Büro bekommen, am Montag dort zu sein. Die Börse spielte zur Zeit verrückt. Besonders bei den Termingeschäften, die Joes Spezialität waren.

Betty nickte am Telefon und beantwortete damit Joes Frage. Das löste das Problem mit dem Abendessen. Das Buffet war nicht schlecht, auch wenn man im Club das Geheimnis eines guten Antipasto immer noch nicht gelernt hatte. Joe sagte dem Geschäftsführer immer wieder, daß man Genueser Salami verwenden mußte, nicht Pastrami, aber der Küchenchef hatte eben mit einem geschickten Lieferanten einen Abschluß gemacht, was konnte da ein ganz gewöhnliches Clubmitglied schon ausrichten? Selbst Joe nicht, der wahrscheinlich der reichste von ihnen allen war. Andererseits war er Italiener – zwar nicht katholisch, aber immerhin Italiener –, und der Saddly Valley Country Club gestattete Italienern erst seit zehn Jahren den Zutritt. Eines Tages würden sie sogar Juden hineinlassen – das würde dann eine große Feier geben.

Diese stillschweigende Intoleranz – denn ausgesprochen wurde das nie – war es, die die Cardones, die Tanners und die Tremaynes veranlaßte, Bernie und Leila Osterman im Club auffällig herzuzeigen, wenn sie nach Osten kamen. Eines mußte man ihnen allen sechs lassen – Spießer waren sie keine. Seltsam, dachte Cardone, als er den Hörer auflegte und in den kleinen Gymnastikraum neben seinem Haus ging, seltsam, daß die Tanners sie zusammengebracht hatten. John und Ali Tanner hatten die Ostermans in Los Angeles gekannt, als Tanner gerade in seinem Beruf anfing. Jetzt fragte sich Joe, ob John und Ali wirklich verstanden, welche Bindung zwischen Bernie Osterman und ihm und Dick Tremayne bestand. Es war eine Beziehung, über die man mit Außenstehenden nicht redete.

Am Ende lief es auf die Art von Unabhängigkeit hinaus, die jederman suchte und um die vielleicht jeder besorgte Bürger betete; es gab Gefahren, Risiken, aber für ihn und Betty war das gut. Auch für die Tremaynes und die Ostermans. Sie hatten untereinander darüber gesprochen, es analysiert, es gründlich durchdacht, und waren gemeinsam zu ihrem Entschluß gekommen.

Für die Tanners wäre es vielleicht auch richtig gewesen. Aber Joe, Dick und Bernie waren übereingekommen, daß das erste Signal von Joe selbst kommen mußte. Das war entscheidend wichtig. Es hatte genügend Andeutungen gegeben, und Tanner hatte nicht reagiert.

Joe schloß die schwere gepolsterte Tür seiner privaten Turnhalle, drehte die Dampfhähne auf und zog sich aus. Er zog Trainingshosen und einen Trainingspullover an, den er von dem Regal aus rostfreiem Stahl nahm. Er lächelte, als er die gestickten Initialen auf dem Flanell sah. Nur ein Mädchen aus Chestnut Hill würde ein Monogramm auf eine Trainingsanzug-Jacke nähen lassen.

J.A.C.

Joseph Ambruzzio Cardone.

Guiseppe Ambruzzio Cardione. Zweites von acht Kindern, die der Ehe von Angela und Umberto Cardione entstammten, ehemals Sizilien und später South Philadelphia. Zu guter Letzt amerikanische Staatsbürger. Amerikanische Fahnen neben zahllosen kosmetikgeschönten Bildern der Jungfrau Maria, die ein engelhaftes Christkind mit blauen Augen und roten Lippen hielt.

Guiseppe Ambruzzio Cardione wuchs zu einem breitschultrigen, ungeheuer starken jungen Mann heran, der so ziemlich der beste Athlet war, den die South Philadelphia High je gesehen hatte. Er war Präsident seiner Seniorenklasse und wurde zweimal in den Städtischen Studentenrat gewählt.

Von den vielen Collegestipendien, die ihm angeboten wurden, wählte er das mit dem größten Prestige aus, Princeton, das auch am nächsten bei Philadelphia lag. Als Princeton-Verteidiger schaffte er für seine Alma Mater das scheinbar Unmögliche. Er wurde zum All-American gewählt, der erste Princeton-Footbal-Spieler seit vielen Jahren, dem diese Ehre zuteil wurde.

Einige dankbare alte Herren verschafften ihm den Zugang zur Wall Street. Er kürzte seinen Namen zu Cardone ab, wobei der letzte Vokal nur ganz schwach betont wurde. Das klang irgendwie majestätisch, dachte er. Wie Cardozo. Aber natürlich ließ sich davon niemand täuschen, und bald war es ihm gleichgültig. Der Markt expandierte, explodierte förmlich, bis praktisch *jedermann* Obligationen kaufte. Zuerst war er einfach nur ein guter Kundenberater. Ein Italienerjunge, der es zu etwas gebracht hatte, ein junger Mann, der mit den Neureichen reden konnte, die genügend Geld hatten, um es auszugeben; so reden, daß die Neureichen, die in bezug auf Investitionen noch nervös waren, es auch begriffen.

Und es kam, wie es kommen mußte.

Italiener sind feinfühlige Leute. Sie fühlen sich wohler, wenn sie mit ihresgleichen Geschäfte machen. Eine Anzahl der Leute aus dem Baugewerbe, die Castelanos, die Latronas, die Battellas – die mit Industriebauten Vermögen verdient hatten, wanderten zu Cardone. Cardone mit nur zwei Silben. »Joey Cardone«, riefen sie ihn. Und Joey fand steuerbegünstigte Anlagen für sie, Joey besorgte ihnen Wachstumswerte, Joey fand Sicherheit für sie.

Das Geld strömte herein. Der Umsatz der Maklerfirma verdoppelte sich dank Joeys Freunden fast. Worthington und Bennett, Mitglieder der New Yorker Börse, wurden zu Worthington, Bennett und Cardone. Und von da war es nur ein kurzer Schritt zu Bennett-Cardone, Ltd.

Cardone war seinen *Compares* dankbar. Aber der Grund für seine Dankbarkeit war zugleich auch der Grund, warum er ein bißchen zusammenzuckte, wenn ein Streifenwagen zu häufig in der Nähe seines Hauses auftauchte. Denn einige wenige seiner *Compares*, vielleicht sogar mehr als einige wenige, standen am Rande – vielleicht sogar nicht mehr ganz am Rande – der Unterwelt.

Er beendete seine Arbeit mit den Gewichten und stieg auf seine Rudermaschine. Der Schweiß quoll ihm aus den Poren, er fühlte sich jetzt wohler. Die Bedrohung des Streifenwagens begann zu schwinden. Schließlich kehrten neunundneunzig Prozent der Saddle-Valley-Familien am Sonntag aus den Ferien zurück. Wer hatte je von jungen Leuten gehört, die an einem Mittwoch aus den Ferien zurückkehrten? Selbst wenn es so auf der Liste in der Polizeistation stand, war es durchaus möglich, daß ein gewissenhafter diensthabender Sergeant das für einen Fehler hielt und Sonntag daraus machte. Niemand kehrte am Mittwoch zurück. Mittwoch war ein Arbeitstag.

Und wer würde je ernsthaft glauben, Joseph Cardone könnte etwas mit der Cosa Nostra zu tun haben? Er war der Fleisch gewordene Beweis der Arbeitsethik. Die amerikanische Erfolgsgeschichte. Ein Princeton-All-American.

Joe zog seinen Trainingsanzug aus und ging in die Dampfkammer, die jetzt mit Dampf angefüllt war. Er setzte sich auf die Bank und atmete tief. Der Dampf wirkte reinigend. Nach fast zwei Wochen franko-kanadischer Küche bedurfte sein Körper der Reinigung.

Er lachte lauthals in seiner Dampfkammer. Es war gut, wieder zu Hause zu sein, in dem Punkt hatte seine Frau recht. Und Tremayne hatte ihm gesagt, daß die Ostermans am Freitagmorgen kommen würden. Es würde gut sein, Bernie und Leila wiederzusehen. Es waren fast vier Monate vergangen, seit er sie zuletzt gesehen hatte. Aber sie waren in Verbindung geblieben.

Zweihundertfünfzig Meilen südlich von Saddle Valley, New Jersey, liegt jener Teil der Hauptstadt der Nation, den man als Georgetown kennt. In Georgetown ändert sich der Lebensrhythmus jeden Nachmittag um halb sechs. Vorher ist er langsam, aristokratisch, ja delikat. Nachher beschleunigt er sich – nicht plötzlich, aber zunehmend. Die Einwohner von Georgetown, größtenteils Männer und Frauen von Macht und Wohlstand, und beidem verpflichtet, widmen sich mit großer Hingabe der Ausbreitung ihres Einflusses.

Nach halb sechs beginnen die Spiele.

Nach halb sechs ist in Georgetown die Zeit für strategische Schachzüge.

Wer ist wo? Und warum?

Mit Ausnahme des Sonntagnachmittags, wenn die Makler der Macht ihre Kreationen der vergangenen Woche überblikken und sich die Zeit nehmen, um ihre Kräfte für die nächsten sechs Tage des strategischen Spiels neu zu formieren.

Es werde Licht und es ward Licht. Es werde Ruhe und es ward Ruhe.

Nur mit der Ausnahme, daß das nicht für alle gilt.

So zum Beispiel nicht für Alexander Danforth, Berater

des Präsidenten der Vereinigten Staaten. Ein Berater ohne Portefeuille und ohne genau definierte Aufgaben.

Danforth war der Verbindungsmann zwischen der Sicherheits-Kommunikationszentrale in den unteren Stockwerken des Weißen Hauses und der Central Intellience Agency in McLean, Virginia. Er war ein Makler der Macht par excellence, weil er nie sichtbar war und doch seine Entscheidungen zu den wichtigsten in Washington zählten. Unabhängig von den Administrationen hörten alle auf seine leise Stimme. So war das seit Jahren.

An diesem Sonntagnachmittag saß Danforth mit dem stellvertretenden Administrator der Central Intelligence Agency, George Grover, unter dem Bougainvilleabaum, der Danforths kleinen Hinterhof beschattete, vor dem Fernseher. Die beiden Männer waren zu demselben Schluß wie John Tanner zweihundertfünzig Meilen nördlich von ihnen gelangt: Charles Woodward würde morgen früh Schlagzeilen machen.

»Das Außenministerium wird einen Monatsvorrat an Toilettenpapier verbrauchen«, sagte Danforth.

»Geschieht ihnen recht. Wer nur Ashton hingeschickt hat? Er ist nicht nur dumm, er sieht sogar dumm aus. Dumm und glatt. John Tanner ist für dieses Programm verantwortlich, oder?«

»Ja.«

»Raffinierter Hund. Es wäre nett, wenn man sicher wüßte, daß er auf unserer Seite steht«, sagte Grover.

»Fassett sagt ja.« Die beiden Männer tauschten Blicke. »Nun, Sie haben ja die Akte gesehen. Sind Sie nicht auch der Meinung?«

»Ja. Doch. Fassett hat recht.«

»Das hat er meistens.«

Auf dem mit Keramikplatten belegten Tisch vor Danforth

standen zwei Telefone. Das eine war schwarz und mit einer Steckdose am Boden verstöpselt. Das andere war rot, und ein rotes Kabel führte ins Haus hinein. Das rote Telefon summte – es klingelte nicht. Danforth nahm ab.

»Ja... Ja, Andrews. Gut... Sehr gut. Rufen Sie Fassett an und sagen Sie ihm, daß er herüberkommen soll. Hat Los Angeles die Ostermans bestätigt? Keine Veränderung? Ausgezeichnet. Alles läuft planmäßig.«

Bernard Osterman, Absolvent des Jahrgangs 1946 der C.C.N.Y., zog das Blatt aus seiner Schreibmaschine und sah es an. Dann legte er es auf einen dünnen Stapel beschriebener Blätter und stand auf. Er ging um seinen nierenförmigen Pool herum und reichte das Manuskript seiner Frau Leila, die nackt in ihrem Liegestuhl saß.

Osterman war ebenfalls nackt.

»Weißt du, eine ausgezogene Frau wirkt in der Sonne nicht besonders attraktiv.«

»Du hältst dich wohl für einen Adonis? Gib her!« Sie nahm ihm die Blätter ab und griff nach ihrer großen Sonnenbrille. »Ist das der Schluß?«

Bernie nickte. »Wann kommen denn die Kinder nach Hause?«

»Die rufen vom Strand aus an, ehe sie nach Hause fahren. Ich habe Marie gesagt, sie sollte unbedingt anrufen. Ich möchte nicht, daß Merwyn schon in seinem Alter etwas von nackten Mädchen in der Sonne erfährt. In dieser Stadt gibt es dagegen schon genügend Aversionen.«

»Da hast du recht. Lies!« Bernie sprang in den Pool. Er schwamm drei Minuten lang schnell auf und ab, bis er außer Atem war. Er war ein guter Schwimmer. In seiner Militärzeit hatte man ihn in Fort Dix zum Schwimmlehrer gemacht. Den ›schnellen Juden‹ hatten sie ihn genannt. Aber nur hinter seinem Rücken. Er war ein drahtiger Mann, ungeheuer zäh. Wenn die C.C.N.Y. ein Football-Team gehabt hätte, wäre er sicher ihr Kapitän gewesen. Joe Cardone hatte Bernie gesagt, er hätte ihn gut in Princeton gebrauchen können.

Bernie hatte gelacht, als Joe ihm das sagte. Trotz der scheinbaren Demokratisierung, die er beim Militär erlebt hatte – und die ging nicht sehr tief –, war es Bernard Osterman, aus der Bronx, New York, Tremont Avenue, nie in den Sinn gekommen, ehrwürdige Barrieren zu überspringen und der Ivy League beizutreten. Vielleicht wäre es sogar möglich gewesen, er war intelligent und clever, und es gab immerhin die G.I.-Stipendien, aber es kam ihm überhaupt nie in den Sinn.

Er hätte sich damals dort nicht wohl gefühlt – 1946. Jetzt schon; die Dinge hatten sich verändert.

Osterman stieg die Leiter hinauf. Es war gut, daß er und Leila an die Ostküste reisten, zurück nach Saddle Valley, wo sie ein paar Tage verbringen würden. Irgendwie kam es einem immer vor wie ein kurzer, konzentrierter Kurs im angenehmen Leben. Alle sagten immer, das Leben im Osten wäre hektisch und die Leute stünden alle unter ewigem Druck – in viel stärkerem Maße, als das in Los Angeles der Fall war; aber das stimmte nicht. Das schien nur so, weil dort alles viel beengter war.

Los Angeles, *sein* Los Angeles, und das bedeutete Burbank, Hollywood, Beverly Hills, war da, wo man den wirklichen Wahnsinn praktizierte. Männer und Frauen, die wie verrückt zwischen den Regalen eines von Palmen gesäumten Drugstores auf und ab rannten. Und alles stand zum Verkauf, alles trug ein Etikett, und alle konkurrierten in ihren psychedelischen Hemden und orangefarbenen Hosen.

Manchmal gab es Zeiten, da Bernie sich nichts sehnlicher wünschte, als jemanden in einem grauen Nadelstreifen-Anzug und einem weißen Hemd mit Krawatte zu sehen. Eigentlich hatte es nichts zu bedeuten, es kam wirklich nicht darauf an; es war ihm schnurzegal, welche Kostüme die Stämme von Los Angeles trugen. Vielleicht war es einfach nur dieser übertriebene ewige Angriff auf seinen Gesichtssinn.

Oder sein Pendel war gerade einmal wieder im Begriff, nach unten zu schwingen. Das Ganze machte ihn einfach müde.

Und das war unfair. Der von Palmen gesäumte Drugstore hatte ihn sehr gut behandelt.

»Wie ist es?« fragte er seine Frau.

»Recht gut. Vielleicht bekommst du sogar ein Problem damit.«

»Was?« Bernie schnappte sich ein Handtuch vom Tisch. »Was für ein Problem?«

»Vielleicht legst du damit zu viele Schichten frei. Vielleicht ist es zu schmerzhaft.« Leila legte eine Seite um, während ihr Mann ihr zulächelte. »Sei noch eine Minute still und laß mich zu Ende lesen. Vielleicht kommst du wieder heraus.«

Bernie Osterman setzte sich auf einen Liegestuhl und ließ die warme kalifornische Sonne seinen Körper erwärmen. Er hatte immer noch ein Lächeln um die Lippen; er wußte, was seine Frau meinte, und es tat ihm gut. Die Jahre des formelhaften Schreibens hatten seine Fähigkeit nicht beeinträchtigt, Dinge freizulegen, auf den Kern zu stoßen – wenn er das wollte.

Und es gab Zeiten, da war ihm nichts wichtiger, als das zu wollen. Sich selbst zu beweisen, daß er immer noch dazu imstande war. So wie er das früher getan hatte, als sie noch in New York lebten.

Das waren gute Tage. Provozierend, erregend, angefüllt mit Sinn und einer Aufgabe. Nur, daß da nie etwas anderes war – nur eine Aufgabe, nur Sinn. Ein paar schmeichelhafte

Rezensionen, die andere intensive, junge Schriftsteller schrieben. Man hatte ihn damals *eindringlich* genannt; *sensitiv, einschneidend.* Einmal sogar *außergewöhnlich.*

Das war nicht genug gewesen. Und so waren er und Leila an die Westküste gezogen, in den palmengesäumten Drugstore, und hatten bereitwillig und glücklich ihre Talente der förmlich aus ihren Nähten platzenden Welt des Fernsehens gewidmet.

Aber eines Tages... Eines Tages, dachte Bernard Osterman, würde es wieder dazu kommen. Zu dem Luxus, sich einfach hinzusetzen und alle Zeit der Welt zu haben, um es wirklich zu tun. Um einen großen Fehler zu machen, wenn er das mußte. Es war wichtig, so denken zu können.

»Bernie?«

»Ja?«

Leila deckte sich mit einem Handtuch zu und betätigte den Knopf an der Armlehne ihres Liegestuhls, so daß das Rükkenteil sich hob. »Es ist wirklich schön, Süßer. Ich meine, wirklich sehr schön, und ich glaube, du weißt auch, daß es nicht funktionieren wird.«

»Es funktioniert!«

»Die werden das nicht zulassen.«

»Dann können die mich mal!«

»Man zahlt uns dreißigtausend für eine Stunde ganz gewöhnlichen Fernsehspiels Bernie. Nicht für einen zweistündigen Exorzismus, der in einer Begräbnisanstalt endet.«

»Das ist nicht Exorzismus. Das ist zufälligerweise eine traurige Geschichte, die auf dem wahren Leben beruht, und die Zustände im Leben ändern sich nicht. Willst du ins Barrio hinunter fahren und es dir ansehen.«

»Die nehmen dir das nicht ab. Die werden verlangen, daß du es umschreibst.«

»Das mache ich nicht!«

»Die haben doch noch die zweite Rate. Wir kriegen noch fünfzehntausend.«

»Scheiße!«

»Du weißt, daß ich recht habe.«

»Alles Gerede! Verdammtes Geschwätz! In dieser Saison wollen wir einmal etwas *Sinnvolles* haben! Etwas *Kontroverses*! Geschwätz!«

»Die schauen sich bloß die Zahlen an. Auch wenn die *Times* begeistert ist, verkauft das noch lange kein Deodorant in Kansas.«

»Die können mich mal.«

»Beruhige dich. Geh noch mal schwimmen. Der Pool ist groß.«

Leila Ostermann sah ihren Mann an. Er wußte, was dieser Blick bedeutete, und mußte unwillkürlich lächeln. Etwas traurig.

»Okay, dann flick es zusammen.«

Leila griff nach dem Bleistift und dem gelben Block, der neben ihrem Stuhl auf dem Tisch lag. Bernie stand auf und trat an den Poolrand.

»Meinst du, daß Tanner sich uns anschließen möchte? Meinst du, ich könnte vielleicht an ihn herantreten?«

Seine Frau legte den Bleistift weg und blickte zu ihrem Mann auf. »Ich weiß nicht. Johnny ist anders als wir...«

»Anders als Joe und Betty? Dick und Ginny? Ich finde nicht, daß er so völlig anders ist.«

»Ich würde ihn nicht erschrecken. Er ist immer noch ein Nachrichten-Mann. Geier haben die ihn einmal genannt, erinnerst du dich? Der Geier von San Diego. Er hat ein Rückgrat. Ich möchte das nicht biegen wollen. Es könnte zurückschnappen.«

»Er denkt genau wie wir. Er denkt wie Joe und Dick. Wie wir.«

»Noch einmal – du solltest ihn nicht überfallen. Meinetwegen nennst du das die vielgerühmte weibliche Intuition, aber erschrecke ihn nicht... Das könnte Ärger geben.«

Osterman sprang in den Pool und schwamm die sechsunddreißig Fuß bis zum anderen Ende unter Wasser. Leila hatte nur teilweise recht, dachte er. Tanner war in der Tat ein kompromißloser Nachrichten-Mann, aber außerdem war er auch ein sensibles und sensitives menschliches Wesen. Tanner war kein Narr, er sah, was um ihn herum geschah – überall. Das war unvermeidbar.

Das Ganze lief auf das Überleben des Individuums hinaus.

Es lief darauf hinaus, daß man das tun konnte, was man tun wollte. Einen ›Exorzismus‹ schreiben, wenn man dazu imstande war. Ohne sich den Kopf über den Absatz von Deodorants im Staate Kansas zu zerbrechen.

Bernie tauchte auf und hielt sich tief atmend am Poolrand fest. Dann stieß er sich ab und schwamm in langsamen Zügen zu seiner Frau zurück.

»Habe ich dich in die Ecke geboxt?«

»Das konntest du nie.« Leila sprach, ohne von ihrem Block aufzublicken. »Es hat einmal eine Zeit in meinem Leben gegeben, da dachte ich, dreißigtausend Dollar wären alles Geld der Welt. Das Haus Weintraub in Brooklyn war nicht gerade der größte Kunde der Chase Manhattan Bank.« Sie riß die oberste Seite ab und sicherte sie mit einer Pepsi-Cola-Flasche.

»Das Problem hatte ich nie«, sagte Bernie und trat Wasser. »Die Ostermans sind in Wirklichkeit eine unbekannte Nebenlinie der Rothschilds.«

»Ich weiß. Deine Rennfarben sind dunkelbraun und kürbisorange.«

»Hey!« Bernie klammerte sich plötzlich am Beckenrand fest und sah seine Frau erregt an. »Habe ich dir das erzählt?

Der Trainer hat heute morgen aus Palm Springs angerufen. Dieser Zweijährige, den wir gekauft haben, ist die sechshundert Meter in einundvierzig Sekunden gelaufen!« Leila Osterman ließ den Block auf ihren Schoß fallen und lachte. »Weißt du, wir sind schon unmöglich! Und du willst Dostojewski spielen! Ich verstehe, worauf du hinaus willst... Nun, eines Tages.«

»Sicher. Und unterdessen solltest du ein Auge auf Kansas, und das andere auf deine albernen Pferdchen haben.«

Osterman lachte und schwamm zur anderen Seite des Pools. Er dachte wieder über die Tanners nach. John und Ali Tanner. Er hatte sich in der Schweiz nach ihnen erkundigt. Zürich war begeistert.

Bernard Osterman hatte seine Entscheidung getroffen. Irgendwie würde er seine Frau überzeugen.

Er würde am nächsten Wochenende ernsthaft mit John Tanner reden.

Danforth ging durch den engen vorderen Korridor seines Hauses in Georgetown und öffnete die Tür. Laurence Fassett von der Central Intelligence Agency lächelte und streckte ihm die Hand hin.

»Guten Abend, Mr. Danforth. Andrews hat mich aus McLean angerufen. Wir sind uns erst einmal begegnet – Sie erinnern sich bestimmt nicht. Ist mir eine große Ehre, Sir.«

Danforth sah diesen ungewöhnlichen Mann an und erwiderte das Lächeln. In der CIA-Akte stand, daß Fassett siebenundvierzig war, aber Danforth kam er viel jünger vor. Die breiten Schultern, der muskulöse Nacken, das faltenlose Gesicht unter dem kurz-gestutzten blonden Haar: alles das erinnerte Danforth an seinen herannahenden siebzigsten Geburtstag.

»Natürlich erinnere ich mich. Bitte kommen Sie doch herein.«

Als Fassett in den Flur trat, fiel sein Blick auf einige Degas-Aquarelle an der Wand. Er trat einen Schritt näher. »Sind die schön.«

»Ja, das sind sie. Sind Sie Fachmann, Mr. Fassett?«

»O nein. Nur ein begeisterter Amateur... Meine Frau war Künstlerin. Wir waren viel im Louvre.«

Danforth wußte, daß er besser nicht über Fassetts Frau redete. Sie war Deutsche gewesen – mit Bindungen nach Ost-Berlin. Sie war in Ost-Berlin getötet worden.

»Ja, ja natürlich. Bitte kommen Sie. Grover sitzt draußen. Wir haben uns das Woodward-Programm auf der Terrasse angesehen.«

Die beiden Männer traten auf die mit Ziegeln und Naturstein bedeckte hintere Terrasse. George Grover erhob sich aus seinem Stuhl.

»Hello, Larry. Jetzt geraten die Dinge langsam in Bewegung.«

»Sieht so aus. Mir kann es nicht schnell genug gehen.«

»Das gilt, glaube ich, für uns alle«, sagte Danforth. »Nehmen Sie einen Drink?«

»Nein, danke, Sir. Wenn es Ihnen nichts ausmacht, möchte ich das so schnell wie möglich hinter mich bringen.«

Die drei Männer nahmen an dem mit Keramikplatten belegten Tisch Platz. »Dann wollen wir doch gleich anfangen«, sagte Danforth. »Wie ist der Plan?«

Fassett blickte verblüfft auf. »Ich dachte, Sie hätten das alles genehmigt.«

»Oh, ich habe die Berichte gelesen. Ich möchte die Information nur aus erster Hand vom zuständigen Mann.«

»In Ordnung, Sir. Phase eins ist abgeschlossen. Die Tanners, die Tremaynes, die Cardones sind alle in Saddle Valley.

Für den Augenblick sind keine Reisen geplant. Sie werden alle die ganze kommende Woche dort sein. Diese Information wird von allen unseren Gewährsleuten bestätigt. In der Stadt sind dreizehn Agenten, und die drei Familien werden alle rund um die Uhr überwacht. Sämtliche Telefone sind angezapft. So, daß man es nicht feststellen kann.

Los Angeles teilt mit, daß die Ostermans am Freitag mit Flug Nummer 509 kommen und um vier Uhr fünfzig in Kennedy Airport eintreffen. Normalerweise nehmen sie dann ein Taxi. Man wird dem Wagen natürlich folgen...«

»Falls sie sich bis dahin noch normal verhalten«, unterbrach Grover.

»Wenn nicht, dann werden sie nicht in dieser Maschine sein... Morgen bringen wir Tanner nach Washington.«

»Er hat im Augenblick noch keine Ahnung, oder?« fragte Danforth.

»Überhaupt keine – abgesehen von dem Streifenwagen, den wir einsetzen werden, wenn er morgen früh Schwierigkeiten macht.«

»Wie wird er es denn Ihrer Meinung nach aufnehmen?« Grover lehnte sich in seinem Stuhl nach vorne.

»Ich denke, daß er an seinem Verstand zweifeln wird.«

»Vielleicht lehnt er ab«, sagte Danforth.

»Das ist unwahrscheinlich. Wenn ich es richtig anpacke, hat er keine Wahl.«

Danforth musterte den eindringlich wirkenden, muskulösen Mann, der so selbstbewußt sprach. »Für Sie ist es sehr wichtig, daß wir Erfolg haben, nicht wahr? Das ist Ihnen ein persönliches Anliegen.«

»Dazu habe ich allen Grund.« Fassett erwiderte den starren Blick des alten Mannes. Als er dann fortfuhr, klang seine Stimme eher beiläufig. »Die haben meine Frau umgebracht. Um zwei Uhr früh haben sie sie auf dem Kurfürstendamm überfahren – während man mich ›festhielt‹. Sie versuchte, mich zu finden. Haben Sie das gewußt?«

»Ich habe die Akte gelesen. Sie haben mein tiefstes Mitgefühl...«

»Ich will Ihr Mitgefühl nicht. Diese Befehle kamen aus Moskau. Ich will die haben. Ich will Omega.«

Teil 2

Montag
Dienstag
Mittwoch
Donnerstag

2.

Montag – 10.15 Uhr

Tanner stieg aus dem Lift und ging über den mit dicken Teppichen belegten Korridor zu seinem Büro. Er hatte im Vorführraum fünfundzwanzig Minuten damit verbracht, sich das Woodward-Band anzusehen. Es bestätigte, was die Zeitungen berichtet hatten: Charles Woodward hatte Undersecretary Ashton als politische Null bloßgestellt.

»Ganz schöner Mist, was?« sagte seine Sekretärin.

»Wahnsinn, wie mein Sohn das ausdrücken würde. Ich glaube nicht, daß wir in nächster Zeit mit einer Einladung zum Dinner ins Weiße Haus rechnen dürfen. Irgendwelche Anrufe?«

»Aus der ganzen Stadt. Hauptsächlich Gratulationen; ich hab' Ihnen die Namen aufgeschrieben.«

»Das tut gut. Vielleicht brauch' ich das. Sonst noch etwas?«

»Die F.C.C.* hat zweimal angerufen. Ein gewisser Fassett.«

»Wer?«

»Mr. Laurence Fassett.«

»Wir hatten doch immer mit Cranston zu tun?«

»Das dachte ich auch, aber er hat gesagt, es sei dringend.«

»Vielleicht will uns das State Department noch vor Sonnenuntergang verhaften lassen.«

---

* Federal Communications Commission (Bundesnachrichtenkommission)

»Das bezweifle ich. Die würden wenigstens ein oder zwei Tage warten; sieht dann weniger politisch aus.«

»Sie rufen ihn am besten gleich an. Für die F.C.C. ist alles dringend.« Tanner ging in sein Büro, setzte sich an den Schreibtisch und las die Notizzettel, die sie ihm hingelegt hatte. Er lächelte; selbst die Konkurrenz war beeindruckt gewesen.

Sein Telefon summte. »Mr. Fassett auf eins, Sir.«

»Danke.« Tanner drückte den entsprechenden Knopf. »Mr. Fassett? Tut mir leid, ich war nicht da, als Sie anriefen.«

»Ich muß um Entschuldigung bitten«, sagte die höfliche Stimme am anderen Ende der Leitung. »Es ist nur so, daß mein Terminkalender heute ziemlich voll ist und Sie sehr wichtig für mich sind.«

»Was gibt es für Probleme?«

»Routine, aber dringend, so könnte man sagen. Die Papiere, die Sie im Mai für die Nachrichtenabteilung von Standard eingereicht haben, waren unvollständig.«

»Was?« John erinnerte sich an etwas, das Cranston von der F.C.C. vor ein paar Wochen zu ihm gesagt hatte. Er erinnerte sich auch, daß Cranston gemeint hatte, es wäre unwichtig. »Was fehlt denn?«

»Zunächst einmal zwei Unterschriften. Auf den Seiten siebzehn und achtzehn. Und die Aufteilung der geplanten kommunalen Einschaltungen für die sechs Monate ab Januar.«

Jetzt erinnerte sich John Tanner. Das Ganze war Cranstons Fehler gewesen. Die Seiten siebzehn und achtzehn hatten in der Mappe gefehlt, die man ihm aus Washington geschickt hatte – die juristische Abteilung hatte das gegenüber Tanners Büro erwähnt –, und die Einschaltungen sollten noch einen Monat offen bleiben, weil die entsprechenden

Entscheidungen im Sender noch nicht getroffen waren. Auch damit hatte Cranston sich einverstanden erklärt.

»Wenn Sie das nachprüfen, werden Sie feststellen, daß Ihr Mister Cranston die Seiten, auf die Sie sich beziehen, weggelassen hat. Und die Kommunaleinschaltungen wurden aufgeschoben. Er war damit einverstanden.«

Auf der anderen Seite blieb es einen Augenblick lang still. Als Fassett dann wieder sprach, klang seine Stimme eine Spur weniger höflich als vorher.

»Bei aller Freundschaft für Cranston, er war nicht befugt, diese Entscheidung zu treffen. Jetzt haben Sie die Informationen doch ohne Zweifel.«

Das war eine Feststellung.

»Ja, allerdings. Ich schicke sie sofort per Eilboten ab.«

»Ich fürchte, das geht nicht. Wir werden Sie bitten müssen, heute nachmittag hierher zu kommen.«

»Jetzt hören Sie mal. Das ist doch etwas knapp, finden Sie nicht?«

»Ich mache die Vorschriften nicht. Ich führe sie nur aus. Standard Mutual arbeitet seit zwei Monaten nicht den Vorschriften der F.C.C. entsprechend. Das dürfen wir nicht zulassen. Unabhängig davon, wer dafür die Verantwortung trägt, ist das jedenfalls ein Faktum. Wir sollten das noch heute in Ordnung bringen.«

»Also gut. Aber ich warne Sie: Falls das vom State Department ausgeht, schicke ich Ihnen unsere Anwälte auf den Hals, und dann können Sie etwas erleben.«

»Ihre Andeutung mißfällt mir – außerdem weiß ich nicht, wovon Sie reden.«

»Das glaube ich schon. Die Woodward-Show gestern nachmittag.«

Fassett lachte. »Oh, davon hab' ich gehört. Die *Post* hat darüber geschrieben. Und ich glaube, ich kann Sie beruhigen. Ich habe am letzten Freitag zweimal versucht, Sie zu erreichen.«

»So?«

»Ja.«

»Augenblick mal.« Tanner drückte einen Knopf auf seinem Telefon. »Norma? Hat dieser Fassett versucht, mich am Freitag zu erreichen?«

Einen Augenblick lang herrschte Schweigen, während Tanners Sekretärin die Liste der Anrufer überprüfte. »Könnte sein. Da waren zwei Anrufe aus Washington, Vermittlung Platz sechsundreißig in D.C. Sie sollten zurückrufen, falls Sie bis vier ins Büro kämen. Sie waren bis halb sechs Uhr im Studio.«

»Haben Sie nicht gefragt, wer mich sprechen will?«

»Natürlich habe ich das. Aber man hat mir nur gesagt, das hätte bis Montag Zeit.«

»Danke.« Tanner drückte wieder den Knopf und fragte Fassett: »Haben Sie die Nummer des Vermittlungsplatzes hinterlassen?«

»Platz sechsunddreißig, Washington. Bis sechzehn Uhr.«

»Ihren Namen haben Sie nicht hinterlassen oder Ihre Dienststelle...«

»Es war Freitag. Ich wollte pünktlich weg. Wäre es Ihnen lieber gewesen, wenn ich einen dringenden Anruf hinterlassen hätte, den Sie ohnehin nicht hätten erwidern können?«

»Schon gut, schon gut. Und das hat nicht Zeit für einen Brief?«

»Tut mir leid, Mister Tanner. Wirklich, es tut mir sehr leid, aber ich habe meine Anweisungen. Standard Mutual ist keine kleine Lokalstation. Die Akten hätten vor Wochen komplett sein müssen... Außerdem«, jetzt lachte Fassett wieder, »treten Sie dauernd Leuten auf die Zehen, und ich möchte nicht in Ihrer Haut stecken, wenn irgendein Bonze im

State Department herausfindet, daß Ihre ganze Nachrichtenabteilung nicht vorschriftsmäßig... Und das ist wirklich keine Drohung. Geht doch gar nicht. Wir haben ja beide Fehler gemacht.«

John Tanner lächelte ins Telefon. Fassett hatte recht. Es hatte wirklich keinen Sinn, irgendwelche bürokratischen Repressalien zu riskieren. Er seufzte. »Ich nehme die Ein-Uhr-Maschine. Dann bin ich gegen drei bei Ihnen. Wo ist Ihr Büro?«

»Ich werde bei Cranston sein. Wir halten die Papiere dann bereit, und vergessen Sie den Schaltplan nicht. Das sind natürlich nur unverbindliche Planungen, wir wollen Sie nicht darauf festnageln.«

»Geht klar. Bis dann.« Tanner drückte einen anderen Knopf und wählte seine Nummer zu Hause.

»Tag, Darling.«

»Ich muß heute nachmittag schnell nach Washington.«

»Probleme?«

»Nein. ›Routine, aber dringend‹, hat der Mann gesagt. Eine F.C.C.-Angelegenheit. Ich werd' gegen sieben in Newark sein. Ich wollte dir nur Bescheid sagen, daß ich mich verspäten werde.«

»Okay, Darling. Soll ich dich abholen?«

»Nein, ich nehm' mir ein Taxi.«

»Macht dir das nichts aus?«

»Im Gegenteil. Es wird mir eine Freude sein, daß Standard die zwanzig Eier zahlen muß.«

»Die bist du wert. Übrigens, ich hab' die Berichte über die Woodward-Show gelesen. Dein großer Triumph.«

»Das hab' ich mir auch auf meine Jacke geschrieben: Tanners Triumph.«

»Ich wollte, das würdest du«, sagte Alice leise.

Selbst im Spaß konnte sie nicht damit aufhören. Sie hatte

keine echten finanziellen Probleme, aber Alice Tanner war die ganze Zeit der Meinung, ihr Mann wäre unterbezahlt. Das war die einzige ernsthafte Auseinandersetzung, die sie hatten. Er konnte ihr einfach nicht klarmachen, daß mehr Geld von einer Firma wie Standard Mutual einfach viel mehr Verpflichtung gegenüber diesem gesichtslosen Giganten bedeutete.

»Bis heute abend, Ali.«

»Wiedersehen. Ich liebe dich.«

Wie in stummer Anerkennung der Klage seiner Frau bestellte Tanner eines der Redaktionsfahrzeuge, um in einer Stunde zum La-Guardia-Flughafen zu fahren. Niemand hatte Einwände. Tanner war an diesem Morgen in der Tat ein Triumphator.

Im Laufe der nächsten fünfundvierzig Minuten traf Tanner ein paar administrative Entscheidungen. Als letzter Punkt auf seiner Tagesordnung stand ein Anruf in der juristischen Abteilung von Standard Mutual.

»Mr. Harrison, bitte. Hello, Andy? John Tanner. Ich hab's eilig, Andy; ich muß ein Flugzeug erwischen. Ich möchte nur etwas wissen. Steht zwischen uns und der F.C.C. irgend etwas an, wovon ich nichts weiß? Irgendwelche Probleme? Ich weiß wegen der Kommunaleinschaltungen Bescheid, aber Cranston hat gesagt, wir könnten uns damit Zeit lassen... Sicher, ich warte.«

Tanner spielte mit der Telefonschnur, und seine Gedanken kreisten immer noch um Fassett. »Ja, Andy, ich bin hier... Die Seiten siebzehn und achtzehn. Die Unterschriften... Ja, verstehe. Okay. Danke. Nein, hier gibt's keine Probleme. Nochmals vielen Dank.«

Tanner legte den Hörer auf und erhob sich langsam. Harrison hatte seinen vagen Verdacht noch genährt. Das Ganze schien einfach zu konstruiert. Der Antrag war, mit Ausnahme der letzten zwei Seiten der vierten und fünften Kopie des Dokuments, vollständig gewesen. Es handelte sich nur um Duplikate, die für niemanden wichtig waren und die man leicht kopieren konnte. Und doch hatten diese Seiten gefehlt. Harrison hatte gerade gesagt:

»Ich erinnere mich, John. Ich hatte Ihnen damals eine Notiz geschickt. Für mich sah das damals so aus, als hätte man sie absichtlich weggelassen. Nicht, daß ich wüßte, warum...«

Das wußte Tanner auch nicht.

3.

Montag – 15.25 Uhr

Zu Tanners großer Überraschung wurde er am Flughafen von einer Limousine der F.C.C. abgeholt.

Cranstons Büro befand sich im fünften Stockwerk des F.C.C.-Gebäudes; jeder Nachrichtenchef einer größeren Station war schon irgendeinmal dorthin gerufen worden. Cranston war ein Laufbahn-Beamter – die Fernsehgesellschaften respektierten ihn ebenso wie die wechselnden Administrationen –, und deshalb ertappte Tanner sich dabei, wie er sich über diesen unbekannten Laurence Fassett ärgerte, der indigniert sagen konnte: ›...Cranston war nicht befugt, eine solche Entscheidung zu treffen.‹

Er hatte noch nie von Laurence Fassett gehört.

Tanner stieß die Tür zu Cranstons Vorzimmer auf. Es war leer. Der Tisch seiner Sekretärin war ebenfalls leer – keine Blocks, keine Bleistifte, keinerlei Papiere. Die ganze Beleuchtung kam aus Cranstons Bürotüre. Sie stand offen, und er konnte das leise Summen der Klimaanlage hören. Die Vorhänge waren zugezogen, wahrscheinlich, um die grelle Sommersonne nicht hereinzulassen. Und dann sah er gegen die Bürowand den Schatten einer Gestalt, die auf die Tür zukam.

»Guten Tag«, sagte der Mann, der jetzt auftauchte. Er war etwas kleiner als Tanner, vielleicht einen Meter fünfundsiebzig oder siebenundsiebzig, aber sehr breitschultrig. Sein blondes Haar war kurzgeschnitten, und seine Augen unter buschigen, hellbraunen Brauen standen weit auseinander. Er mochte etwa gleichalt wie Tanner sein, aber ohne Zweifel ein Mann, der viel mehr Sport trieb. Selbst wie er jetzt vor ihm stand, wirkte er sprungbereit, dachte Tanner.

»Mr. Fassett?«

»Richtig. Kommen Sie doch bitte herein.« Statt in Cranstons Büro zurückzugehen, trat Fassett an Tanner vorbei zur Tür und versperrte sie. »Wir sollten nicht gestört werden.«

»Warum nicht?« fragte Tanner verblüfft.

Laurence Fassett sah sich im Zimmer um. »Ja. Ja. Ich verstehe, was Sie meinen. Kommen Sie doch bitte herein.« Fassett ging vor Tanner in Cranstons Büro. Die Vorhänge an den beiden Fenstern zur Straße waren völlig zugezogen; Cranstons Schreibtisch war ebenso leer wie der seiner Sekretärin, abgesehen von zwei Aschenbechern und einem weiteren Gegenstand. In der Mitte der freien Tischfläche stand ein kleines Wollensak-Tonbandgerät mit zwei Schnüren – eine führte vor Cranstons Stuhl, die andere vor den Stuhl vor Cranstons Schreibtisch.

»Ist das ein Tonbandgerät?« fragte Tanner und folgte Fassett ins Büro.

»Ja. Setzen Sie sich doch bitte.«

John Tanner blieb stehen. Als er dann sprach, klang leise Wut aus seiner Stimme. »Nein, ich will mich *nicht* setzen.

Das gefällt mir nicht. Ihre Methoden sind sehr unklar, oder vielleicht auch *zu* klar. Wenn Sie vorhaben, irgend etwas, daß ich sage, auf Band aufzunehmen, wissen Sie ganz genau, daß ich das nicht zulassen werde, wenn nicht ein Anwalt unserer Anstalt zugegen ist.«

Fassett stand jetzt hinter Cranstons Schreibtisch. »Das ist keine F.C.C.-Angelegenheit. Wenn ich Ihnen die Zusammenhänge erklärt haben werde, werden Sie meine – Methoden verstehen.«

»Sie erklären das am besten sehr schnell, weil ich nämlich jetzt wieder gehen werde. Die F.C.C. hat mich gerufen, um die Kommunaleinschaltungen zu liefern, die Standard Mutual eingeplant hatte – die sind in meiner Aktentasche – und zwei Kopien unseres Antrags zu unterzeichnen, die *Ihr* Büro uns nicht geschickt hat. Sie haben mir erklärt, Sie würden mich mit Cranston gemeinsam empfangen. Statt dessen finde ich ein Büro, das offensichtlich nicht benutzt wird... Ich würde sagen, Ihre Erklärung sollte sehr gut sein, sonst hören Sie nämlich binnen einer Stunde von unseren Anwälten. Und wenn das irgendeine Art Vergeltungsaktion gegen die Nachrichtenabteilung von Standard Mutual sein sollte, dann werden Sie von Küste zu Küste davon hören, das verspreche ich Ihnen.«

»Es tut mir leid... Diese Dinge sind nie einfach.«

»Das sollten sie auch nicht sein!«

»Jetzt mal langsam. Cranston ist in Urlaub. Wir haben seinen Namen benutzt, weil Sie schon früher mit ihm zu tun hatten.«

»Sie wollen sagen, Sie hätten absichtlich gelogen?«

»Ja. Der Schlüssel, Mr. Tanner, liegt in dem Satz, den Sie gerade gebracht haben.. ›Die F.C.C. hat mich gerufen‹, sagten Sie, glaube ich. Darf ich Ihnen meine Legitimation zeigen?«

Laurence Fassett griff in die Brusttasche und entnahm ihr ein kleines Plastiketui. Er hielt es über den Schreibtisch.

Tanner klappte es auf.

Die oberste Karte identifizierte Laurence C. Fassett als Angestellten der Central Intelligence Agency.

Die zweite Karte enthielt eine Genehmigung für Fassett, die Anlage in McLean zu jeder Tages- oder Nachtstunde zu betreten.

»Was soll das Ganze? Weshalb bin ich hier?« Tanner reichte Fassetts Papiere zurück.

»Das ist der Grund für das Tonbandgerät. Lassen Sie mich erklären. Ehe ich auf unsere Angelegenheit hier eingehe, muß ich Ihnen ein paar Fragen stellen. Hier sind zwei Schalter, mit denen man das Gerät abstellen kann. Einer hier bei mir, der andere dort bei Ihnen. Wenn ich Ihnen irgendwann eine Frage stellen sollte, die Sie nicht beantworten möchten, brauchen Sie nur den Schalter zu drücken, und das Gerät bleibt stehen. Andererseits – und auch das dient Ihrem Schutz – werde *ich* das Gerät anhalten, wenn ich der Ansicht bin, daß Sie hier Dinge sagen, die uns nichts angehen.« Fassett setzte das Gerät mit seinem Schalter in Gang, griff dann über die Schreibtischplatte nach der Schnur vor Tanners Stuhl und hielt es an.

»Sehen Sie? Ganz einfach. Ich habe schon Hunderte solcher Interviews mitgemacht. Sie brauchen sich wirklich keine Sorgen zu machen.«

»Das klingt wie ein Verhör vor einem Verfahren, ohne daß ich einen Anwalt zur Verfügung hätte oder man mich vorgeladen hätte! Was soll das? Wenn Sie glauben, mich einschüchtern zu können, sind Sie verrückt!«

»Das *soll* Sie ganz einfach eindeutig positiv identifizieren... Und Sie haben völlig recht. Wenn es unsere Absicht war, jemanden einzuschüchtern, dann haben wir uns ohne

Zweifel jemanden ausgesucht, der ebenso verläßlich ist, wie J. Edgar Hoover. Und selbst *er* kontrolliert nicht die Nachrichtenredaktion einer Fernsehanstalt.«

Tanner sah den CIA-Mann an, der höflich hinter Cranstons Schreibtisch stand. Was Fassett da sagte, hatte etwas für sich. Der CIA würde gegen jemanden in seiner Position niemals mit so durchsichtiger Taktik vorgehen.

»Was soll das heißen: ›eindeutig positive Identifizierung‹? Sie wissen, wer ich bin.«

»Das soll Ihnen einen Hinweis auf die Größenordnung und die Bedeutung der Information geben, die ich Ihnen zu übermitteln befugt bin. Es handelt sich lediglich um außergewöhnliche Vorsicht, die angesichts der Bedeutung dieser Daten durchaus angemessen ist... Wußten Sie, daß im Zweiten Weltkrieg ein Schauspieler – ein Korporal in der britischen Armee, um es genau zu sagen – bei Konferenzen auf höchster Ebene die Rolle von Feldmarschall Montgomery spielte und daß sogar einige von Montgomerys Klassenkollegen aus Sandhurst das nicht bemerkten?«

Tanner griff nach der Schnur und betätigte den EIN- und AUS-Schalter. Das Gerät lief an und stoppte wieder. John Tanners Neugierde – in die sich Furcht mischte – wuchs. Er setzte sich.

»Also gut, fangen Sie an. Aber denken Sie daran, daß ich das Band jederzeit abschalten und gehen werde, wenn ich das will.«

»Ich verstehe. Das ist Ihr Recht – bis zu einem gewissen Punkt.«

»Was soll jetzt das wieder heißen? Keine Einschränkungen bitte!«

»Haben Sie Vertrauen zu mir. Sie werden verstehen.« Fassetts beruhigender Blick erfüllte seinen Zweck.

»Also gut«, sagte Tanner.

Der CIA-Mann nahm seinen Aktendeckel und klappte ihn auf. Dann setzte er das Gerät in Gang.

»Ihr voller Name ist John Raymond Tanner?«

»Falsch. Mein gesetzlicher Name ist John Tanner. Raymond ist ein reiner Taufname und ist auf meinem Geburtsschein nicht registriert.«

Fassett lächelte.

»Sehr gut.«

»Danke.«

»Ihre gegenwärtige Adresse ist 22 Orchard Drive, Saddle Valley, New Jersey?«

»Richtig.«

»Sie sind am 21. Mai 1924 in Springfield, Illinois, als Sohn von Lucas und Margaret Tanner geboren?«

»Ja.«

»Ihre Familie zog, als Sie sieben Jahre alt waren, nach San Mateo, Kalifornien?«

»Ja.«

»Warum?«

»Die Firma meines Vaters hat ihn nach Nord-Kalifornien versetzt. Er war Personalleiter für eine Kette von Kaufhäusern. Die Bryant Stores.«

»Bequeme Verhältnisse?«

»Einigermaßen.«

»Sind Sie auf den öffentlichen Schulen von San Mateo ausgebildet worden?«

»Nein. Ich habe an der San-Mateo-Oberschule die zweite Klasse absolviert und ging anschließend für das Abschlußjahr der Sekundarschule auf eine private Anstalt. Winston Preparatory.«

»Nach dem Abschluß haben Sie sich an der Stanford University eingetragen?«

»Ja.«

»Waren Sie Mitglied irgendwelcher Verbindungen oder Clubs?«

»Ja. Alpha-Kappa-Verbindung. Dann die Trylon News Society und noch ein paar andere, an die ich mich nicht erinnere... Fotoclub, denke ich, aber ich bin nicht dabei geblieben. An der Studentenzeitschrift habe ich auch mitgearbeitet, es dann aber aufgegeben.«

»Irgendwelche Gründe?«

Tanner sah den CIA-Mann an. »Ja. Ich hatte starke Einwände gegen die Nisei*-Situation. Die Gefängnislager. Die Zeitschrift hat diese Gefängnislager unterstützt. Meine Einwände bestehen immer noch.

Wieder lächelte Fassett. »Ihre Ausbildung ist unterbrochen worden?«

»Das waren die meisten Ausbildungen. Ich habe mich zum Militärdienst gemeldet.«

»Wo hat man Sie ausgebildet?«

»Fort Benning, Georgia. Infanterie.«

»Dritte Armee, vierzehnte Division?«

»Ja.«

»Sie wurden auf dem europäischen Kriegsschauplatz eingesetzt?«

»Ja.«

»Ihr höchster militärischer Rang war First Lieutenant?«

»Ja.«

»Offiziersausbildung in Fort Benning?«

»Nein. Ich bin in Frankreich im Feld befördert worden.«

---

* Nisei: Amerikanische Staatsbürger japanischer Herkunft, die in den amerikanischen Weststaaten, insbesondere Kalifornien, während des Zweiten Weltkrieges interniert wurden, da man ihnen Sympathien für Japan nachsagte.

»Wie ich sehe, haben Sie auch einige Auszeichnungen erhalten.«

»Das waren Belobigungen der Einheit. Bataillonsbefehle. Keine individuellen Auszeichnungen.«

»Sie waren drei Wochen lang in einem Militärhospital in St. Lô? Geht das auf eine Verwundung zurück?«

Einen Augenblick lang sah Tanner den anderen verlegen an. »Sie wissen ganz genau, daß das nicht der Fall war. In meinen Armeeakten ist kein Purple Heart«, sagte er leise.

»Würden Sie das bitte erklären?«

»Ich fiel auf der Straße nach St. Lô aus einem Jeep. Eine Hüftverrenkung.«

Beide Männer lächelten.

»Sie wurden im Juli 1945 entlassen und kehrten im September darauf nach Stanford zurück?«

»Richtig... Um Ihnen zuvorzukommen, Mr. Fassett, ich habe umgesattelt, von Englischer Literatur auf Journalismus. Mein Examen habe ich 1947 gemacht und mir den Grad eines Bachelor of Arts erworben.«

Laurence Fassetts Blick verweilte immer noch auf dem Aktendeckel, den er vor sich auf den Tisch gelegt hatte. »Sie haben noch während des Studiums eine gewisse Alice McCall geheiratet?«

Tanner griff nach seinem Schalter und schaltete das Gerät ab. »Das könnte jetzt der Punkt sein, wo ich gehe.«

»Beruhigen Sie sich, Mr. Tanner. Nur eine Identifizierung... Wir halten nichts von der Theorie, daß die Sünden der Väter an den Töchtern heimgesucht werden. Ein einfaches Ja oder Nein genügt.«

Tanner setzte das Gerät wieder in Gang. »Richtig.«

An diesem Punkt griff Laurence Fassett nach dem Kabel und betätigte den AUS-Schalter. Tanner sah zu, wie das Band zum Stillstand kam und sah dann den CIA-Mann an.

»Meine zwei nächsten Fragen betreffen Umstände, die zu Ihrer Heirat führten. Ich nehme an, daß Sie die nicht beantworten wollen.«

»Ihre Annahme ist richtig.«

»Glauben Sie mir, sie sind nicht wichtig.«

»Wenn Sie sagen würden, daß sie das sind, würde ich jetzt sofort gehen.« Ali hatte genügend durchgemacht. Tanner würde nicht zulassen, daß irgend jemand die persönliche Tragödie seiner Frau aufs neue hervorzerrte.

Fassett schaltete das Gerät wieder ein. »Ihnen und Alice Mc – Tanner sind zwei Kinder geboren worden. Ein Junge, Raymond, jetzt dreizehn Jahre alt, und ein Mädchen, Janet, acht Jahre alt.«

»Mein Sohn ist zwölf.«

»Sein Geburtstag ist übermorgen. Um noch einmal ein Stück zurückzugehen, Ihre erste berufliche Stelle nach dem Universitätsabschluß war bei der *Sacramento Daily News*.«

»Dort war ich Reporter. Korrektor, Bürohelfer, Filmkritiker und Anzeigenverkäufer, wenn die Zeit es zuließ.«

»Sie blieben dreieinhalb Jahre bei der Sacramento-Zeitung und nahmen dann eine Stelle bei der *Los Angeles Times* an?«

»Nein. Ich war – zweieinhalb Jahre – in Sacramento und hatte dann etwa ein Jahr lang eine Interimsstelle beim *San Francisco Chronicle*, ehe ich den Job bei der *Times* bekam.«

»Bei der *Los Angeles Times* waren Sie als Reporter, der sich mit Recherchen und Nachforschungen befaßte, sehr erfolgreich...«

»Ich hatte Glück. Ich nehme an, Sie meinen damit meine Arbeiten, die sich mit der Hafenszene von San Diego befaßten.«

»Richtig. Man hat Sie, glaube ich, für den Pulitzer-Preis nominiert.«

»Ich habe ihn nicht bekommen.«

»Und dann hat man Sie in die Redaktion der *Times* befördert?«

»Redaktionsassistent. Nichts Besonderes.«

»Sie blieben fünf Jahre bei der *Times*...«

»Eher sechs, denke ich.«

»Bis zum Januar 1958, als Sie in die Standard Mutual in Los Angeles eintraten?«

»Richtig?«

»Sie blieben in dem Büro in Los Angeles bis zum März 1963, wo man Sie nach New York City versetzte. Seitdem sind Sie einige Male befördert worden?«

»Ich kam als Nachrichtenredakteur für das Sieben-Uhr-Abend-Programm nach Osten und habe mich dann mit Dokumentarsendungen und Sonderaufgaben befaßt, bis ich meine gegenwärtige Position erreichte.«

»Und die ist?«

»Chef der Nachrichtenredaktion von Standard Mutual.«

Laurence Fassett klappte den Aktendeckel zu und schaltete das Tonbandgerät ab. Er lehnte sich zurück und lächelte John Tanner zu. »Das war nicht so schmerzhaft, oder?«

»Sie wollen sagen, das wäre alles?«

»Nein, das nicht... *Alles* nicht, aber die Identifizierung ist jetzt abgeschlossen. Sie haben bestanden. Sie haben mir genügend Antworten gegeben, die geringfügig falsch waren, um den Test zu bestehen.«

»Was?«

»Diese Dinge«, meinte Fassett und schlug mit dem Handrücken auf den Aktendeckel, »werden von der Verhörabteilung vorbereitet. Leute mit einer hohen Stirn holen sich andere Leute mit Bärten, und dann jagen sie das ganze Zeug durch den Computer. Sie können unmöglich alles richtig beantworten. Wenn Sie das täten, würde es bedeuten, daß Sie etwas auswendig gelernt haben. Sie waren beispielsweise fast genau drei Jahre bei der *Sacramento Daily News.* Nicht zweieinhalb oder dreieinhalb. Ihre Familie zog nach San Mateo, als Sie acht Jahre, zwei Monate, und nicht sieben Jahre alt waren.«

»Da soll mich doch der Teufel...«

»Offengestanden, wir hätten Sie wahrscheinlich sogar akzeptiert, wenn Sie alles korrekt beantwortet hätten. Aber es ist gut, zu wissen, daß Sie normal sind. In Ihrem Fall mußten wir alles auf Band haben. Und jetzt, fürchte ich, kommt der unangenehme Teil.«

»Unangenehm, verglichen womit?« fragte Tanner.

»Einfach unangenehm... Ich muß jetzt das Gerät einschalten.« Das tat er und griff nach einem Blatt Papier. »John Tanner, ich muß Sie davon in Kenntnis setzen, daß das, was ich im Begriff bin, mit Ihnen zu besprechen, unter den Begriff der Verschlußsache höchster Ordnung fällt. Diese Information hat keinerlei Beziehung zu Ihnen oder Ihrer Familie, was ich hiermit beschwöre. Diese Informationen an irgend jemanden preiszugeben, würde den Interessen der Regierung der Vereinigten Staaten im höchsten Maße schädlich sein. Und zwar in so hohem Maße, daß die Angehörigen oder Beauftragten der Regierung, die im Besitz dieser Information sind, nach dem National Security Akt, Titel achtzehn, Abschnitt sieben-neun-drei, unter Strafverfolgung gestellt werden könnten, sofern sie die Geheimhaltungsvorschriften verletzen. – Ist Ihnen alles, was ich bisher gesagt habe, völlig klar?«

»Das ist es. – Aber ich bin für den Umgang mit Geheimsachen nicht überprüft worden.«

»Das ist mir bewußt. Ich beabsichtige, Sie in drei Stufen an die wesentliche Geheiminformation heranzuführen. Am Ende von Phase eins und zwei können Sie darum bitten, dieses Interview abzubrechen, und wir können uns dann nur auf

Ihre Intelligenz und Ihre Loyalität gegenüber ihrer Regierung verlassen, daß Sie das, was Sie gehört haben, für sich behalten werden. Wenn Sie hingegen mit Stufe drei einverstanden sind, in der Ihnen Identitäten genannt werden, akzeptieren Sie dieselbe Verantwortung wie die Beauftragten der Regierung und können gemäß der National Security Akt unter Strafverfolgung gestellt werden, sofern Sie die vorerwähnten Sicherheitsvorschriften verletzen. Ist das klar, Mr. Tanner?«

Tanner rutschte in seinem Sitz herum, ehe er antwortete. Er sah zuerst auf die sich drehenden Räder des Tonbandgerätes und blickte dann zu Fassett auf. »Das ist klar, aber ich will verdammt sein, wenn ich einverstanden bin. Sie haben kein Recht, mich unter falschen Voraussetzungen hierher zu bestellen und dann Umstände herbeizuführen, unter denen ich mich strafbar machen kann.«

»Ich habe Sie nicht gefragt, ob Sie einverstanden sind. Nur ob Sie klar verstehen, was ich gesagt habe.«

»Wenn das eine Drohung sein soll, können Sie zum Teufel gehen.«

»Ich schildere Ihnen hier nur Umstände und Bedingungen. Ist das eine Bedrohung? Ist das irgend etwas anderes als das, was Sie jeden Tag mit Verträgen tun? Sie können hier jederzeit weggehen, sobald Sie sich verpflichtet haben, keine Namen preiszugeben. Ist das so unlogisch?«

Tanner mußte zugeben, daß es das nicht war. Und außerdem mußte jetzt seine Neugierde befriedigt werden.

»Sie haben vorher gesagt, diese Sache – was auch immer das sein mag – hat nichts mit meiner Familie zu tun? Nichts mit meiner Frau? Oder mir?«

»Das habe ich beschworen, auf Band.« Fassett fiel auf, daß Tanner das ›Oder mir?‹ nachträglich hinzugesetzt hatte. Er wollte seine Frau schützen.

»Gut, dann machen Sie weiter.«

Fassett erhob sich aus seinem Sessel und ging auf das Fenster zu. »Übrigens, Sie brauchen nicht sitzen zu bleiben. Das sind Mikrofone mit hoher Impedanz. Miniaturisiert, natürlich.«

»Ich werde sitzen bleiben.«

»Wie Sie meinen. Vor einigen Jahren hörten wir Gerüchte über eine Aktion des sowjetischen NKWD, die umfangreiche nachteilige Auswirkungen auf die Wirtschaft Amerikas haben könnten, sofern etwas daraus würde. Wir versuchten, den Spuren nachzugehen, etwas darüber zu erfahren. Aber es gelang uns nicht. Es blieb bei den Gerüchten. Das Geheimnis wurde viel besser gehütet als das russische Weltraumprogramm.

Dann lief 1966 ein ostdeutscher Abwehrbeamter über. Von ihm stammen die ersten konkreten Angaben. Er teilte uns mit, daß die ostdeutsche Abwehr Kontakte mit Agenten im Westen unterhielt – einer Zelle, besser gesagt, die nur unter der Bezeichnung *Omega* bekannt war. Die geographische Codebezeichnung gebe ich Ihnen gleich – oder vielleicht nicht. Das kommt in der zweiten Stufe. Das liegt bei Ihnen. Omega sollte regelmäßig Akten an die ostdeutsche Abwehr liefern. Zwei bewaffnete Kuriere flogen sie dann unter strengster Geheimhaltung nach Moskau.

Die Funktion von Omega ist so alt wie die Spionage selbst und in dieser Zeit der großen Firmen und der mächtigen multinationalen Konglomerate ungemein wirksam. Omega ist ein Buch der Vernichtung.«

»Ein was?«

»Ein Buch der Vernichtung. Listen mit Hunderten, inzwischen vielleicht sogar Tausenden von Individuen, die für die Pest ausersehen sind. In diesem Fall nicht die Schwarze Pest, sondern Erpressung. Die Männer und Frauen auf diesen Listen sind Leute an entscheidungsbefugten Positionen in Dutzenden mächtiger Firmen in wichtigen Branchen. Viele verfügen über ungeheuere wirtschaftliche Macht. Sowohl die Macht, Käufe zu tätigen, als auch Käufe abzulehnen. Vierzig oder fünfzig, die abgestimmt handeln, könnten ein wirtschaftliches Chaos herbeiführen.«

»Das verstehe ich nicht. Warum würden sie das tun? Warum sollten sie es tun?«

»Das sagte ich doch. Erpressung. Jeder dieser Menschen ist verletzbar, aus irgendeinem von tausend Gründen erpreßbar. Sex, außerehelich oder abnorm; geschäftliche Verfehlungen; Preisabsprachen; Aktienmanipulationen; Steuerhinterziehung. Das Buch betrifft eine große Zahl von Leuten. Männer und Frauen, deren Ruf, deren Geschäft, deren Beruf, ja sogar deren Familien vernichtet werden könnten. Außer, sie gehorchen.«

»Das deutet auf eine ziemlich niedrige Meinung von der Geschäftswelt, und ich bin nicht sicher, ob diese Meinung zutrifft. Nicht in dem Maße, wie Sie das beschreiben. Nicht in solchem Maße, daß es zu wirtschaftlichem Chaos führen könnte.«

»So? Die Crawford Foundation hat eine ausführliche Studie über die wirtschaftliche Macht in den Vereinigten Staaten in den Jahren von 1925 bis 1945 angestellt. Die Ergebnisse sind noch heute, ein Vierteljahrhundert später, Verschlußsache. Die Studie ergab, daß während dieser Periode zweiunddreißig Prozent der finanziellen Macht in diesem Lande durch fragwürdige, wenn nicht illegale Mittel erzielt wurde. *Zweiunddreißig Prozent!*«

»Das glaube ich nicht. Wenn das zutrifft, sollte man es veröffentlichen.«

»Unmöglich. Das würde ein juristisches Massaker auslösen. Die Beziehung zwischen Gerichten und Geld ist nicht makellos ... Heute sind es die Multis. Sie brauchen doch bloß eine Zeitung aufzuschlagen. Sehen Sie sich den Wirtschaftsteil an und lesen Sie, was dort über die Manipulationen dieser Leute steht. Sehen Sie sich die Vorwürfe und die Erwiderungen an. Omega braucht da nur zuzugreifen. Das ist geradezu eine Liste von Kandidaten. Keiner dieser Leute lebt isoliert. Kein einziger. Da wird ein Darlehen ohne Sicherheiten gewährt, eine Kreditlinie erweitert – kurzfristig –, einem guten Kunden werden Mädchen zur Verfügung gestellt. Omega braucht nur bei den richtigen Leuten ein wenig nachzubohren und schon hat sie eine Menge Material, Dreck! Das ist nicht besonders schwierig. Man muß nur genau sein. Genügend genau, um Angst zu machen.«

Tanner wandte den Blick von dem blonden Mann ab, der mit solcher Präzision sprach. Mit so viel entspanntem Selbstvertrauen. »Ich will einfach nicht glauben, daß Sie recht haben.«

Plötzlich ging Fassett zu dem Tisch zurück und schaltete das Bandgerät ab. Die Spulen kamen zum Stillstand.

»Warum nicht? Es geht nicht nur um die Informationen, die hier zutage kommen – die könnten relativ harmlos sein –, sondern wie sie eingesetzt werden. Nehmen Sie doch zum Beispiel *sich selbst*. Nehmen Sie an – das soll wirklich nur eine Annahme sein –, eine Geschichte, die auf Vorgängen basiert, die sich vor etwa zwanzig Jahren außerhalb von Los Angeles ereignet haben, würde in der Zeitung von Saddle Valley abgedruckt. Ihre Kinder gehen dort zur Schule, Ihre Frau fühlt sich in der Gemeinde wohl ... Wie lange, glauben Sie wohl, daß Sie dort bleiben würden?«

Tanner erhob sich taumelnd aus seinem Sessel und sah den anderen an. Er war so wütend, daß seine Hände zitterten. Als er schließlich sprach, war er so erregt, daß seine Stimme kaum zu hören war.

»Das ist schmutzig!«

»Das ist Omega, Mr. Tanner. Beruhigen Sie sich, es sollte ja nur ein Beispiel sein.« Fassett schaltete das Gerät wieder ein und fuhr fort, während Tanner zögernd zu seinem Stuhl zurück ging. »Omega existiert. Und das bringt mich zum letzten Teil von – Stufe eins...«

»Und was ist das?«

Laurence Fassett setzte sich hinter den Schreibtisch. Er drückte seine Zigarette aus, während Tanner ein Päckchen aus der Tasche holte. »Wir wissen jetzt, daß es einen Zeitplan für Omega gibt. Ein Datum, an dem das Chaos beginnen soll... Ich sage Ihnen nichts, das Sie nicht wissen, wenn ich zugebe, daß meine Dienststellen häufig mit dem Austausch von Personal mit den Sowjets befaßt ist.«

»Nichts, das ich nicht wüßte.«

»Einer von unseren Leuten gegen zwei bis drei von den ihren ist das übliche Verhältnis...«

»Das weiß ich ebenfalls.«

»Vor zwölf Monaten fand an der Grenze zu Albanien ein solcher Austausch statt. Fünfundvierzig Tage des Feilschens. Ich war dort, das ist der Grund, daß ich jetzt hier bin. Während des Austausches sind einige Mitglieder des sowjetischen Außenamtes an unser Team herangetreten. Man könnte sie wohl am besten als Gemäßigte bezeichnen. Ähnlich unseren Gemäßigten.«

»Mir ist bekannt, wogegen unsere Gemäßigten auftreten. Wogegen stellen sich die Gemäßigten der Sowjets?«

»Gegen genau das gleiche. Nur, daß das bei ihnen nicht das Pentagon und ein schwer zu fassender militärisch-industrieller Komplex ist. Bei ihnen sind es die Falken im Präsidium. Die Militaristen.«

»Ich verstehe.«

»Man hat uns davon informiert, daß die Sowjet-Militaristen einen Termin für die letzte Phase der Operation Omega festgelegt haben. An diesem Tag soll der Plan in die Tat umgesetzt werden. Hunderte mächtiger leitender Persönlichkeiten in der amerikanischen Wirtschaft werden mit persönlicher Vernichtung bedroht werden, falls sie nicht den Anweisungen nachkommen, die man ihnen erteilt. Die Folge könnte eine größere finanzielle Krise sein. Eine Wirtschaftskatastrophe ist nicht unmöglich... Und das ist die Wahrheit. – Das ist das Ende von Stufe eins.«

Tanner erhob sich aus seinem Stuhl und zog an seiner Zigarette. Er ging vor dem Schreibtisch auf und ab. »Und mit dieser Information habe ich jetzt die Option, hier wegzugehen?«

»Ja.«

»Sie sind einfach unglaublich. Ehrlich, unglaublich sind Sie! – Das Band läuft. Fahren Sie fort.«

»Gut. Phase zwei. Wir wissen, daß Omega sich aus derselben Art von Individuen zusammensetzt, wie sie angegriffen werden sollen. Das muß so sein, sonst hätten nie die Kontakte hergestellt und die einzelnen Angriffspunkte ermittelt werden können. Im wesentlichen wußten wir also, wonach wir suchen mußten. Männer, die große Firmen infiltrieren konnten, Männer, die entweder in oder für solche Firmen tätig waren, die mit ihren Zielobjekten in Verbindung treten konnten... Wie ich schon eingangs erwähnte, ist Omega eine Codebezeichnung für eine Zelle oder eine Gruppe von Agenten. Es gibt auch noch eine geographische Codebezeichnung; eine Überprüfungsstelle für die Übermittlung von Informationen. Sobald eine Information diese Stelle durchlaufen hat, ist ihre Authentizität gesichert. Die geographische Codebezeichnung für Omega läßt sich nur schwer übersetzen, am ehesten noch mit ›Abgrund des Leders‹ oder ›Ziegenhaut‹.«

»›Abgrund des Leders‹?« Tanner drückte seine Zigarette aus.

»Ja. Erinnern Sie sich bitte, daß wir das vor über drei Jahren in Erfahrung brachten. Nach achtzehn Monaten konzentrierter Nachforschungen wußten wir, daß der ›Abgrund des Leders‹ an einem von insgesamt elf Orten im Lande sein mußte...«

»Wovon einer Saddle Valley, New Jersey, ist?«

»Wir wollen hier den Dingen nicht vorgreifen?«

»Habe ich recht?«

»Wir haben Agenten in diesen Ortschaften untergebracht«, fuhr der CIA-Mann fort und ignorierte dabei Tanners Frage. »Wir haben Tausende von Bürgern überprüft – ein sehr kostenaufwendiges Unterfangen –, und je mehr wir suchten, desto mehr Andeutungen fanden wir, daß die Ortschaft Saddle Valley der ›Abgrund des Leders‹ war. Dabei ist sehr gründlich gearbeitet worden. Wasserzeichen auf Briefbogen, eine Analyse von Staubpartikeln, die der ostdeutsche Beamte uns mit den versiegelten Akten brachte, die er uns übergab, tausend verschiedene Dinge, die wir geprüft und gegengeprüft haben... Aber in allererster Linie basiert unsere Meinung auf den Informationen über gewisse Bewohner von Saddle Valley, die dabei zutage kamen.«

»Ich glaube, jetzt sollten Sie zur Sache kommen.«

»Das werden *Sie* entscheiden müssen. Ich habe die Phase zwei inzwischen ziemlich abgeschlossen.« Tanner blieb stumm, also fuhr Fassett fort. »Sie sind in der Lage, uns unschätzbare Dienste zu erweisen. Bei einer der empfindlichsten Operationen beim gegenwärtigen Stand der Beziehungen zwischen den USA und der Sowjetunion können Sie etwas tun, wozu sonst niemand imstande ist. Vielleicht spricht Sie das sogar an, denn wie Sie aus dem, was ich bisher gesagt habe, sicher entnommen haben, arbeiten die gemäßigten Elemente beider Seiten im Augenblick zusammen.«

»Bitte, erklären Sie das.«

»Nur Fanatiker neigen zu solchen Aktionen. Das ist für beide Länder viel zu gefährlich. Im Sowjet-Präsidium findet ein Machtkampf statt. Es liegt in unserem Interesse, daß die Gemäßigten die Oberhand behalten. Eine Möglichkeit, dies zu erreichen, ist es, auch nur einen Teil von Omega offenzulegen und damit den Zieltermin unmöglich zu machen.«

»Was kann ich dazu tun?«

»Sie kennen Omega, Mr. Tanner. Sie kennen Omega sehr gut.«

Tanner hielt den Atem an. Einen Augenblick lang glaubte er, sein Herz stünde still. Er spürte, wie ihm das Blut in den Kopf schoß. Einen Augenblick lang empfand er eine Art Übelkeit.

»Das ist eine *unglaubliche* Feststellung.«

»So würde ich das an Ihrer Stelle auch sehen. Dennoch trifft sie zu.«

»Ich nehme an, dies ist das Ende von Phase zwei? – Sie Schweinehund. Sie Dreckskerl!« Tanners Stimme war nur noch ein Flüstern.

»Sie können mich nennen, wie Sie wollen. Schlagen Sie mich, wenn Sie das wollen. Ich werde nicht zurückschlagen... Ich sagte Ihnen ja, das ist nicht das erstemal, daß ich so etwas mache.«

Tanner stand auf und drückte die Finger gegen die Stirn. Er wandte sich von Fassett ab und wirbelte dann herum. »Und wenn Sie *unrecht* haben?« flüsterte er. »Angenommen, Ihr verdammten Idioten habt wieder einen Fehler gemacht!«

»Das haben wir nicht... Wir behaupten nicht, Omega völlig ans Tageslicht gefördert zu haben. Aber *eingeengt* haben wir die Möglichkeiten. Sie befinden sich in einer einzigartigen Position.«

Tanner ging ans Fenster und schickte sich an, die Vorhänge aufzuziehen.

»Rühren Sie das nicht an! Lassen Sie die Vorhänge geschlossen!«

Fassett sprang auf und packte Tanners Handgelenk mit der einen und die Vorhangschnur mit der anderen. Tanner sah dem Agenten in die Augen.

»Und wenn ich jetzt hier weggehe, muß ich mit dem leben, was Sie mir gerade gesagt haben? Ohne je zu wissen, wer in meinem Haus ist, mit wem ich auf der Straße spreche? Mit dem Wissen leben, daß Sie meinen, jemand könnte ein Gewehr auf dieses Zimmer abfeuern, wenn ich die Vorhänge öffne?«

»Dramatisieren Sie die Dinge nicht. Das sind nur Vorsichtsmaßnahmen.«

Tanner ging wieder an den Tisch zurück, setzte sich aber nicht. »Verdammt sollen Sie sein«, sagte er leise. »Sie wissen ganz genau, daß ich jetzt nicht gehen kann...«

»Nehmen Sie die Bedingungen an?«

»Ja.«

»Dann muß ich Sie bitten, diese Erklärung zu unterzeichnen.« Er entnahm dem Aktendeckel ein Blatt und legte es Tanner hin. Es war eine knappe Darstellung der Eigenart und der Strafbestimmung des National Security Act. Auf Omega bezog sich der Text nur in ganz allgemeiner Weise – Gegenstand A, definiert als Bandaufzeichnung. Tanner kritzelte seinen Namen hin und blieb stehen. Er starrte Fassett an.

»Ich werde Ihnen jetzt folgende Fragen stellen.« Fassett nahm seinen Aktendeckel und schlug eine der hintersten Seiten auf. »Sind sie mit den Personen vertraut, die ich jetzt nennen werde? Richard Tremayne und seine Frau Virginia. – Bitte antworten Sie.«

Erstaunt sagte Tanner leise: »Ja.«

»Joseph Cardone, geboren als Guiseppe Ambruzzio Cardione, und seine Frau Elizabeth?«

»Ja.«

»Bernard Osterman und seine Frau Leila?«

»Ja.«

»Lauter, bitte, Mr. Tanner.«

»Ich sagte, ja.«

»Ich teile Ihnen jetzt mit, daß eines dieser drei Ehepaare, vielleicht auch zwei oder alle drei, für die Operation Omega wesentlich ist.«

»Sie sind verrückt! Sie sind nicht bei Sinnen!«

»Keineswegs. Ich habe Ihnen von unserem Austausch an der albanischen Grenze berichtet. Man hat uns damals zur Kenntnis gebracht, daß Omega, Abgrund des Leders, von einem Vorort von Manhattan aus operierte – und das bestätigte unsere Analyse. Daß Omega aus Paaren bestand – Männern und Frauen, die den militaristischen Zielen der sowjetischen Expansionisten fanatisch ergeben waren. Diese Paare werden für ihre Dienste gut bezahlt. Die erwähnten Paare – die Tremaynes, die Cardones und die Ostermans – besitzen im Augenblick Nummernkonten in Zürich und in der Schweiz mit Beträgen, die ihre finanziellen Verhältnisse und ihr Einkommen weit übersteigen.«

»Das kann nicht Ihr Ernst sein!«

»Selbst wenn man die Möglichkeit des Zufalls mit in Betracht zieht – und wir haben alle Betroffenen gründlich überprüft –, ist es unsere Meinung, daß Sie im Augenblick als sehr erfolgreiche Deckung für Omega benutzt werden. Sie sind ein Mann der Medien jenseits jeglichen Verdachts.

Wir behaupten nicht, daß alle drei Ehepaare in die Sache

verwickelt sind. Es ist durchaus vorstellbar, daß eines oder möglicherweise auch zwei dieser Paare ebenso wie Sie als Tarnung benutzt werden. Aber das ist zweifelhaft. Die Beweise – die Schweizer Konten, die Berufe, die ungewöhnlichen Umstände ihrer Verbindung – das alles deutet auf eine Zelle.«

»Wie haben Sie denn mich ausgesondert?« fragte Tanner benommen.

»Ihr Leben ist vom Tage Ihrer Geburt an von Fachleuten wie unter einem Mikroskop untersucht worden. Wenn wir uns in Ihrer Person geirrt haben, sollten wir unseren Beruf wechseln.«

Tanner wirkte plötzlich erschöpft. Er ließ sich in den Stuhl sinken. »Was soll ich tun?«

»Wenn unsere Information zutrifft, kommen die Ostermans am Freitag per Flugzeug nach dem Osten und werden das Wochenende mit Ihnen und Ihrer Familie verbringen. Ist das richtig?«

»Das *war* richtig.«

»Ändern Sie nichts. Sie dürfen die Situation nicht verändern.«

»Das ist jetzt unmöglich...«

»Das ist die einzige Möglichkeit, wie Sie uns helfen können. Uns *allen.*«

»Warum?«

»Wir glauben, daß wir Omega während des kommenden Wochenendes eine Falle stellen können. Wenn Sie uns unterstützen. Wenn nicht, dann können wir das nicht.«

»Wie?«

»Bis zum Eintreffen der Ostermans sind noch vier Tage. Während dieser Zeit werden unsere Zielpersonen – die Ostermans, die Tremaynes und die Cardones – unter Druck gesetzt werden. Jedes der drei Ehepaare wird Telefonanrufe von Unbekannten erhalten, Telegramme, die über Zürich kommen, es wird zu zufälligen Zusammentreffen mit Fremden in Restaurants, in Cocktailbars und auf der Straße kommen. Der Sinn des Ganzen ist es, eine gemeinsame Nachricht zu übermitteln: daß John Tanner *nicht* ist, was er zu sein scheint. Sie sind etwas anderes. Vielleicht ein Doppelagent oder ein Informant des Politbüros oder sogar ein Mitglied meiner eigenen Organisation. Die Informationen, die sie erhalten werden, werden verwirrend sein, dazu bestimmt, sie aus dem Gleichgewicht zu bringen.«

»Und gleichzeitig macht das mich und meine Familie zum Angriffspunkt. Das lasse ich nicht zu! Sie würden uns töten!«

»Das ist das einzige, was sie ganz bestimmt nicht tun.«

»Warum nicht? Wenn irgend etwas von dem, was Sie sagen, wahr ist – und ich bin davon keineswegs überzeugt –, ich *kenne* diese Leute. Ich kann das nicht glauben!«

»In diesem Falle besteht überhaupt kein Risiko.«

»Warum nicht?«

»Wenn sie – eines oder alle Ehepaare – nichts mit Omega zu tun haben, werden sie ganz normal handeln. Sie werden die Zwischenfälle der Polizei oder dem FBI melden. Dann schalten wir uns ein. Wenn ein oder zwei Ehepaare solche Meldungen machen und das andere oder die anderen das nicht tun, wissen wir, wer Omega ist.«

»Und – angenommen, Sie haben *recht*. Was dann? Welche Garantien können Sie mir geben?«

»Einige Faktoren. Alle narrensicher. Ich sagte Ihnen schon, daß die ›Information‹ über Sie falsch sein wird. Wer immer Omega ist, wird seine Mittel einsetzen und das, was er erfährt, im Kreml selbst überprüfen. Unsere Verbindungsleute dort sind darauf vorbereitet. Sie werden sich einschalten. Die Information, die Omega aus Moskau erhält, wird die Wahrheit sein. Die Wahrheit bis zu diesem Nachmittag, heißt das. Sie sind einfach John Tanner, Chef der Nachrichtenredaktion von Standard Mutual, und in keine irgendwie geartete Verschwörung verwickelt. Was hinzu kommt, wird die Falle sein. Moskau wird denjenigen, der Sie überprüfen läßt, informieren, er solle gegenüber den *anderen* Ehepaaren auf seiner Hut sein. Es könnten Überläufer sein. Wir teilen also. Wir führen eine Konfrontation herbei und treten auf die Bildfläche.«

»Das ist schrecklich primitiv. Es klingt alles so einfach.«

»Wenn man Ihr Leben oder das Leben Ihrer Familie bedrohte, würde die ganze Aktion Omega in Gefahr sein. Die Gegenseite ist nicht bereit, dieses Risiko einzugehen. Dafür haben sie zu hart gearbeitet. Ich sagte Ihnen doch, daß es Fanatiker sind. Der Zieltermin für Omega liegt nur einen knappen Monat in der Zukunft.«

»Das reicht nicht.«

»Da ist noch etwas. Jedem Mitglied Ihrer Familie werden mindestens zwei bewaffnete Agenten zugeteilt werden. Vierundzwanzigstündige Überwachung. Sie werden nie weiter als fünfzig Meter entfernt sein. Nie.«

»Jetzt weiß ich, daß Sie verrückt sind. Sie kennen Saddle Valley nicht. Fremde, die irgendwo herumlungern, werden schnell entdeckt und verjagt! Wir wären ja Zielscheiben.«

Fassett lächelte. »Im Augenblick haben wir dreizehn Männer in Saddle Valley. Dreizehn. Es sind Bewohner Ihrer Gemeinde.«

»Du lieber Gott!« Tanner sagte das ganz leise. »Neunzehnhundertvierundachtzig kommt immer näher, wie?«

»Die Zeit, in der wir leben, erfordert das häufig.«

»Ich habe keine Wahl, wie? Überhaupt keine Wahl.« Er deutete auf das Tonbandgerät und das Schriftstück daneben. »Jetzt habe ich mich doch selbst aufgehängt, oder?«

»Ich glaube, Sie dramatisieren die Dinge schon wieder.«

»Nein, das tue ich nicht. Ich dramatisiere überhaupt nichts... Ich muß genau das tun, was Sie von mir wollen, oder? Ich *muß*... Die einzige Alternative, die mir zur Verfügung steht, ist, zu verschwinden – und mich jagen zu lassen. Von Ihnen jagen zu lassen und – wenn Sie recht haben – von diesem Omega.«

Fassett erwiderte Tanners Blick ohne eine Spur von Täuschung. Tanner hatte die Wahrheit gesprochen. Beide Männer wußten das.

»Es sind nur sechs Tage. Sechs Tage aus einem ganzen Leben.«

4.

Montag – 20.05 Uhr

Der Flug vom Dulles Airport in Washington nach Newark kam ihm unwirklich vor. Er war nicht müde. Er war erschreckt. Sein Bewußtsein huschte immer wieder von einem Bild zum anderen, und jedes schob das vorangegangene in die Ferne. Da waren die scharfen, starren Augen von Laurence Fassett über den kreisenden Spulen des Tonbandgerätes. Das Dröhnen von Fassetts Stimme, die jene endlosen Fragen stellte; und dann wurde die Stimme lauter und lauter.

›Omega!‹

Und die Gesichter von Bernie und Leila Osterman, Dick und Ginny Tremayne, Joe und Betty Cardone.

Das Ganze gab keinen Sinn! Er würde nach Newark kommen, und dann würde plötzlich der ganze Alptraum vorüber sein, und er würde sich dann erinnern, wie er Laurence Fassett die Liste mit den Einschaltungen gegeben und die fehlenden Seiten der F.C.C.-Akte unterzeichnet hatte.

Nur, daß er wußte, daß es nicht so kommen würde.

Die einstündige Fahrt von Newark nach Saddle Valley verlief schweigend, und der Taxifahrer begriff, daß sein Fahrgast auf dem Rücksitz, der sich eine Zigarette nach der anderen anzündete und ihm keine Antwort gegeben hatte, als er ihn gefragt hatte, wie der Flug gewesen sei, Ruhe haben wollte.

SADDLE VALLEY
GEGRÜNDET 1862
Willkommen

Tanner starrte die Tafel an, als die Scheinwerfer des Taxis sie erfaßten. Als sie dann hinter ihm versank, konnte er nur an die Worte ›Abgrund des Leders‹ denken.

Unwirklich.

Zehn Minuten später hielt das Taxi vor seinem Haus. Er stieg aus und gab dem Fahrer geistesabwesend den Betrag, den sie vereinbart hatten.

»Danke, Mr. Tanner«, sagte der Fahrer und lehnte sich über den Sitz, um das Geld durchs Fenster in Empfang zu nehmen.

»Was? Was haben Sie gesagt?« fragte John Tanner.

»Ich habe gesagt: ›Danke, Mr. Tanner‹.«

Tanner beugte sich hinunter und packte den Türgriff, zog die Tür mit seiner ganzen Kraft auf.

»Woher kennen Sie meinen Namen? Sagen Sie mir, woher Sie meinen Namen kennen!«

Der Taxifahrer konnte die Schweißtropfen sehen, die über das Gesicht seines Fahrgastes rannen, den irren Blick in den Augen des Mannes. Ein Spinner, dachte der Fahrer. Seine linke Hand bewegte sich vorsichtig unter den Sitz. Er bewahrte dort immer ein Stück Bleirohr auf.

»Schauen Sie, Mac«, sagte er, während seine Hand sich um das Rohr schloß, »wenn Sie nicht wollen, daß jemand Ihren Namen gebraucht, dann müssen Sie die Tafel von Ihrem Rasen nehmen.«

Tanner trat zurück und sah über die Schulter. Auf dem Rasen war die schmiedeeiserne Laterne, eine wettersichere Sturmlampe, die an einer Kette von einer Stange hing. Und über der Lampe spiegelten sich im Licht die Worte:

THE TANNERS
22 ORCHARD DRIVE

Er hatte die Lampe und diese Worte tausendmal gesehen. *THE TANNERS. 22 ORCHARD DRIVE.* In diesem Augenblick kamen auch sie ihm unwirklich vor. Als hätte er sie noch nie zuvor gesehen.

»Tut mir leid, Freund. Ich bin ein wenig gereizt. Ich fliege nicht gern.« Er schloß die Tür, und der Fahrer kurbelte die Scheibe hoch. Dann sagte er abgehackt:

»Dann nehmen Sie doch den Zug, Mister. Oder gehen Sie um Himmelswillen zu Fuß!«

Das Taxi brauste davon, und Tanner drehte sich um und sah sein Haus an. Die Tür öffnete sich. Der Hund sprang heraus, um ihn zu begrüßen. Seine Frau stand im Licht der Eingangshalle, und er konnte ihr Lächeln sehen.

5.

Dienstag – 3.33 Uhr, Kalifornische Zeit

Das weiße französische Telefon mit seiner gedämpften Hollywood-Klingel hatte wenigstens schon fünfmal Laut gegeben. Leila dachte schläfrig, wie dumm es doch war, es auf Bernies Seite des Bettes zu stellen. Es weckte ihn nie, immer nur sie.

Sie stieß ihren Mann mit dem Ellbogen in die Rippen. »Darling... Bernie. Bernie! Das Telefon.«

»Was?« Osterman schlug verwirrt die Augen auf. »Das Telefon? Oh, das verdammte Telefon. Wer kann das schon hören?«

Er griff in die Dunkelheit und fand die winzige Gabel mit den Fingern.

»Ja? – Ja, hier spricht Bernard Osterman... Ferngespräch?« Er deckte die Sprechmuschel mit der Hand ab und schob sich in die Höhe. Dann wandte er sich seiner Frau zu. »Wie spät ist es?«

Leila knipste ihre Nachttischlampe an und sah auf die Uhr. »Halb vier. Mein Gott!«

»Wahrscheinlich irgend so ein Idiot wegen dieser Hawaii-Serie. Dort ist es noch nicht einmal Mitternacht.« Bernie lauschte am Hörer. »Ja, Vermittlung, ich warte... Das ist ein sehr fernes Ferngespräch, Honey. Wenn es Hawaii ist, dann können die ihren Produzenten an die Schreibmaschine setzen; ich hab' genug. Wir hätten die Finger davon lassen sollen. Ja, Vermittlung. Bißchen schnell bitte, ja?«

»Du hast doch gesagt, daß du diese Inseln einmal ohne Uniform besuchen möchtest, erinnerst du dich?«

»Ja, da muß ich mich wohl entschuldigen... Ja, Vermittlung, hier *ist* Bernard Osterman, verdammt noch mal! Ja?

Ja? Danke... Hello? Ich kann Sie kaum hören. Hello? – Ja, so ist's besser. Wer spricht? – Was? Was haben Sie gesagt? – Wer spricht? Wie heißen Sie? Ich kann nicht verstehen. Ja, *gehört* hab' ich Sie schon. Aber ich verstehe nicht... Hello? – Hello! Augenblick! Augenblick, hab' ich gesagt!« Osterman schoß hoch und warf die Beine über die Bettkante. Die Decke rutschte ihm über die Füße. Er schlug auf die Gabel des weißen französischen Telefons. »Vermittlung! Vermittlung! Die verdammte Leitung ist tot!«

»Wer war das? Was schreist du denn so? Was haben die denn gesagt?«

»Er – dieser Idiot hat gebrummt wie ein Stier. Er hat gesagt, wir sollten auf den – den – *Tan One* aufpassen. Das hat er gesagt. Er hat es einmal wiederholt. Den *Tan One*. Was zum Teufel ist das?«

»Den *was*?«

»Den Tan One! Das hat er ein paarmal wiederholt!«

»Das gibt doch keinen Sinn... War es wirklich Hawaii? Hat die Vermittlung gesagt, wo das Gespräch her kam?«

Osterman starrte seine Frau in der schwachen Schlafzimmerbeleuchtung an. »Ja. Das hab' ich ganz deutlich gehört. Es war Übersee... Es war Lissabon. Lissabon in Portugal.«

»Wir kennen niemanden in Portugal!«

»Lissabon, Lissabon, Lissabon...« Osterman wiederholte den Namen ein paarmal halblaut. »Lissabon. Neutral. Lissabon war neutral.«

»Was meinst du?«

»Tan One...«

»Tan... Tan. Tanner. Könnte das John Tanner sein? John Tanner!«

»Neutral!«

»Es ist John Tanner«, sagte Leila leise.

»Johnny? – Aber was hat er damit gemeint: ›aufpassen‹?

Warum sollten wir aufpassen? Warum ein Anruf um halb vier Uhr früh?«

Leila setzte sich auf und griff nach einer Zigarette. »Johnny hat Feinde. Im Hafen von San Diego, der Artikel, den er damals geschrieben hat.«

»San Diego, sicher! Aber Lissabon?«

»Im *Daily Variety* stand letzte Woche, daß wir nach New York fahren«, fuhr Leila fort und inhalierte tief. »Daß wir dort wahrscheinlich bei unseren ehemaligen Nachbarn, den Tanners, wohnen würden.«

»Und?«

»Vielleicht sind wir zu prominent.« Sie sah ihren Mann an.

»Vielleicht sollte ich Johnny anrufen.« Osterman griff nach dem Telefon.

Leila packte ihn am Handgelenk. »Bist du *verrückt*?«

Osterman legte sich wieder hin.

Joe schlug die Augen auf und sah auf die Uhr. Sechs Uhr fünfundzwanzig. Zeit, aufzustehen, etwas in der Turnhalle zu trainieren und vielleicht dann ein kurzer Spaziergang zum Club, um eine Stunde Golf zu üben.

Er war ein Frühaufsteher, ganz im Gegensatz zu Betty. Wenn man sie ließ, würde sie bis Mittag schlafen. Sie hatten zwei Doppelbetten, für jeden von ihnen eines, weil Joe die schwächende Wirkung von zwei unterschiedlichen Körpertemperaturen unter derselben Decke kannte. Der Nutzen, den einem der Schlaf brachte, wurde um fast fünfzig Prozent vermindert, wenn er die ganze Nacht mit jemand anderem das Bett teilte. Und da der Zweck des Ehebettes ausschließlich sexueller Natur war, hatte es keinen Sinn, den Nutzen des Schlafes zu verlieren.

Zwei Doppelbetten waren da besser.

Er trat zehn Minuten die Pedale seiner Fahrradmaschine

und arbeitete dann fünf Minuten mit siebeneinhalbpfündigen Hanteln. Er blickte durch das dicke Glasfenster des Dampfbades und sah, daß der Raum bereit war.

Ein Licht über der Wanduhr blitzte auf. Das war die Türglocke. Joe hatte sich das einbauen lassen, für den Fall, daß er alleine zu Hause war und gerade trainierte.

Die Uhr zeigte sechs Uhr einundfünfzig, viel zu früh für jemanden in Saddle Valley, um eine Türglocke zu betätigen. Er legte die zwei Hanteln auf den Boden und ging an die Sprechanlage.

»Ja? Wer ist da?«

»Telegramm, Mr. Cardione.«

»Wer?«

»Hier steht Cardione.«

»Ich heiße Cardone.«

»Ist das nicht elf Apple Place?«

»Ich bin gleich da.«

Er schaltete die Sprechanlage aus und griff sich ein Handtuch von der Stange, drapierte es um sich, als er schnell hinaus eilte. Das, was er gerade gehört hatte, gefiel ihm nicht. Er erreichte die Haustür und öffnete sie. Ein kleiner Mann in Uniform stand Gummi kauend da.

»Warum haben Sie nicht angerufen? Es ist doch ziemlich früh, oder?«

»Ich hatte Anweisung, es persönlich auszuliefern. Ich mußte hierher fahren, Mr. Cardione. Fast fünfzehn Meilen. Wir haben einen Vierundzwanzig-Stunden-Service.«

Cardone unterschrieb die Quittung. »Warum fünfzehn Meilen? Western Union hat doch eine Filiale in Ridge Park.«

»Nicht Western Union, Mister. Das ist ein Kabel-Telegramm – aus Europa.«

Cardone riß dem Uniformierten den Umschlag aus der Hand. »Augenblick.« Er wollte nicht den Anschein erwekken, als wäre er erregt, also ging er ganz normal ins Wohnzimmer, wo er sich erinnerte, Bettys Handtasche auf dem Flügel gesehen zu haben. Er entnahm ihr zwei Ein-Dollar-Noten und ging zur Tür zurück. »Hier bitte. Tut mir leid, daß Sie so weit fahren mußten.« Er schloß die Tür und riß den Umschlag auf.

> L'UOMO BRUNO PALIDO NON E AMICO
> DEL ITALIANO. GUARDA BENE VICINI DI
> QUESTA MANIERA. PROTECIATE PER LA
> FINA DELLA SETTIMANA.
> DA VINCI

Cardone ging in die Küche, fand einen Bleistift neben dem Telefon und setzte sich an den Tisch. Er schrieb die Übersetzung auf die Rückseite einer Zeitschrift.

> Der hellbraune Mann ist kein Freund des
> Italieners. Seien Sie vorsichtig bei
> solchen Nachbarn. Schützen Sie sich
> gegen Ende der Woche.
> Da Vinci

Was hatte das zu bedeuten? Was für ›hellbraune Nachbarn‹? In Saddle Valley gab es keine Schwarzen. Die Nachricht gab keinen Sinn.

Plötzlich erstarrte Joe Cardone. Der hellbraune Nachbar – das konnte nur John Tanner bedeuten*. Am Ende der Woche – Freitag – würden die Ostermans eintreffen. Jemand in Europa riet ihm, sich vor John Tanner und dem bevorstehenden Osterman-Wochenende zu schützen.

---

* Tan – ist gleich Sonnenbräune, Anmerkung des Übersetzers

Er packte das Telegramm und blickte auf die Datumszeile.

Zürich.

Herrgott! Zürich!

Jemand in Zürich – jemand, der sich Da Vinci nannte, jemand, der seinen wirklichen Namen kannte, der John Tanner kannte, der über die Ostermans Bescheid wußte, warnte ihn.

Joe Cardone starrte zum Fenster hinaus auf den Rasen seines Hinterhofs. Da Vinci, Da Vinci!

Leonardo.

Künstler, Soldat, Kriegsarchitekt – für jeden etwas.

Mafia!

Herrgott! Wer?

Die Costellanos? Die Batellas? Die Latronas, vielleicht.

Welche der Familien hatte sich gegen ihn gewandt? Und *warum*? Er war ihr *Freund*!

Seine Hände zitterten, als er das Telegramm auf den Küchentisch legte. Er las es noch einmal. Jeder Satz beschwor immer gefährlicher werdende Bedeutungen herauf.

Tanner! John Tanner hatte etwas in Erfahrung gebracht! Aber *was*?

Und warum kam die Nachricht aus Zürich? Was hatten sie mit Zürich zu tun?

Oder die Ostermans?

Was hatte Tanner entdeckt? Was würde er tun? – Einer der Batella-Leute hatte Tanner einmal eine Bezeichnung gegeben... Wie war sie doch?

»Volturno!«

Geier.

»... kein Freund des Italieners... Vorsichtig... Schützen Sie sich...«

Wie? Vor *was*? Tanner würde sich ihm nicht anvertrauen. Warum sollte er?

Er, Joe Cordone, gehörte nicht dem Syndikat an; auch keiner *Famiglia*. Was konnte *er* wissen?

Aber ›Da Vincis‹ Nachricht war aus der Schweiz gekommen.

Und das ließ eine Möglichkeit offen, eine besorgniserregende Möglichkeit. Die Cosa Nostra hatte von Zürich erfahren! Sie würden das gegen ihn verwenden, wenn er nicht imstande war, den ›hellbraunen Mann‹, den Feind des Italieners, unter Kontrolle zu halten. Wenn er das nicht verhindern konnte, was John Tanner im Begriff war zu tun, was auch immer es sein mochte, würde er vernichtet werden.

Zürich! Die Ostermans!

Er hatte das getan, was er für richtig gehalten hatte! Was er hatte tun müssen, um zu *überleben*. Osterman hatte ihm das auf eine Art und Weise klargemacht, die keinen Zweifel ließ. Aber jetzt war das in anderen Händen. Nicht in seinen.

Joe Cardone verließ die Küche und kehrte in seine Miniaturturnhalle zurück. Ohne Handschuhe anzuziehen, fing er an, auf den Sack einzuschlagen. Schneller und schneller, immer härter.

In seinem Kopf war ein schrilles Kreischen zu hören.

›Zürich! Zürich! Zürich!‹

Virginia Tremayne hörte ihren Mann um Viertel nach sechs aus dem Bett steigen und wußte sofort, daß etwas nicht stimmte. Ihr Mann stand selten so früh auf.

Sie wartete ein paar Minuten. Als er nicht zurückkehrte, zog sie ihren Morgenrock an und ging hinunter. Er war im Wohnzimmer, stand am Erkerfenster, rauchte eine Zigarette und las etwas, das auf einem Stück Papier stand.

»Was machst du denn?«

»Sieh dir das an«, antwortete er mit leiser Stimme.

»Was denn?« Sie nahm ihm das Papier aus der Hand.

Seien Sie mit Ihrem Reporterfreund äußerst vorsichtig. Seine Freundschaft geht nicht über seinen Ehrgeiz hinaus. Er ist nicht das, was er zu sein scheint. Es kann sein, daß wir seine Besucher aus Kalifornien melden müssen.
Blackstone

»Was ist das? Wann hast du das bekommen?«

»Ich hörte vor etwa zwanzig Minuten Geräusche vor dem Fenster. Gerade laut genug, um mich zu wecken. Und dann wurde ein Wagen angelassen. Der Motor wurde immer wieder hochgejagt... Ich dachte, du hättest es auch gehört. Du hast die Zudecke hochgezogen.«

»Ich denke schon. Ich habe nicht darauf geachtet...«

»Ich ging hinunter und hab' die Tür geöffnet. Dieser Umschlag lag auf dem Fußabstreifer.«

»Was hat das zu bedeuten?«

»Das weiß ich noch nicht genau.«

»Wer ist Blackstone?«

»Die Kommentare. Die Basis unseres juristischen Systems...« Richard Tremayne warf sich in einen Sessel und preßte sich die Hand gegen die Stirn. Mit der anderen rollte er seine Zigarette vorsichtig über den Rand eines Aschenbechers.

»Bitte – laß mich nachdenken.«

Virginia Tremayne sah wieder auf das Papier mit der geheimnisvollen Nachricht. »›Reporterfreund‹. Bedeutet das...?«

»Tanner hat irgend etwas in Erfahrung gebracht, und der Betreffende, der uns das gebracht hat, ist in Panik geraten. Jetzt versuchen sie, mich auch in Panik zu treiben.«

»Warum?«

»Das weiß ich nicht. Vielleicht glauben sie, daß ich ihnen

helfen kann. Und wenn nicht, dann bedrohen sie mich. Uns alle.«

»Die Ostermans.«

»Genau. Sie bedrohen uns mit Zürich.«

»Oh, mein Gott! Sie wissen es! Jemand hat es herausgebracht!«

»So sieht es aus.«

»Meinst du, Bernie hat kalte Füße bekommen? Darüber geredet?«

Tremaynes Auge zuckte. »Er wäre von Sinnen, wenn er das täte. Man würde ihn ans Kreuz schlagen, auf beiden Seiten des Atlantik... Nein, das ist es nicht.«

»Was ist es dann?«

»Wer auch immer das geschrieben hat, es ist jemand, mit dem ich in der Vergangenheit zusammengearbeitet habe oder den ich abgelehnt habe. Vielleicht ist es einer meiner augenblicklichen Fälle. Vielleicht eine der Akten, die jetzt auf meinem Tisch liegen. Und Tanner hat Wind davon bekommen und macht jetzt Lärm. Sie erwarten von mir, daß ich ihn aufhalte. Wenn ich das nicht tue, bin ich erledigt. Ehe ich es mir leisten kann... Ehe Zürich für uns zu arbeiten beginnt.«

»Sie können dir doch unmöglich etwas anhaben!« sagte Tremaynes Frau mit gekünstelter Sicherheit.

»Komm schon, Darling. Wir wollen *uns* doch nichts vormachen. Höflich ausgedrückt, bin ich Spezialist für Firmenübernahmen. Aber in den Vorstandsetagen bin ich ein Pirat. Um Richter Hand zu zitieren, der Firmenmarkt ist zur Zeit mit falschen Käufen verrückt gemacht. Falsch. Das bedeutet Schwindel. Käufe mit Papier.«

»Hast du Schwierigkeiten?«

»Nein, das nicht – ich könnte immer sagen, daß man mich falsch informiert hat. Die Gerichte mögen mich.«

»Sie respektieren dich! Du hast härter gearbeitet als jeder Mann, den ich kenne. Du bist der beste Anwalt, den es gibt!«

»Ich wollte, es wäre so.«

»Du *bist* es!«

Richard Tremayne stand an dem großen Erkerfenster und blickte auf den Rasen seines Vierundsiebzigtausend-Dollar-Ranch-Hauses hinaus. »Ist das nicht komisch. Wahrscheinlich hast du recht. Ich bin einer der besten, die es gibt, in einem System, das ich verachte... Ein System, das Tanner in einem seiner Programme in Stücke reißen würde, wenn er wüßte, was wirklich dahinter steckt. Und das ist es, was dieser Zettel hier meint.«

»Ich glaube, du hast unrecht. Ich glaube, das ist jemand, den du einmal geschlagen hast und der sich an dir rächen möchte. Der Versuch, dir Angst zu machen.«

»Das ist ihm dann auch gelungen. Was dieser – Blackstone mir sagt, ist nichts, was ich nicht schon weiß. Was ich *bin* und was ich *tue*, macht mich zu Tanners natürlichem Feind. Er würde das zumindest so sehen. Wenn er die Wahrheit wüßte.«

Er sah sie an und zwang sich zu einem Lächeln. »Die in Zürich kennen die Wahrheit.«

6.

Dienstag – 9.30 Uhr, Kalifornische Zeit

Osterman schlenderte ziellos auf dem Studiogelände herum und versuchte Ablenkung von dem Anruf in der frühen Morgenstunde zu finden. Aber er kam nicht davon los.

Weder er noch Leila hatten wieder einschlafen können. Sie

hatten versucht, die einzelnen Möglichkeiten zu überprüfen und einzuschränken. Und als sie damit nicht weiter kamen, hatten sie sich der viel wichtigeren Frage zugewandt, *weshalb* dieser Anruf gekommen war.

Warum war gerade *er* angerufen worden? Was stand dahinter? Arbeitete Tanner wieder an einem seiner Exposés?

Wenn ja, dann hatte das nichts mit ihm zu tun. Nichts mit Bernie Osterman.

Tanner sprach nie über Einzelheiten seiner Arbeit. Nur ganz allgemein. Er hatte sehr ausgeprägte Vorstellungen von dem, was er für Ungerechtigkeit hielt, und da die beiden Männer häufig unterschiedlicher Meinung waren über das, was in einer freien Wirtschaftsform als fair oder unfair gelten mußte, vermieden sie es, auf Einzelheiten einzugehen.

Bernie sah in Tanner einen Kreuzfahrer, der nie zu Fuß gegangen war. Er hatte es nie miterlebt, wie ein Vater nach Hause kam und mitteilte, er habe am nächsten Tag keine Stellung mehr. Oder eine Mutter, die eine halbe Nacht aufblieb und das abgetragene Kleidungsstück eines Kindes, das am nächsten Morgen wieder zur Schule mußte, zusammenflickte. Tanner konnte sich seine Indigniertheit leisten und hatte gute Arbeit geleistet. Aber es gab Dinge, die er nie begreifen würde. Das war auch der Grund, weshalb Bernie nie mit ihm über Zürich gesprochen hatte.

»Hey, Bernie, Augenblick mal!« Ed Pomfret, ein rundlicher, unsicherer Produzent in mittleren Jahren holte ihn auf dem Bürgersteig ein.

»Hello, Eddi. Wie geht's denn?«

»Prima! Ich hab' versucht, Sie in Ihrem Büro zu erreichen. Das Mädchen hat gesagt, Sie wären ausgegangen.«

»Nichts zu tun.«

»Ich hab's schon gehört, Sie ja wahrscheinlich auch. Ich freue mich darauf, mit Ihnen zu arbeiten.«

»Wie? – Nein, ich hab' nichts gehört. Woran arbeiten wir denn?«

»Was soll das denn? Machen Sie Witze?« Pomfret wirkte fast beleidigt. Gerade als wüßte er, daß Osterman ihn für zweitklassig hielt.

»Keine Witze. Ich mache hier noch diese Woche dicht. Wovon reden Sie denn? Wer hat Sie angesprochen?«

»Dieser neue Mann aus der Planungsabteilung hat mich heute morgen angerufen. Ich hänge doch in der Interceptor-Serie drin. Er sagte, Sie würden vier Episoden schreiben. Mir sagt die Idee zu.«

»Welche Idee?«

»Das Exposé für die Story. Drei Männer, die an einem großen, geheimen Geschäft in der Schweiz arbeiten. Hat mich sofort gepackt.«

Osterman blieb stehen und blickte auf Pomfret hinunter. »Wer hat Ihnen das aufgebunden?«

»Mir was aufgebunden?«

»Es gibt keine vier Episoden. Keine Exposés. Kein Geschäft. Und jetzt sagen Sie mir, was Sie mir sagen wollen.«

»Sie müssen Witze machen. Bilden Sie sich ein, ich würde jemanden wie Sie oder Leila auf den Arm nehmen wollen? Ich war wirklich sehr geschmeichelt. Die Planung hat mir am Telefon gesagt, ich soll Sie anrufen und mir die Exposés beschaffen!«

»Wer hat Sie angerufen?«

»Wie heißt er denn – dieser neue Mann, den die Planung aus New York geholt hat.«

»Wer?«

»Hat mir seinen Namen gesagt – Tanner. Ja, das ist's. Tanner. Jim Tanner, John Tanner...«

»John Tanner arbeitet nicht hier! So, und jetzt möchte ich

wissen, wer Sie auf mich angesetzt hat?« Er packte Pomfret am Arm. »Heraus damit, Sie Mistkerl!«

»Nehmen Sie die Hände weg! Sie sind verrückt!«

Osterman erkannte sofort, daß er einen Fehler gemacht hatte: Pomfret war nicht mehr als ein Botenjunge. Er ließ den Arm des Produzenten los. »Tut mir leid, Eddie. Entschuldigen Sie... Ich hab' zuviel um die Ohren. Bite, verzeihen Sie mir, ich bin wirklich unmöglich.«

»Schon gut, schon gut. Etwas gereizt sind Sie, das ist alles. Sehr gereizt, Mann.«

»Sie sagen, dieser Mann – dieser Tanner – hätte Sie heute morgen angerufen?«

»Vor etwa zwei Stunden. Ehrlich gesagt, ich habe ihn gar nicht gekannt.«

»Hören Sie, das soll ein dummer Witz sein. Verstehen Sie? Ich mache die Serie nicht, glauben Sie mir das... Vergessen Sie's einfach, okay?«

»Ein Witz?«

»Glauben Sie mir, okay? – Ich will Ihnen was sagen; die reden mit Leila und mir über ein neues Projekt. Ich werde darauf bestehen, daß Sie die finanzielle Seite übernehmen, einverstanden?«

»Hey, das ist nett, vielen Dank!«

»Schon gut. Wir wollen bloß diesen kleinen Witz für uns behalten, ja?«

Osterman wartete gar nicht erst auf Pomfrets Dankbarkeit. Er eilte zur Straße hinunter auf seinen Wagen zu. Er mußte nach Hause, zu Leila.

Ein hünenhafter Mann in Chauffeursuniform saß auf dem Vordersitz seines Wagens! Als Bernie heran kam, stand er auf und hielt ihm die hintere Tür auf.

»Mr. Osterman?«

»Wer sind Sie? Was machen Sie in...«

»Ich habe eine Nachricht für Sie.«

»Aber ich will sie nicht hören! Ich will wissen, weshalb Sie in meinem Wagen sitzen!«

»Seien Sie sehr vorsichtig mit Ihrem Freund John Tanner. Seien Sie vorsichtig und überlegen Sie sich gut, was Sie ihm sagen.«

»Wovon in aller Welt reden Sie?«

Der Chauffeur zuckte die Achseln. »Ich überbringe nur eine Nachricht, Mr. Osterman. Möchten Sie jetzt, daß ich Sie nach Hause fahre?«

»Natürlich nicht! Ich kenne Sie nicht! Ich verstehe nicht...«

Die Hintertür schloß sich leise. »Wie Sie wünschen, Sir. Ich wollte Ihnen nur behilflich sein.« Er tippte mit der Hand an den Schirm seiner Uniformmütze und wandte sich ab.

Bernie stand reglos da und starrte ihm nach.

7.

Dienstag – 10.00 Uhr

»Hat irgendeiner unserer Mittelmeerkunden Schwierigkeiten?« fragte Joe Cardone.

Sein Partner, Sam Bennett, drehte sich in seinem Sessel herum und vergewisserte sich, daß die Bürotür geschlossen war. ›Mittelmeer‹ war ihre Codebezeichnung für jene Klienten, von denen beide Partner wußten, daß sie zwar lukrativ, aber auch gefährliche Investoren waren. »Nicht, daß ich wüßte«, sagte er. »Warum? Hast du etwas gehört?«

»Nicht direkt... Vielleicht ist es nichts.«

»Bist du deshalb früher zurückgekommen?«

»Nein, eigentlich nicht.« Cardone konnte auch Bennett nicht alles erklären. Sam hatte mit Zürich nichts zu tun. Also zögerte er. »Nun, teilweise vielleicht doch. Ich habe einige Zeit an der Börse von Montreal verbracht.«

»Und was hast du gehört?«

»Daß das Büro des Staatsanwalts eine neue Aktion vorhat; daß die Börsenaufsicht sämtliche Akten übergibt. Jede mögliche Mafiaverbindung mit Hunderttausend oder darüber wird überwacht.«

»Das ist doch nicht neu. Wo warst du denn?«

»In Montreal. Ich mag es nicht, wenn ich solche Dinge achthundert Meilen von meinem Büro entfernt höre. Und ich überlege es mir dreimal, ehe ich zum Telefon greife und meinen Partner frage, ob einer unserer Klienten im Augenblick vor Gericht steht. – Ich meine, Telefongespräche sind ja heutzutage nicht mehr sicher.«

»Du großer Gott!« lachte Bennett. »Deine Fantasie macht mal wieder Überstunden, wie?«

»Hoffentlich.«

»Du weißt verdammt genau, daß ich mich mit dir in Verbindung gesetzt hätte, wenn so etwas gewesen wäre. Oder auch nur so ausgesehen hätte, als ob es dazu kommt. Du hast doch deshalb nicht deinen Urlaub abgebrochen. Was war denn sonst noch?«

Cardone wich dem Blick seines Partners aus, als er sich setzte. »Okay. Ich will dich nicht anlügen. Da war noch etwas. Ich glaube nicht, daß es etwas mit uns zu tun hat. Mit *dir* oder der Firma. Wenn sich herausstellt, daß es nicht so ist, sage ich dir Bescheid, okay?«

Bennett erhob sich aus seinem Sessel und akzeptierte die Nicht-Erklärung seines Partners. Er hatte im Laufe der Jahre gelernt, nicht in Joe zu dringen. Cardone war nämlich trotz seiner Jovialität ein sehr zurückgezogener Mann. Er hatte den überwiegenden Teil des Kapitals in die Firma eingebracht und arbeitete trotzdem partnerschaftlich mit ihm zusammen. Das reichte Bennett.

Sam ging zur Tür. Er lachte leise. »Wann wirst du endlich aufhören, vor dem Phantom von South Philadelphia zu fliehen?«

Cardone erwiderte das Lächeln seines Partners. »Wenn es aufhört, mich mit einer heißen Lasagne in den Bankers Club zu verfolgen.«

Bennett schloß die Tür hinter sich, und Joe wandte sich wieder der zehntägigen Ansammlung von Post und Notizen zu. Da war nichts. Nichts, das man mit einem Mittelmeerproblem in Verbindung bringen konnte. Nichts, das auch nur auf einen Mafiakonflikt hindeutete. Und doch war während dieser zehn Tage etwas geschehen; etwas, das Tanner betraf.

Er nahm den Hörer ab und drückte den Knopf, der ihn mit seiner Sekretärin verband. »Ist das alles? Sonst hat niemand angerufen?«

»Niemand, den Sie zurückrufen sollen. Ich habe allen gesagt, daß Sie erst Ende der Woche wieder im Büro sein würden. Manche sagten, Sie würden dann anrufen, die anderen melden sich am Montag.«

»Lassen Sie es auch so. Wenn irgend jemand anruft, ich bin Montag wieder da.«

Er legte den Hörer auf die Gabel und schloß die zweite Schublade seines Schreibtischs auf, in der er eine kleine Kartei mit Kärtchen im Format drei mal fünf Zoll aufbewahrte. Die Mittelmeer-Klienten.

Er stellte das kleine Kästchen vor sich auf die Tischplatte und fing an, die Karten durchzublättern. Vielleicht würde ein Name eine Erinnerung auslösen, etwas, das er vergessen hatte und das jetzt vielleicht eine Bedeutung erlangte.

Sein privates Telefon klingelte. Nur Betty rief auf dieser

Leitung an; sonst hatte niemand die Nummer. Joe liebte seine Frau, aber sie besaß eine geradezu geniale Begabung dafür, ihn mit Belanglosigkeiten zu behelligen, wenn er nicht gestört werden wollte.

»Ja, Liebes?«

Schweigen.

»Was ist, Honey? Ich bin sehr beschäftigt.«

Seine Frau sagte immer noch nichts.

Plötzlich hatte Cardone Angst. Außer Betty hatte niemand diese Nummer!

»Betty? Antworte doch!«

Als die Stimme kam, klang sie langsam, tief und präzise.

»John Tanner ist gestern nach Washington geflogen. Da Vinci ist sehr beunruhigt. Vielleicht haben Ihre Freunde in Kalifornien Sie betrogen. Sie waren mit Tanner in Kontakt.«

Joe Cardone hörte das Klicken, als das Telefon auf der anderen Seite der Leitung aufgelegt wurde.

Jesus! Jesus Christus! Die Ostermans waren es! Die hatten die Seiten gewechselt!

Aber warum? Das gab keinen Sinn! Welche Verbindung konnte es zwischen Zürich und der Mafia geben, etwas, das auch nur andeutungsweise mit der Mafia zu tun hatte? Dazwischen lagen doch Lichtjahre!

Aber war das wirklich so? Oder benutzte das eine das andere? Cardone versuchte sich zu beruhigen, aber das war unmöglich. Er ertappte sich dabei, wie er das kleine Blechkästchen zerdrückte.

Was konnte er tun? Mit wem konnte er sprechen?

Mit Tanner selbst? O Gott, natürlich nicht!

Den Ostermans? Bernie Osterman? Herrgott, nein! Nicht *jetzt*.

Tremayne. Dick Tremayne.

8.

Dienstag – 10.10 Uhr

Zu erregt, um sich in eine Bank im Saddle Valley Expreß zwängen zu können, beschloß Tremayne, mit dem Wagen nach New York zu fahren.

Als er auf der Route Five in östlicher Richtung auf die George Washington Brücke zuraste, fiel ihm im Rückspiegel ein hellblauer Cadillac auf. Als er nach links auf die Überholspur abbog und an den anderen Wagen vorbeiraste, folgte ihm der Cadillac. Als er wieder auf die rechte Bahn zurückkehrte und sich in den langsameren Verkehrsfluß hineinzwängte, tat es ihm der Cadillac gleich – immer ein paar Wagen hinter ihm.

An der Brücke näherte er sich einer Mautkabine und sah, daß der Cadillac auf einer schnelleren Spur mit ihm gleichzog. Er versuchte, den Fahrer auszumachen.

Es war eine Frau. Sie wandte das Gesicht ab; er konnte nur ihren Hinterkopf sehen. Und doch wirkte sie auf unbestimmte Weise vertraut.

Der Cadillac jagte davon, ehe er weiter nachdenken konnte. Der Verkehr nahm ihm jede Chance, ihm zu folgen. Er war sicher, daß der Cadillac ihn verfolgt hatte, aber ebenso sicher war, daß die Fahrerin nicht erkannt werden wollte.

Warum? Wer war sie?

War diese Frau ›Blackstone‹?

Er stellte fest, daß es ihm unmöglich war, im Büro irgend etwas zustande zu bringen. Er sagte die paar Verabredungen ab, die er getroffen hatte, und sah sich statt dessen die Aufzeichnungen über die letzten Firmenübernahmen durch, die er erfolgreich durch die Gerichte gebracht hatte. Besonders interessierte ihn eine Akte: *The Cameron Woolens*. Drei Fabriken in einer kleinen Stadt in Massachusetts, die seit Generationen der Familie Cameron gehört hatten. Der älteste Sohn hatte versucht, sie von innen heraus an sich zu ziehen. Ein Erpresser hatte ihn dazu gezwungen, seinen Anteil an der Gesellschaft an eine Bekleidungskette in New York zu verkaufen, die behauptete, sie interessiere sich für die Marke Cameron.

Sie bekamen sie und schlossen die Fabriken; die Stadt ging bankrott. Tremayne hatte die Bekleidungskette vor den Gerichten in Boston vertreten. Die Familie Cameron hatte eine Tochter. Eine unverheiratete Frau, Anfang Dreißig. Selbstbewußt, hartnäckig, verärgert.

Eine Frau hatte den Cadillac gesteuert. Eine Frau, etwa in den richtigen Jahren.

Und doch – jetzt eine Person auswählen, hieß, viele andere Möglichkeiten abzutun. Die Leute, die sich für Firmenübernahmen interessierten, wußten, wen sie anrufen sollten, wenn juristische Situationen etwas kompliziert wurden. Tremayne! Er war der Fachmann. Ein vierundvierzigjähriger Zauberkünstler, der sich in den neuen juristischen Gegebenheiten auskannte, der alte Paragraphen auf dem förmlich explodierenden Gebiet der Zusammenschlüsse einfach beiseitefegte.

War die Frau in dem hellblauen Cadillac die Cameron-Tochter gewesen?

Wie sollte er das wissen? Es gab so viele. Die Camerons. Die Smythes aus Atlanta. Die Boyntons aus Chicago. Die Fergusons aus Rochester. Die Übernahmespezialisten machten sich an die alten Familien heran, die Familien mit Geld. Die alten Familien mit Geld ließen es sich gut gehen; sie waren die idealen Zielobjekte. Wer unter ihnen mochte Blackstone sein?

Tremayne erhob sich aus seinem Sessel und ging ziellos in seinem Büro herum. Er konnte das Eingeschlossensein nicht länger ertragen; er mußte hinaus.

Was Tanner wohl sagen würde, wenn er ihn anrief und ihm vorschlug, gemeinsam den Lunch einzunehmen? Wie würde Tanner reagieren? Würde er annehmen, ganz beiläufig vielleicht? Würde er ablehnen? Würde es möglich sein – falls Tanner annahm –, irgend etwas zu erfahren, das mit der Warnung Blackstones in Verbindung stand?

Tremayne griff zum Telefon und wählte. Sein rechtes Augenlid zuckte, fast tat es weh.

Tanner saß in einer Besprechung. Tremayne war erleichtert; es war ohnehin unsinnig gewesen. Er hinterließ keine Nachricht und eilte aus seinem Büro.

An der Fifth Avenue bog ein Checker Taxi genau vor ihm in die Kreuzung und versperrte ihm den Weg.

»Hey, Mister!« Der Fahrer streckte den Kopf zum Fenster hinaus.

Tremayne fragte sich – ebenso wie ein paar andere Fußgänger – wen er wohl meinte.

Sie sahen einander an.

»Sie, Mister! Heißen Sie Tremayne?«

»Ich? Ja...«

»Ich hab' eine Nachricht für Sie.«

»Für mich? Wie haben Sie...?«

»Ich muß mich beeilen, die Ampel schaltet gleich um, und ich hab' zwanzig Eier dafür bekommen. Ich soll Ihnen sagen, Sie sollen auf der Vierundfünfzigsten Straße nach Osten gehen. Gehen Sie einfach so lange, bis Sie Mr. Blackstone treffen.«

Tremayne legte dem Fahrer die Hand auf die Schulter. »Wer hat Ihnen das gesagt? Wer hat Ihnen...«

»Was weiß ich denn? Da sitzt so 'n Knilch seit halb zehn

hinten in meiner Karre, und ich laß die Uhr laufen. Er hat 'nen Feldstecher und raucht dünne Zigarren.«

Das *›Don't Walk‹*-Zeichen begann zu blinken.

»Was hat er gesagt! – Hier!« Tremayne griff in die Tasche und holte ein paar Geldscheine heraus. Er gab dem Fahrer einen Zehner. »Hier. Und jetzt sagen Sie es mir, bitte!«

»Was ich gesagt habe, Mister. Er ist vor ein paar Sekunden ausgestiegen und hat mir zwanzig Eier gegeben und gesagt, ich soll Ihnen sagen, Sie sollten auf der Vierundfünfzigsten nach Osten gehn. Das ist alles.«

»Das ist *nicht* alles!« Tremayne packte den Fahrer am Hemd.

»Danke für den Zehner.« Der Fahrer stieß Tremaynes Hand weg, drückte auf die Hupe, um die Fußgänger zu verscheuchen, die vor ihm über die Straße gingen, und fuhr davon.

Tremayne hielt seine Panik unter Kontrolle. Er trat auf den Bürgersteig zurück und zog sich unter das Vordach eines Geschäftes zurück und sah die Männer an, die nach Norden gingen, versuchte, einen Mann mit einem Feldstecher oder einer dünnen Zigarre auszumachen.

Als er niemanden fand, begann er sich vorsichtig von Laden zu Laden in Richtung Vierundfünfzigste Straße zu bewegen. Er ging ganz langsam, starrte die Passanten an. Ein paar, die in dieselbe Richtung, aber viel schneller als er gingen, kollidierten mit ihm. Einige andere, die nach Süden gingen, bemerkten das seltsame Verhalten des blonden Mannes in dem teuer geschnittenen Anzug und lächelten.

An der Ecke der Vierundfünfzigsten Straße blieb Tremayne stehen. Trotz der leichten Brise und des leichten Anzugs, den er trug, schwitzte er. Er wußte, daß er nach Osten gehen mußte. Keine Frage.

Eines war klar. Blackstone war nicht die Frau in dem hellblauen Cadillac. Blackstone war ein Mann mit einem Feldstecher und dünnen Zigarren.

Wer war dann aber die Frau? Er hatte sie schon einmal gesehen. Das wußte er!

Er betrat jetzt die Vierundfünfzigste, ging auf der rechten Seite. Er erreichte die Madison Avenue, und niemand hielt ihn auf, niemand gab ihm ein Zeichen. Niemand sah ihn auch nur an. Dann über die Park Avenue mit der Insel in der Mitte.

Niemand.

Lexington Avenue. Vorbei an den großen Baustellen. Niemand.

Third Avenue. Second First.

Niemand.

Jetzt erreichte Tremayne den letzten Block. Eine Sackstraße, die am East River endete, zu beiden Seiten von den Vordächern von Apartment-Häusern flankiert. Ein paar Männer mit Aktentaschen und Frauen mit Kaufhausschachteln kamen und gingen aus beiden Gebäuden. Am Ende der Straße parkte ein hellbeiger Mercedes-Benz quer über die Straße, so als wollte er gerade umkehren. Und daneben stand ein Mann in einem eleganten weißen Anzug und einem Panamahut. Er war ein gutes Stück kleiner als Tremayne. Selbst auf dreißig Meter Entfernung konnte Tremayne erkennen, daß er kräftig gebräunt war. Er trug eine dicke, große Sonnenbrille und sah Tremayne direkt an, als Tremayne auf ihn zuging.

»Mr. – Blackstone?«

»Mr. Tremayne. Tut mir leid, daß Sie so weit gehen mußten. Wissen Sie, wir mußten sicher sein, daß Sie alleine sind.«

»Warum sollte ich das nicht sein?« Tremayne versuchte, den Akzent irgendwo unterzubringen. Er war kultiviert, aber nicht die Art, wie man sie in den nordöstlichen Staaten spricht.

»Ein Mann, der Schwierigkeiten hat, macht oft den Fehler, sich Gesellschaft zu suchen.«

»Was für Schwierigkeiten hab' ich denn?«

»Sie haben doch meine Notiz bekommen?«

»Natürlich. Was sollte sie bedeuten?«

»Genau was in ihr steht. Ihr Freund Tanner ist für Sie sehr gefährlich. Und für uns. Wir wollen das nur betonen, so wie das gute Geschäftsleute untereinander tun sollten.«

»Mit welchen geschäftlichen Interessen sind Sie denn befaßt, Mr. Blackstone? Ich nehme an, daß Blackstone nicht Ihr echter Name ist, ich konnte Sie daher mit nichts in Verbindung bringen.«

Der Mann im weißen Anzug, dem Panamahut und der Sonnenbrille trat ein paar Schritte auf den Mercedes zu.

»Das haben wir Ihnen doch gesagt. Seine Freunde aus Kalifornien...«

»Die Ostermans?«

»Ja.«

»Meine Firma hat nie mit den Ostermans zu tun gehabt. Nie.«

»Aber Sie, nicht wahr?« Blackstone ging um die Motorhaube herum und stand jetzt auf der anderen Seite des Mercedes.

»Das kann doch nicht Ihr Ernst sein!«

»Glauben Sie mir, wenn ich Ihnen sage, daß es schon mein Ernst ist.«

Der Mann griff nach der Türklinke, öffnete die Tür aber nicht. Er wartete.

»Einen Augenblick! Wer sind Sie?«

»Blackstone genügt.«

»Nein! – Das, was Sie gesagt haben! Sie können doch unmöglich...«

Doch, wir können. Das ist es ja gerade. Und da Sie das

jetzt wissen, sollte Ihnen das als Beweis ausreichen, daß wir über beträchtlichen Einfluß verfügen.«

»Worauf wollen Sie hinaus?« Tremayne stützte sich auf die Motorhaube des Mercedes und lehnte sich zu Blackstone hinüber.

»Es ist uns in den Sinn gekommen, Sie könnten vielleicht mit Ihrem Freund Tanner zusammengearbeitet haben. Das ist der Grund, weshalb wir Sie sehen wollten. Das wäre übrigens gar nicht ratsam. Wir würden nicht zögern, Ihren Beitrag zu den Osterman-Interessen der Öffentlichkeit bekanntzumachen.«

»Sie sind verrückt! Warum sollte ich mit Tanner zusammenarbeiten? Und in welcher Angelegenheit? Ich weiß nicht, wovon Sie reden.«

Blackstone nahm die Sonnenbrille ab. Seine Augen waren blau und durchdringend, und Tremayne konnte an seiner Nase und den Wangenknochen ein paar Sommersprossen sehen. »Wenn das stimmt, haben Sie nichts zu befürchten.«

»Natürlich stimmt es! Es gibt überhaupt keinen Grund, daß ich mit Tanner irgendwie zusammenarbeiten sollte!«

»Das ist logisch.« Blackstone öffnete die Tür seines Mercedes. »Sorgen Sie nur dafür, daß es so bleibt.«

»Um Himmels willen, Sie können doch nicht einfach wegfahren! Ich sehe Tanner jeden Tag. Im Club. Im Zug. Was zum Teufel soll ich denn denken, was sagen?«

»Sie meinen, wonach Sie Ausschau halten sollen? Wenn ich *Sie* wäre, würde ich mich so verhalten, als ob nichts geschehen wäre. Als ob wir uns nie begegnet wären... Vielleicht macht er Andeutungen – wenn Sie die Wahrheit sagen –, vielleicht sucht er. Dann werden Sie es wissen.«

Tremayne richtete sich auf, kämpfte um Fassung. »Ich glaube, es wäre für uns alle am besten, wenn Sie mir sagten, wen Sie vertreten. Das wäre wirklich am besten.«

»Oh, nein, mein Freund.« Blackstones Antwort war von einem kurzen Lachen begleitet. »Sie müssen wissen, uns ist aufgefallen, daß Sie sich in den letzten paar Jahren eine beunruhigende Angewohnheit zugelegt haben. Nichts Ernsthaftes, im Augenblick wenigstens, aber etwas, was wir in Betracht ziehen müssen.«

»Was für eine Angewohnheit?«

»In gewissen Zeitabständen trinken Sie zuviel.«

»Das ist lächerlich!«

»Ich sagte ja, nichts Ernstes. Ihre Arbeit ist brillant. Dennoch haben Sie in solchen Zeiten nicht die übliche Kontrolle über sich. Nein, es wäre ein Fehler, Sie damit zu belasten, besonders in Ihrem augenblicklichen Zustand der Angst.«

»Gehen Sie nicht. Bitte!«

»Wir melden uns wieder. Vielleicht erfahren Sie etwas, das uns weiterhilft. Jedenfalls, wir beobachten Ihre – Arbeit stets mit großem Interesse.«

Tremayne zuckte zusammen. »Was ist mit den Ostermans? Das müssen Sie mir sagen.«

»Wenn Sie in Ihrem Juristenkopf ein Hirn haben, werden Sie gegenüber den Ostermans nichts erwähnen! Nicht einmal eine Andeutung machen! Wenn Osterman mit Tanner zusammenarbeitet, werden Sie das erfahren. Wenn nicht, sollten Sie ihn nicht auf irgendwelche Gedanken über *Sie* bringen.« Blackstone setzte sich auf den Fahrersitz des Mercedes und ließ den Motor an. Ehe er wegfuhr, sagte er: »Behalten Sie klaren Kopf, Mr. Tremayne. Wir melden uns wieder.«

Tremayne versuchte Ordnung in seine Gedanken zu bringen; er spürte, wie sein Augenlid wieder zuckte. Gottseidank hatte er Tanner nicht erreicht! Unvorbereitet hätte er vielleicht etwas gesagt – etwas Dummes, Gefährliches.

War Osterman ein solch gigantischer Narr gewesen – oder

Feigling –, um John Tanner gegenüber die Wahrheit über Zürich verlauten zu lassen? Ohne sie zu befragen?

Wenn das der Fall war, würde man Zürich verständigen müssen. Zürich würde sich um Osterman kümmern. Ans Kreuz würden sie ihn schlagen.

Er mußte Cardone finden. Sie mußten entscheiden, was zu tun war. Er rannte zur nächsten Telefonzelle.

Betty sagte ihm, Joe wäre ins Büro gefahren. Cardones Sekretärin sagte ihm, Joe sei noch in Urlaub.

Joe trieb Spielchen. Das Zucken über Tremaynes linkem Auge nahm ihm fast die Sicht.

9.

Dienstag – 7.00 Uhr

Tanner konnte nicht schlafen, er ging in sein Arbeitszimmer, und die grauen Scheiben der drei Fernsehgeräte zogen seinen Blick an. Etwas Totes, Leeres war in ihnen. Er zündete sich eine Zigarette an und setzte sich auf die Couch. Dann dachte er über Fassetts Instruktionen nach: ruhig bleiben, nichts zu Ali sagen. Das hatte Fassett einige Male wiederholt.

Die einzig wirkliche Gefahr würde sich dann einstellen, wenn Ali zur falschen Person etwas Falsches sagte. Gefahr für Ali. Aber Tanner hatte seiner Frau nie etwas vorenthalten. Er war nicht sicher, ob er es schaffen würde. Die Tatsache, daß sie immer offen zueinander waren, war die stärkste Bindung in ihrer starken Ehe. Selbst wenn sie sich stritten, gab es da nie die Waffe unausgesprochener Anklagen. Alice McCall hatte als Kind davon genug gehabt.

Aber Omega würde ihr Leben verändern, zumindest für

die nächsten sechs Tage. Das mußte er akzeptieren, weil Fassett gesagt hatte, daß es für Ali so am besten sein würde.

Die Sonne war inzwischen aufgegangen. Der Tag begann, und die Cardones, die Tremaynes und die Ostermans würden bald unter Druck stehen. Tanner fragte sich, was sie tun würden, wie sie reagieren würden. Er hoffte, daß alle drei Ehepaare Kontakt zu den Behörden suchen und damit beweisen würden, daß Fassett unrecht hatte. Dann würde wieder die Vernunft einziehen.

Aber es war möglich, daß der Wahnsinn gerade begonnen hatte. Wie auch immer, er würde zu Hause bleiben. Wenn Fassett recht hatte, würde er da sein, bei Ali und den Kindern. Über diese Entscheidung hatte Fassett keine Kontrolle.

Er würde Ali glauben lassen, daß er sich eine Grippe zugezogen hatte. Er würde telefonisch mit seinem Büro in Verbindung bleiben und seine Familie nicht verlassen.

Sein Telefon klingelte regelmäßig; Fragen aus seinem Büro. Ali und die Kinder beklagten sich, daß das dauernde Klingeln des Telefons sie verrückt machte, also zogen sich alle drei zum Pool zurück. Abgesehen von ein paar Wolken am Mittag war es ein heißer Tag – ideal zum Schwimmen. Der weiße Streifenwagen fuhr ein paarmal am Haus vorbei. Am Sonntag hatte das Tanner beunruhigt. Jetzt war er dankbar. Fassett hielt sein Wort.

Wieder klingelte das Telefon. »Ja, Charlie.« Er machte sich gar nicht erst die Mühe, hello zu sagen.

»Mr. Tanner?«

»Oh, entschuldigen Sie. Ja, hier spricht John Tanner.«

»Hier Fassett...«

»Augenblick!« Tanner sah zum Fenster hinaus, um sich zu vergewissern, daß Ali und die Kinder noch am Pool waren. Das waren sie.

»Was ist, Fassett? Haben Sie angefangen?«

»Können Sie reden?«

»Ja... Haben Sie etwas in Erfahrung gebracht? Hat einer von ihnen die Polizei angerufen?«

»Negativ. Wenn das geschieht, verständigen wir Sie sofort. Das ist aber nicht der Grund meines Anrufes... Sie haben etwas äußerst Dummes getan. Ich kann gar nicht genug betonen, wie unvorsichtig das war.«

»Wovon reden Sie?«

»Sie sind heute morgen nicht ins Büro gegangen...«

»Allerdings nicht!«

»Aber in Ihrer normalen Routine darf es keinen Bruch geben. Keine Änderung Ihrer üblichen Zeitabläufe. Das ist schrecklich wichtig. Sie *müssen* zu Ihrem eigenen Schutz unseren Anweisungen folgen.«

»Sie verlangen zuviel!«

»Hören Sie mir zu. Ihre Frau und Ihre Kinder befinden sich in diesem Augenblick im Swimming Pool hinter Ihrem Haus. Ihr Sohn Raymond ist nicht zu seiner Tennisstunde gegangen...«

»Das habe ich ihm gesagt. Ich habe gesagt, er solle den Rasen mähen.«

»Ihre Frau hat sich Lebensmittel ins Haus liefern lassen, und das ist ebenfalls nicht üblich.«

»Ich habe ihr erklärt, ich würde sie vielleicht brauchen, um ein paar Notizen aufzunehmen. Das wäre nicht das erste...«

»Worauf es ankommt, ist, daß Sie bisher nicht getan haben, was Sie gewöhnlich tun. Es ist von entscheidender Wichtigkeit, daß Sie Ihre Alltagsroutine beibehalten. Das kann ich nicht eindringlich genug betonen. Sie dürfen nicht, Sie dürfen unter *keinen Umständen* Aufmerksamkeit auf sich ziehen.«

»Ich passe auf meine Familie auf. Ich denke, das ist verständlich.«

»Das tun wir auch. Viel wirksamer als Sie das können. Wir haben kein Mitglied Ihrer Familie auch nur eine Sekunde aus den Augen gelassen. Ich muß mich verbessern. Sie auch nicht. Sie sind zweimal in Ihre Einfahrt gegangen: um neun Uhr zweiunddreißig und um elf Uhr zwanzig. Ihre Tochter hatte eine Freundin zum Mittagessen da, Joan Loomis, acht Jahre alt. Wir sind äußerst gründlich und äußerst vorsichtig.«

Tanner griff nach einer Zigarette und zündete sie sich mit dem Schreibtisch-Feuerzeug an. »Ja, ich denke, das sind Sie.«

»Sie brauchen sich wirklich keine Sorgen zu machen. Für Sie und Ihre Familie besteht keine Gefahr.«

»Wahrscheinlich nicht. Ich glaube, daß Sie alle verrückt sind. Keiner von ihnen hat etwas mit diesem Omega zu tun.«

»Das ist möglich. Aber wenn wir recht haben, werden sie nichts unternehmen, ohne weiter zu prüfen. Sie werden nicht in Panik geraten, dafür steht zu viel auf dem Spiel. Und wenn sie weiter prüfen, werden sie sich sofort gegenseitig beargwöhnen. Geben Sie ihnen um Himmels willen keinen Anlaß, das nicht zu tun. Gehen Sie Ihren Geschäften nach, als ob nichts geschehen wäre. Das ist enorm wichtig. Niemand kann Ihrer Familie etwas zuleide tun. Er käme nicht nahe genug heran.«

»Also gut. Sie überzeugen mich. Aber ich bin heute morgen dreimal in meiner Einfahrt gewesen, nicht zweimal.«

»Nein, das waren Sie nicht. Das dritte Mal blieben Sie unter der Garagentür stehen. Sie haben die Einfahrt nicht betreten. Außerdem war es nicht morgens, es war um zwölf Uhr vierzehn.« Fassett lachte. »Fühlen Sie sich jetzt besser?«

»Ich wäre ein Lügner, wenn ich das nicht zugäbe.«

»Sie sind kein Lügner. Wenigstens im allgemeinen nicht. Das geht eindeutig aus Ihrer Akte hervor.« Wieder lachte Fassett. Selbst Tanner lächelte.

»Sie sind unmöglich, das wissen Sie. Ich gehe morgen ins Büro.«

»Wenn das alles vorbei ist, müssen Sie und Ihre Frau mal mit mir und meiner Frau einen Abend zusammen verbringen. Ich glaube, es würde ein netter Abend. Ich komme für die Getränke auf: Dewars White Label mit viel Soda für Sie und Scotch on the Rocks mit einem Spritzer Wasser für Ihre Frau.«

»Du lieber Gott? Wenn Sie jetzt noch anfangen, unser Sexualleben ...«

»Lassen Sie mich nachsehen ...«

»Gehen Sie zum Teufel«, lachte Tanner erleichtert. »Auf den Abend komme ich zurück.«

»Sollten Sie auch. Wir würden uns gut verstehen.«

»Sagen Sie den Tag, und wir kommen.«

»Das mache ich am Montag. Ich melde mich. Sie haben die Notrufnummer für die Zeit außerhalb der Bürostunden. Zögern Sie nicht anzurufen.«

»Wird gemacht. Ich bin morgen im Büro.«

»Fein. Und tun Sie mir einen Gefallen. Sehen Sie keine weiteren Programme über uns vor. Meine Chefs mochten das letzte nicht.«

Tanner erinnerte sich. Das Programm, auf das Fassett sich bezog, war eine Woodward Show gewesen. Der Verfasser hatte sich den Titel *Caught in the Act** für die Buchstaben CIA ausgedacht. Das lag fast genau ein Jahr zurück. »Es war nicht schlecht«, schmunzelte er.

* Auf frischer Tat ertappt – Anmerkung des Übersetzers

»Aber auch nicht gut. Ich hab' es gesehen. Ich wollte darüber lachen, aber ich brachte es nicht fertig. Ich war mit dem Direktor zusammen – in *seinem* Wohnzimmer. *Caught in the Act*! Jesus!« Wieder lachte Fassett, was Tanner mehr beruhigte, als er für möglich gehalten hätte.

»Danke, Fassett.«

Tanner legte den Hörer auf und drückte seine Zigarette aus. Fassett war ein gründlicher Profi, dachte er. Und Fassett hatte recht. Niemand konnte an Ali und die Kinder heran. Wer weiß, vielleicht hatte das CIA sogar Scharfschützen in den Bäumen versteckt. Für ihn blieb genau das, was Fassett gesagt hatte: nichts. Er mußte einfach seinen Geschäften wie üblich nachgehen. Kein Bruch der Routine, keine Abweichung von der Norm. Er hatte das Gefühl, die Rolle jetzt spielen zu können. Der Schutz, der ihm und seiner Familie geboten wurde, war alles, was Fassett zugesagt hatte.

Aber ein Gedanke störte ihn, und je mehr er darüber nachdachte, desto mehr beunruhigte er ihn.

Es war fast vier Uhr nachmittags. Die Tremaynes, die Cardones und die Ostermans waren inzwischen alle kontaktiert worden. Man hatte angefangen, sie unter Druck zu setzen. Aber keiner von ihnen hatte es für richtig gehalten, die Polizei zu rufen. Oder auch nur, *ihn* zu rufen.

War es wirklich möglich, daß sechs Leute, die jahrelang seine Freunde gewesen waren, gar nicht das waren, was sie zu sein schienen?

10.

Dienstag – 9.40 Uhr, Kalifornische Zeit

Der Karmann Ghia bog vom Wilshire Boulevard in den Beverly Drive. Osterman wußte, daß er die für Los Angeles zulässige Höchstgeschwindigkeit überschritten; es schien ihm völlig unwichtig. Er konnte an nichts anderes als die Warnung denken, die er gerade erhalten hatte. Er mußte nach Hause, zu Leila. Sie mußten jetzt ernsthaft miteinander reden. Sie mußten entscheiden, was zu tun war.

Warum hatte man sie ausgewählt?

Wer war es, der sie warnte? Und in welcher Angelegenheit?

Leila hatte wahrscheinlich recht. Tanner war ihr Freund, einer der besten Freunde, die sie je gehabt hatten. Aber er war auch ein Mann, der bei aller Freundschaft Zurückhaltung zu schätzen wußte. Es gab Bereiche, die man nicht berühren durfte. Es gab immer eine gewisse Distanz, eine dünne Glaswand, die sich zwischen Tanner und alle anderen Menschen schob. Ali natürlich ausgenommen.

Und Tanner besaß jetzt Informationen, die sie irgendwie betrafen, die für ihn und Leila etwas bedeuteten. Und Zürich hatte damit zu tun. Aber, Herrgott, *wie*?

Osterman erreichte die Einfahrt zum Mulholland Hill und fuhr schnell hinauf, vorbei an den Villen jener Leute, die sich ganz oben oder in der Nähe der Spitze des Spektrums von Hollywood befanden. Einige der Häuser begannen bereits zu verblassen, um nicht zu sagen, herunterzukommen, zerfallende Relikte ehemaliger Extravaganz. Die Geschwindigkeitsbeschränkung in Mulholland betrug dreißig. Ostermans Tachometer zeigte einundfünfzig. Er drückte das Gaspedal nieder. Er hatte jetzt entschieden, was zu tun war.

Er würde Leila abholen und nach Malibu fahren. Dann würden sie sich eine Telefonzelle an der Straße suchen und Tremayne und Cardone anrufen.

Das klagende Heulen der Sirene, das immer lauter wurde, ließ ihn zusammenzucken. In dieser Stadt der Kulissen und Fassaden war das ein Klangeffekt. Es war nicht echt, nichts hier war echt. Es konnte nicht ihm gelten.

Aber das tat es natürlich doch.

»Officer, ich wohne hier. Osterman. Bernard Osterman. 260 Caliente. Sie kennen doch sicher mein Haus.« Er wollte den Officer beeindrucken. Caliente war ein vornehmes Viertel.

»Tut mir leid, Mr. Osterman. Ihren Führerschein und Ihre Fahrzeugpapiere bitte.«

»Hören Sie. Ich bekam einen Anruf im Studio, daß meine Frau sich nicht wohlfühlt. Ich glaube, es ist verständlich, daß ich sehr in Eile bin.«

»Nicht auf Kosten der Fußgänger. Ihren Führerschein und Ihre Fahrzeugpapiere bitte.«

Osterman gab sie ihm und blickte starr nach vorne, hielt seinen Ärger unter Kontrolle. Der Polizeibeamte schrieb bedächtig auf das lange rechteckige Formular und knipste, als er dann fertig war, Bernies Führerschein daran.

Als er das Geräusch hörte, blickte Osterman auf. »Müssen Sie den Führerschein beschädigen?«

Der Polizeibeamte seufzte müde und hielt das Formular fest. »Mister, Sie hätten ihn auf dreißig Tage verlieren können. Ich habe eine niedrigere Geschwindigkeit eingetragen; schicken Sie zehn Dollar ein, wie bei einem Parkvergehen.« Er reichte Bernie den Zettel. »Ich hoffe, Ihre Frau fühlt sich bald besser.«

Der Beamte ging zu seinem Streifenwagen zurück. Als er bereits hinter dem Steuer saß, sagte er durch das offene Fenster: »Vergessen Sie nicht, Ihren Führerschein wieder einzustecken.«

Der Polizeiwagen jagte davon.

Osterman warf den Zettel hin und betätigte den Zündschlüssel. Der Karmann Ghia rollte den Mulholland Hill hinunter. Bernie blickte verärgert auf das Formular, das neben ihm auf dem Sitz lag. Dann sah er noch einmal hin.

Etwas stimmte nicht mit dem Papier. Die Form war richtig, und der unlesbare Feindruck drängte sich wie üblich auf zu wenig Platz zusammen, aber das Papier wirkte irgendwie falsch. Es schien zu glänzend, zu verschwommen, selbst für ein Ticket der Verkehrsabteilung der City von Los Angeles.

Osterman hielt an. Er nahm das Papier und sah es scharf an. Der Polizeibeamte hatte die Übertretung oberflächlich, ungenau angekreuzt. Eigentlich hatte er sie überhaupt nicht angekreuzt.

Und dann bemerkte Osterman, daß die Karte in Wirklichkeit nur eine dünne Fotokopie war, die an einem dickeren Blatt Papier befestigt war.

Er drehte sie herum und sah den mit rotem Farbstift geschriebenen Text auf der Rückseite, den sein Führerschein halb verdeckte. Er riß den Führerschein ab und las:

Erfuhren, daß Tanners Nachbarn vielleicht mit ihm kooperiert haben. Das ist eine potentiell gefährliche Situation dadurch verschlimmert, daß unsere Informationen unvollständig sind. Seien Sie äußerst vorsichtig und finden Sie heraus, was möglich ist. Es ist von entscheidender Wichtigkeit, daß wir – Sie – wissen, wie weit sie eingeschaltet sind. Wiederhole:
Seien Sie äußerst vorsichtig.
Zürich

Osterman starrte die rote Schrift an, und seine Angst erzeugte einen plötzlichen stechenden Schmerz an seinen Schläfen.

Die Tremaynes und die Cardones auch!

11.

Dienstag – 16.30 Uhr

Dick Tremayne war nicht im Vier-Uhr-Fünfzig-Zug nach Saddle Valley. Cardone, der in seinem Cadillac saß, fluchte laut. Er hatte versucht, Tremayne im Büro zu erreichen, aber man hatte ihm gesagt, der Anwalt sei früher als sonst zum Mittagessen gegangen. Es hatte keinen Sinn, Tremayne um einen Rückruf zu bitten. Joe hatte beschlossen, nach Saddle Valley zurückzukehren und von halb vier Uhr an auf die Züge zu warten.

Cardone verließ den Bahnhof, bog an der Kreuzung mit der Saddle Road nach links und fuhr in westlicher Richtung aufs freie Land. Er hatte jetzt fünfunddreißig Minuten bis zum nächsten Zug. Vielleicht entspannte ihn die Fahrt etwas. Er konnte nicht einfach am Bahnhof warten. Wenn jemand ihn beobachtete, würde er damit Argwohn erwecken.

Tremayne würde ein paar Antworten liefern können. Dick war ein verdammt guter Anwalt und würde die juristischen Alternativen kennen, wenn es solche gab.

Am Rand von Saddle Valley erreichte Joe eine Straße, die von Feldern gesäumt war. Ein Silver Cloud Rolls-Royce überholte ihn, und Cardone registrierte, daß der schwere Wagen ungewöhnlich schnell fuhr, viel zu schnell für den schmalen Feldweg. Er fuhr ein paar Meilen und nahm nur unbestimmt wahr, daß er jetzt durch offenes Land fuhr. Wahrscheinlich würde er auf der Einfahrt irgendeines Farmers umkehren müssen. Aber vor ihm kam jetzt eine lange, sich windende Kurve. Er erinnerte sich, daß diese Kurve breite Seitenstreifen hatte. Dort würde er kehrtmachen. Es war Zeit, zum Bahnhof zurückzukehren.

Er erreichte die Kurve und verlangsamte seine Fahrt, bereitete sich darauf vor, scharf nach rechts abzubiegen.

Aber das konnte er nicht.

Der Silver Cloud parkte neben der Straße unter den Bäumen und versperrte ihm den Weg.

Verärgert trat Cardone das Gaspedal durch und fuhr noch ein paar hundert Meter weiter, um abzubiegen.

Wieder am Bahnhof angelangt, sah Cardone auf die Uhr. Fünf Uhr neunzehn, fast fünf Uhr zwanzig. Er konnte den ganzen Bahnsteig überblicken. Er würde Tremayne sehen, wenn der ausstieg. Er hoffte, daß der Anwalt mit dem Fünf-Uhr-fünfundzwanzig-Zug kommen würde. Das Warten war unerträglich.

Ein Wagen hielt hinter seinem Cadillac an, und Cardone blickte auf.

Es war der Silver Cloud. Cardone begann heftig zu schwitzen.

Ein massiv gebauter Mann, gute sechs Fuß groß, stieg aus dem Wagen und kam langsam auf Cardones offenes Fenster zu. Er trug eine Chauffeur-Uniform.

»Mister Cardione?«

»Ich heiße Cardone.« Die Hände des Mannes, die Joes Fenster umfaßt hielten, waren mächtig. Viel größer und dikker als seine eigenen.

»Okay, wie Sie meinen...«

»Sie haben mich vor einer Weile überholt, nicht wahr? Auf der Saddle Road.«

»Ja, Sir, das habe ich. Ich bin den ganzen Tag nicht sehr weit von Ihnen entfernt gewesen.«

Cardone schluckte unwillkürlich und verlagerte sein Gewicht. »Ich finde das bemerkenswert. Ich brauche wohl nicht zu sagen, beunruhigend.«

»Es tut mir leid...«

»Entschuldigungen interessieren mich nicht. Ich möchte den Grund wissen. Warum verfolgen Sie mich? Ich kenne Sie nicht. Ich mag es nicht, wenn man mich verfolgt.«

»Das mag niemand. Ich tue nur, was man mir aufgetragen hat.«

»Und was ist das? Was wollen Sie?«

Der Chauffeur bewegte seine Hände, nur ein kurzes Stück, wie um auf ihre Größe und Stärke hinzuweisen. »Man hat mich angewiesen, Ihnen eine Nachricht zu überbringen, dann fahre ich weg. Ich habe eine lange Fahrt vor mir. Mein Chef lebt in Maryland.«

»Was für eine Nachricht? Von wem?«

»Mister da Vinci, Sir.«

»Da Vinci?«

»Ja, Sir. Ich glaube, er ist heute morgen mit Ihnen in Verbindung getreten.«

»Ich kenne Ihren Mr. da Vinci nicht... Was für eine Nachricht?«

»Daß Sie sich Mr. Tremayne nicht anvertrauen sollten.«

»Wovon reden Sie?«

»Nur von dem, was Mr. da Vinci mir aufgetragen hat, Mr. Cardione.«

Cardone starrte dem Hünen in die Augen. Hinter der ausdruckslosen Fassade war Intelligenz. »Warum haben Sie bis jetzt gewartet? Sie haben mich den ganzen Tag verfolgt. Sie hätten mich schon vor Stunden aufhalten können.«

»Dazu hatte ich keine Anweisung. In dem Wagen ist ein

Radiotelefon. Man hat mir erst vor ein paar Minuten den Auftrag gegeben, den Kontakt herzustellen.«

»*Wer* hat Ihnen den Auftrag gegeben?«

»Mr. da Vinci, Sir...«

»Das ist nicht sein Name! Also, wer ist es?« Cardone kämpfte gegen seine Wut. Er atmete tief, ehe er weitersprach. »Sagen Sie mir, wer da Vinci ist.«

»Die Nachricht enthält noch mehr«, sagte der Chauffeur, ohne auf Cardones Frage einzugehen. »Mr. da Vinci sagt, Sie sollten wissen, daß Tremayne mit Mr. Tanner gesprochen haben könnte. Niemand ist bis jetzt noch sicher, aber so sieht es aus.«

»Er hat *was*? Mit ihm über *was* gesprochen?«

»Ich weiß nicht, Sir. Es ist nicht meine Aufgabe, das zu wissen. Man bezahlt mich dafür, einen Wagen zu fahren und Nachrichten zu überbringen.«

»Ihre Nachricht ist nicht *klar*! Ich verstehe sie nicht! Was nützt eine Nachricht, wenn sie nicht klar ist!« Cardone kämpfte um Selbstkontrolle.

»Vielleicht hilft Ihnen der letzte Teil, Sir. Mr. da Vinci ist der Ansicht, es wäre eine gute Idee, wenn Sie herauszubringen versuchten, in welchem Maße Mr. Tremayne sich mit Tanner eingelassen hat. Aber Sie müssen vorsichtig sein. Sehr, sehr vorsichtig. Ebenso wie Sie auch mit Ihren Freunden aus Kalifornien vorsichtig sein müssen. Das ist wichtig.«

Der Chauffeur trat von dem Cadillac zurück und tippte mit zwei Fingern gegen das Schild seiner Mütze.

»Warten Sie!« Cardone wollte die Tür öffnen, aber der hünenhafte Mann in Uniform hielt die Türe zu.

»Nein, Mr. Cardione. Sie bleiben im Wagen. Sie sollten nicht auf sich aufmerksam machen. Der Zug kommt jetzt.«

»Nein, bitte! *Bitte*... Ich möchte mit da Vinci sprechen! Wir müssen uns sprechen! Wo kann ich ihn erreichen?«

»Geht nicht, Sir.« Der Chauffeur hielt die Türe ohne Mühe fest.

»Sie Flegel!« Cardone lehnte sich mit seinem ganzen Gewicht gegen die Tür. Sie gab ein Stück nach und knallte dann unter den Händen des Chauffeurs wieder zu. »Ich reiße Sie in Stücke!«

Der Zug hielt vor dem Bahnsteig an. Einige Männer stiegen aus, und dann heulte die Sirene des Zuges zweimal auf.

Der Chauffeur sagte leise: »Er ist nicht im Zug, Mr. Cardione. Er ist heute morgen mit dem *Wagen* in die Stadt gefahren. Auch das wissen wir.«

Der Zug setzte sich langsam wieder in Bewegung und rollte davon. Joe starrte den Hünen an, der seine Wagentüre zuhielt. Seine Wut war fast nicht mehr unter Kontrolle zu halten, aber er war Realist genug, um zu wissen, daß sie ihm nichts nützen würde. Der Chauffeur trat zurück, salutierte ein zweites Mal formlos und ging schnell auf den Rolls-Royce zu. Cardone schob die Wagentüre auf und trat auf das heiße Pflaster.

»Hello, Joe!« Das war Amos Needham, auch einer der Benutzer des Vorortzuges nach Manhattan. Ein Vizepräsident der Manufacturers Hanover Trust und Vorsitzender des Aktivitätenausschusses des Saddle Valley Country Club. »Ihr Leute von der Börse habt es leicht. Wenn es unruhig wird, bleibt Ihr zu Hause und wartet, bis die Wogen sich wieder glätten, wie?«

»Ja, klar, Amos.«

Cardone hatte immer noch den Chauffeur des Rolls im Auge, der jetzt in den Wagen gestiegen war und den Motor angelassen hatte.

»Das muß ich Ihnen sagen«, fuhr Amos fort, »ich weiß

wirklich nicht, wohin ihr jungen Leute uns noch bringt! – Haben Sie die Notierungen für DuPont gesehen? Alle anderen gehen baden, und die schießt in die Höhe! Ich habe meinem Effektenausschuß gesagt, die sollen lieber den Kaffeesatz lesen. Zum Teufel mit euch Maklern.« Needham lachte glucksend und hob dann plötzlich den Arm und winkte einem Lincoln Continental, der sich dem Bahnhof näherte. »Da kommt jetzt Ralph. Kann ich Sie mitnehmen, Joe...? Aber nein, Sie sind ja selbst gerade aus dem Wagen gestiegen.«

Der Lincoln rollte neben den Bahnsteig, und Amos Needhams Chauffeur schickte sich an, auszusteigen.

»Nicht nötig, Ralph. Ich kann schon noch eine Türe aufmachen. Übrigens, Joe... Dieser Rolls, dem Sie da nachsehen, erinnert mich an einen Freund. Aber das kann er nicht sein. Er hat in Maryland gelebt.«

Cardones Kopf fuhr herum und er starrte den unschuldigen Bankier an. »Maryland? *Wer* in Maryland?«

Amos Needham hielt seine Wagentüre auf und erwiderte Cardones Blick ungerührt. »Oh, Sie werden ihn nicht kennen. Er ist schon seit Jahren tot... Komischer Name. Wir haben uns immer darüber lustig gemacht... Er hieß Cäsar.«

Amos Needham stieg in seinen Lincoln und schloß die Tür. Am höchsten Punkt der Station Parkway bog der Rolls-Royce nach rechts und jagte auf die Hauptstraße nach Manhattan zu. Cardone blickte auf den geteerten Bahnsteig der Saddle Valley Station und hatte Angst.

Tremayne!

Tremayne war bei Tanner!

Osterman war bei Tanner!

Da Vinci... Cäsar!

Die Architekten des Krieges!

Und er, Guiseppe Ambruzzio Cardione, war alleine!

Oh, Christus! Christus! Sohn Gottes! Gesegnete Maria! Gesegnete Maria, Mutter Christi! Wasche meine Hände mit seinem Blut! Dem Blut des Lammes! Jesus! Jesus! Vergib mir meine Sünden! ... Maria und Jesus! Allmächtiger Gott!

Was habe ich getan?

12.

Dienstag – 5.00 Uhr

Tremayne lief stundenlang ziellos herum; die vertrauten Straßen der East hinauf und hinunter. Und dennoch – wenn jemand ihn aufgehalten und ihn gefragt hätte, wo er sich befände, hätte er keine Antwort bekommen.

Er war ausgepumpt, leer. Erschreckt. Blackstone hatte alles gesagt und nichts aufgeklärt.

Und Cardone hatte gelogen. Entweder seiner Frau gegenüber oder seinem Büro, aber darauf kam es nicht an. Worauf es ankam, war, daß Cardone nicht zu erreichen war. Tremayne wußte, daß die Panik nicht aufhören würde, bis er und Cardone gemeinsam ergründet hatten, was Osterman getan hatte.

Hatte Osterman sie verraten?

War es das wirklich? *War das möglich?*

Er überquerte die Vanderbilt Avenue und erkannte plötzlich, daß er zum Biltmore Hotel gegangen war, ohne überhaupt an ein Ziel zu denken.

Das war begreiflich, dachte er. Das Biltmore brachte ihm Erinnerungen an sorglose Zeiten zurück.

Er ging durch die Lobby und erwartete fast einen vergessenen Freund aus der Jugendzeit zu sehen – und plötzlich starrte er einen Mann an, den er seit mehr als fünfundzwanzig Jahren nicht mehr gesehen hatte. Er kannte das Gesicht, auch wenn es sich in den Jahren schrecklich verändert hatte – aufgedunsen kam es Tremayne vor, faltig –, aber er konnte sich nicht an den Namen erinnern. Das war noch in der Oberschule gewesen.

Etwas verlegen gingen die beiden Männer aufeinander zu.

»Dick... Dick Tremayne! Sie *sind* doch Dick Tremayne, oder?«

»Ja. Und Sie... Jim?«

»Jack! Jack Townsend! Wie geht es dir, Dick?«

Die beiden Männer schüttelten sich die Hand, Townsend mit viel mehr Begeisterung. »Das sind bestimmt schon fünfundzwanzig, nein dreißig Jahre! Prima siehst du aus! Wie zum Teufel schaffst du es, dein Gewicht zu halten? Ich hab's aufgegeben.«

»Gut siehst du aus. Wirklich prima. Ich wußte gar nicht, daß du in New York bist.«

»Bin ich auch nicht. Ich wohne in Toledo. Ich bin bloß auf ein paar Tage hier... Bei Gott, ich hatte eine verrückte Idee, als ich im Flugzeug her kam. Ich habe das Hilton abbestellt und mir gedacht, ich nehme mir hier ein Zimmer. Bloß um zu sehen, ob von der alten Clique noch welche da sind. Verrückt, wie? Und jetzt schau, auf wen ich da stoße!«

»Das ist wirklich komisch. Echt. Ich hab' vor ein paar Sekunden dasselbe gedacht.«

»Trinken wir etwas.«

Townsend gab ununterbrochen Ansichten von sich, die ganz den Traditionen der Geschäftswelt entsprachen. Er war sehr langweilig.

Tremayne dachte die ganze Zeit an Cardone. Als er beim dritten Glas war, sah er sich nach der Telefonzelle in der Bar um, an die er sich noch aus seiner Jugend erinnerte. Sie war in der Nähe des Kücheneingangs versteckt; nur wohlgelittene Stammgäste des Biltmore wußten von ihrer Existenz.

Sie war nicht mehr da. Und Jack Townsend redete und redete, erinnerte sich mit lauter Stimme an alles das, woran man sich nicht erinnern konnte.

Einige Schritte von ihnen entfernt standen zwei Neger in Lederjacken, sie trugen Perlenketten um den Hals.

Früher, in jenen anderen Tagen, hätten die nicht hier gestanden.

In jenen angenehmen Tagen.

Tremayne kippte seinen vierten Drink hinunter; und Townsend hörte und hörte nicht auf zu reden.

Er *mußte* Joe anrufen! Jetzt fing die Panik wieder an. Vielleicht würde Joe das Rätsel um Osterman mit einem einzigen Satz lösen.

»Was ist denn los mit dir, Dick? Du siehst so aufgeregt aus.«

»So wahr mir Gott helfe, das ist das erstemal, daß ich seit Jahren wieder hier bin.« Tremaynes Worte klangen lallend, und er wußte es. »Ich muß telefonieren. Entschuldige bitte.«

Townsend legte Tremayne die Hand auf den Arm. Er sprach ganz leise.

»Willst du Cardone anrufen?«

»Was?«

»Ich hab' dich gefragt, ob du Cardone anrufen willst.«

»Wer bist du? – Wer zum Teufel bist du?«

»Ein Freund von Blackstone. Ruf Cardone nicht an. Du darfst das unter keinen Umständen tun. Wenn du das tust, schlägst du einen Nagel in deinen eigenen Sarg. Verstehst du das?«

»Ich verstehe überhaupt nichts! Wer bist du? Wer ist

Blackstone?« Tremayne versuchte zu flüstern, aber seine Stimme hallte durch den ganzen Raum.

»Ich will mal so sagen. Es kann sein, daß Cardone gefährlich ist. Wir vertrauen ihm nicht. Wir sind seiner nicht sicher. Ebensowenig wie wir uns der Ostermans sicher sind.«

»Was sagst du da?«

»Es kann sein, daß sie sich zusammengetan haben. Vielleicht fliegst du jetzt solo. Du mußt es ganz cool angehen und sehen, was du herausfinden kannst. Wir melden uns wieder... Aber das hat dir ja Mr. Blackstone schon gesagt, oder?«

Und dann tat Townsend etwas Seltsames. Er nahm einen Geldschein aus der Brieftasche und legte ihn vor Richard Tremayne. Er sagte nur zwei Worte, als er sich umdrehte und durch die Glastüre hinaus ging:

»Nimm es.«

Es war eine Einhundert-Dollar-Note.

Was hatte er damit gekauft?

Gar nichts, dachte Tremayne. Es war nur ein Symbol.

Ein Preis. Ein beliebiger Preis.

Als Fassett das Hotelzimmer betrat, waren bereits zwei Männer dort, die über einen Kartentisch gebeugt waren und verschiedene Papiere und Landkarten studierten. Einer war Grover. Der andere Mann hieß Cole. Fassett nahm den Panamahut und die Sonnenbrille ab und legte sie auf die Kommode.

»Alles in Ordnung?« fragte Grover.

»Läuft wie geschmiert. Falls Tremayne sich im Biltmore nicht zu sehr betrinkt.«

»Wenn er das tut«, sagte Cole, ohne den Blick von einer Straßenkarte von New Jersey zu nehmen, »wird ein freundlicher, bestechlicher Cop die Situation in Ordnung bringen. Er wird nach Hause kommen.«

»Habt ihr auf beiden Seiten der Brücke Leute aufgestellt?«

»Und bei den Tunnels. Manchmal nimmt er den Lincoln-Tunnel und fährt den Parkway hinauf. Die stehen alle in Funkverbindung.« Cole kritzelte etwas auf ein Blatt durchsichtiges Zeichenpapier, das über der Karte lag.

Das Telefon klingelte. Grover trat an den Nachttisch und nahm ab.

»Hier Grover... Oh? Ja, wir überprüfen das noch einmal, aber ich bin sicher, daß wir es erfahren hätten, wenn er... Machen Sie sich keine Sorgen. Schon gut. Wir bleiben in Verbindung.« Grover legte den Hörer auf und stand neben dem Telefon.

»Was ist denn?« Fassett zog seine weiße Palm-Beach-Jacke aus und begann sich die Ärmel hochzukrempeln.

»Das war die Logistik in Los Angeles. Die haben ihn zwischen der Zeit, in der er das Studio verlassen hat und in der man ihn später auf der Mulholland Drive wieder fand, auf etwa zwanzig Minuten verloren. Sie machen sich Sorgen, daß er vielleicht Cardone oder Tremayne erreicht haben könnte.«

Cole blickte vom Tisch auf. »Gegen ein Uhr nach unserer Zeit – zehn in Kalifornien?«

»Ja.«

»Negativ. Cardone war in seinem Wagen, und Tremayne auf den Straßen. Keiner konnte erreicht werden...«

»Ich verstehe schon, was die meinen«, unterbrach Fassett. »Tremayne hat heute mittag keine Zeit vergeudet, mit Cardone in Verbindung zu treten.«

»Das haben wir einkalkuliert, Larry», sagte Cole. »Wir hätten sie beide aufgehalten, wenn ein Zusammentreffen verabredet worden wäre.«

»Ja, ich weiß. Aber das wäre riskant gewesen.«

Cole lachte und nahm das durchsichtige Papier vom Tisch. »Ihr plant – und wir kontrollieren. Hier ist jede Seitenstraße, die nach ›Leder‹ führt.«

»Die haben wir.«

»George hat vergessen, eine Kopie mitzubringen, und die anderen sind bei den Männern. Eine Kommandozentrale sollte immer eine Landkarte des Zielgebietes haben.«

»*Mea culpa*. Ich war bis zwei Uhr früh in der Besprechung und mußte die Maschine um halb sieben nehmen. Ich hab' auch meinen Rasierapparat und meine Zahnbürste und weiß Gott was sonst noch alles vergessen.«

Wieder klingelte das Telefon und Grover hob ab.

»... verstehe ... Augenblick.« Er streckte den Hörer weg und sah zu Laurence Fassett hinüber. »Unser zweiter Chauffeur hatte eine kleine Auseinandersetzung mit Cardone ...«

»O Gott! Hoffentlich gab's keinen Ärger.«

»Nein, nein. Unser heißblütiger Sportler versuchte den Wagen zu verlassen und handgreiflich zu werden. Nichts passiert.«

»Sag ihm, er soll nach Washington zurückfahren. Das Zielgebiet verlassen.«

»Fahr zurück nach D.C., Jim ... Ja, freilich kannst du das. Okay. Wir sehen uns im Camp.« Grover legte auf und ging an den Kartentisch zurück.

»Was kann Jim ›freilich‹ tun?« fragte Fassett.

»Den Rolls in Maryland abgeben. Er meint, Cardone hätte sich die Nummer notiert.«

»Gut. Und die Familie Cäsar?«

»Prima vorbereitet«, unterbrach Cole. »Sie können es gar nicht erwarten, von Guiseppe Ambruzzio Cardione zu hören. Ganz wie der Vater, und überhaupt nicht wie der Sohn.«

»Was soll das bedeuten?« Grover hielt sein Feuerzeug unter die Zigarette.

»Der alte Cäsar hat sich auf unredliche Weise ein Dutzend Vermögen verdient. Sein ältester Sohn arbeitet im Büro des Generalstaatsanwaltes und führt einen fanatischen Feldzug gegen die Mafia.«

»Der will wohl die Sünden der Familie wegwaschen?«

»So etwas ähnliches.«

Fassett ging ans Fenster und blickte auf die weite Fläche des südlichen Central Park hinunter. Als er weitersprach, war seine Stimme ganz leise, klang aber so befriedigt, daß seine Begleiter lächeln mußten.

»Alles läuft wie am Schnürchen. Jeder hat seinen kleinen Schock bekommen. Die sind alle verwirrt und verstört. Keiner von ihnen weiß, was er tun oder mit wem er reden soll. Jetzt bleiben wir ruhig und beobachten sie. Wir lassen sie vierundzwanzig Stunden in Ruhe. In völliger Ruhe... Und Omega hat keine Wahl. Omega muß handeln.«

13.

Mittwoch – 10.15 Uhr

Es war viertel nach zehn, bis Tanner sein Büro erreichte. Es war ihm fast unmöglich gewesen, sein Haus zu verlassen, aber er wußte, daß Fassett recht hatte. Er setzte sich an seinen Schreibtisch und sah sich geistesabwesend seine Post und die verschiedenen Hausmitteilungen an. Jeder wollte einen sprechen. Keiner wollte ohne seine Zustimmung eine Entscheidung treffen.

Er nahm das Telefon und wählte New Jersey.

»Hello, Ali?«

»Tag, Honey. Hast du was vergessen?«

»Nein... Nein. Ich wollte nur deine Stimme hören. Was machst du?«

Auf Orchard Place 22, Saddle Valley, New Jersey, lächelte Alice Tanner. Ein Gefühl der Wärme durchzog sie. »Was ich mache? Nun, ich beaufsichtige der Anweisung des großen Paschas gemäß den Sohn der beiden, wie er den Keller saubermacht. Und ebenfalls gemäß Anweisung des großen Paschas verbringt seine Tochter einen heißen Julivormittag damit, Lesen zu üben. Wie sollte sie sonst vor Erreichen des zwölften Lebensjahres die Aufnahmeprüfung nach Berkeley schaffen?«

Tanner spürte die Anklage, die in diesen Worten lag. Als seine Frau ein junges Mädchen gewesen war, hatte sie oft einsame, schreckliche Sommertage verbracht. Ali wollte, daß es Janet nicht auch so ging.

»Nun, übertreib's nicht. Laß ein paar Kinder rüberkommen.«

»Das mach ich vielleicht. Aber Nancy Loomis hat angerufen und gefragt, ob Janet zum Mittagessen kommen kann...«

»Ali...« Tanner nahm den Hörer in die linke Hand. »Ich würde mich auf ein paar Tage bei den Loomis ein wenig rar machen...«

»Was soll das heißen?«

John erinnerte sich seiner täglichen Zugfahrten mit Jim Loomis. »Jim hat da so ein kleines Aktienmanöver vor. Eine Menge Leute im Zug wollen mitmachen. Wenn ich ihm bis nächste Woche aus dem Weg gehen kann, kann ich mich da raushalten.«

»Was sagt Joe?«

»Er weiß nichts davon. Loomis möchte nicht, daß Joe etwas erfährt. Hausrivalität, denke ich.«

»Ich sehe nicht ein, daß es etwas damit zu tun hat, wenn Janet...«

»Ist aber besser so. Wir haben das Geld nicht, auf das er aus ist.«

»Das kannst du zweimal sagen!«

»Und – tu mir einen Gefallen. Bleib heute in der Nähe des Telefons.«

Alice sah unwillkürlich den Hörer an, den sie in der Hand hielt. »Warum?«

»Ich kann jetzt nichts sagen, aber ich erwarte einen wichtigen Anruf. Wovon wir immer geredet haben...«

Alice Tanner senkte unwillkürlich ihre Stimme und lächelte. »Jemand hat dir etwas angeboten!«

»Könnte sein. Die wollen mich zu Hause anrufen und eine Verabredung zum Mittagessen mit mir treffen.«

»Oh, John. Wie aufregend!«

»Es könnte interessant sein.« Plötzlich schmerzte es ihn, mit ihr zu sprechen. »Wir reden später noch mal.«

»Klingt herrlich, Darling. Ich drehe die Glocke lauter. So laut, daß man sie in New York hören kann.«

»Ich ruf dich später an.«

»Dann kannst du mir ja Einzelheiten erzählen.«

Tanner legte den Hörer langsam auf die Gabel. Die Lügen hatten angefangen... Aber seine Familie würde zu Hause sein.

Er wußte, daß er sich jetzt um seine Arbeit kümmern mußte. Fassett hatte ihn gewarnt. Es durfte keinen Bruch in seinem normalen Verhalten geben, und der Normalzustand für einen Nachrichtenchef war ein Zustand, der fast der Hysterie nahe kam. Und Tanner war bei Standard Mutual dafür bekannt, daß er Schwierigkeiten unter Kontrolle bekommen konnte. Wenn es je in seinem Berufsleben eine Zeit gab, in der er Chaos vermeiden mußte, dann war diese Zeit jetzt da.

Er nahm den Telefonhörer ab. »Norma. Ich lese Ihnen jetzt die Liste der Leute vor, die ich heute morgen empfange, und Sie rufen sie an. Sagen Sie jedem, daß ich nicht viel Zeit habe, und geben Sie keinem mehr als fünfzehn Minuten, wenn ich es nicht ausdrücklich sage. Es wäre gut, wenn jeder seine Probleme und Vorschläge jeweils auf eine halbe Schreibmaschinenseite zusammenfassen würde. Das können Sie denen ja sagen. Ich habe hier noch ziemlich viel auf dem Tisch.«

Damit war er bis nach halb eins beschäftigt. Dann schloß er seine Tür und rief seine Frau an.

Niemand meldete sich.

Er ließ das Telefon fast zwei Minuten lang klingeln, bis die Abstände zwischen den einzelnen Klingelsignalen länger und länger zu werden schienen.

Keine Antwort am Telefon – dem Telefon, dessen Glocke so laut eingestellt war, daß man sie in New York hören konnte.

Es war zwölf Uhr fünfunddreißig. Ali ging wahrscheinlich davon aus, daß zwischen zwölf und halb zwei niemand anrufen würde. Wahrscheinlich hatte sie etwas aus dem Supermarkt gebraucht. Oder sie hatte beschlossen, mit den Kindern auf ein paar Hamburger in den Club zu fahren. Oder sie hatte Nancy Loomis nicht abweisen können und Janet zum Mittagessen hinübergebracht. Oder sie war in die Bücherei gefahren – Ali pflegte an den Sommernachmittagen häufig am Pool zu liegen und zu lesen.

Tanner versuchte sich Ali bei all diesen Dingen vorzustellen. Daß sie das eine oder das andere oder einiges oder gar alles tat.

Er wählte wieder, und wieder meldete sich niemand. Er rief den Club an.

»Tut mir leid, Mr. Tanner. Wir haben sie draußen ausrufen lassen. Mrs. Tanner ist nicht da.«

Die Loomis. Natürlich, sie war zu den Loomis gegangen.

»Hello, John. Alice hat gesagt, Janet hätte sich den Magen verdorben. Vielleicht ist sie mit ihr zum Arzt gefahren.«

Um acht Minuten nach eins hatte John Tanner weitere zweimal zu Hause angerufen. Das letzte Mal hatte er das Telefon fast fünf Minuten lang klingeln lassen. Er malte sich aus, wie Ali atemlos zur Tür herein gerannt kam und wartete ein weiteres Klingelzeichen ab, hoffte, daß sie abnehmen würde.

Aber es geschah nicht.

Immer wieder sagte er sich, daß er sich albern verhielt. Er selbst hatte den Streifenwagen hinter ihnen gesehen, als Ali ihn zum Bahnhof fuhr. Fassett hatte ihn gestern davon überzeugt, daß seine Wachhunde gründlich waren.

Fassett.

Er nahm den Hörer ab und wählte die Nummer, die Fassett ihm für Notfälle gegeben hatte. Es war eine Nummer in Manhattan.

»Grover...«

Wer? dachte Tanner.

»Hello? Hello? – Hier spricht George Grover.«

»Mein Name ist John Tanner. Ich versuche, Laurence Fassett zu erreichen.«

»Oh, hello, Mr. Tanner. Ist etwas? Fassett ist nicht da. Kann ich Ihnen helfen?«

»Sind Sie ein Kollege von Fassett?«

»Ja, das bin ich, Sir.«

»Ich kann meine Frau nicht erreichen. Ich habe ein paarmal anzurufen versucht. Sie meldet sich nicht.«

»Vielleicht ist sie aus dem Haus gegangen. Ich würde mir da keine Sorgen machen. Sie wird überwacht.«

»Sind Sie da ganz sicher?«

»Natürlich.«

»Ich habe sie gebeten, in der Nähe des Telefons zu bleiben. Sie dachte, ich erwarte einen wichtigen Anruf...«

»Ich nehme Verbindung mit unseren Männern auf und rufe Sie dann gleich wieder an. Das wird Sie beruhigen.«

Tanner legte auf. Plötzlich war es ihm peinlich, daß er angerufen hatte. Aber fünf Minuten verstrichen, und sein Telefon klingelte nicht. Er wählte Fassetts Nummer, aber sie war besetzt. Er legte schnell wieder auf und fragte sich, ob Grover nicht gerade versucht hatte, ihn anzurufen. So mußte es sein. Er würde es gleich wieder versuchen.

Aber sein Apparat klingelte nicht.

Tanner nahm den Hörer auf und wählte langsam und sorgfältig, vergewisserte sich, daß jede Ziffer stimmte.

»Grover.«

»Hier ist Tanner. Ich dachte, Sie wollten gleich zurückrufen!«

»Tut mir leid, Mr. Tanner. Wir haben da ein Problem. Nichts, worüber Sie sich Sorgen zu machen brauchten.«

»Was verstehen Sie unter Problem?«

»Den Kontakt mit unseren Außendienstleuten herzustellen. Das ist nicht ungewöhnlich. Schließlich können wir nicht erwarten, daß sie jede Sekunde in der Nähe des Autotelefons sind. Wir werden sie in Kürze erreichen und Sie dann zurückrufen.«

»Das genügt mir nicht!« John Tanner knallte den Hörer auf die Gabel und sprang auf. Gestern nachmittag hatte Fassett ihm ihre Bewegungen in allen Einzelheiten geschildert – bis zu den präzisen Vorgängen zum Zeitpunkt seines Telefonanrufs. Und jetzt konnte dieser Grover keinen der Männer erreichen, die angeblich seine Familie bewachten. Was hatte Fassett gesagt?

»Wir haben dreizehn Agenten in Saddle Valley...«

Und Grover konnte keinen einzigen von ihnen erreichen.

Dreizehn Männer und keiner war zu erreichen!

Er ging zur Türe. »Ich muß dringend weg, Norma. Passen Sie bitte auf mein Telefon auf. Wenn ein gewisser Grover anruft, sagen Sie ihm, ich wäre nach Hause gefahren.«

SADDLE VALLEY
GEGRÜNDET 1862
Willkommen

»Und wohin jetzt, Mister?«

»Geradeaus. Ich zeige es Ihnen.«

Das Taxi erreichte den Orchard Drive, sie waren jetzt nur noch zwei Straßen von seinem Haus entfernt; Tanners Puls hämmerte. Immer wieder malte er sich den Kombi in der Einfahrt aus. Noch eine Biegung, und er würde ihn sehen können – wenn er da war. Wenn er da war, würde alles in Ordnung sein. Herrgott! Laß doch alles in Ordnung sein!

Der Kombi stand nicht in der Einfahrt.

Tanner sah auf die Uhr.

Zwei Uhr fünfundvierzig. Viertel vor drei! Und Ali war nicht da!

»Links. Das Haus mit den Holzschindeln.«

»Ein schönes Haus, Mister. Wirklich schön.«

»Schnell!«

Das Taxi bog in die Einfahrt. Tanner zahlte und riß die Tür auf. Er wartete den Dank des Fahrers nicht ab.

»Ali! Ali!« Tanner rannte durch den Wäscheraum, um in der Garage nachzusehen.

Nichts. Der kleine Triumph stand dort.

Stille.

Und doch war da etwas. Ein Geruch. Ein schwacher, Übelkeit erregender Geruch, den Tanner nicht unterbringen konnte.

»Ali! Ali!« Er rannte zur Küche zurück und sah durch das Fenster den Pool. O Gott! Er starrte die Wasseroberfläche an und rannte zur Hoftüre. Das Schloß hatte sich verklemmt, er warf sich dagegen, riß den Riegel ab und rannte hinaus.

Gott sei Dank! Im Wasser war nichts!

Sein kleiner Welsh-Terrier regte sich im Schlaf. Die Leine des Tieres war mit einer Öse an einem gespannten Drahtseil befestigt, und er fing sofort mit seiner scharfen, hysterisch klingenden Stimme zu bellen an.

Er rannte ins Haus zurück zur Kellertüre.

»Ray! Janet! Ali!«

Stille. Nur das unablässige Bellen des Hundes draußen.

Er ließ die Kellertür offen und rannte zur Treppe.

Hinauf!

Er nahm jeweils ein paar Stufen mit einem Satz; die Türen zu den Kinderzimmern und dem Gästezimmer standen offen. Die Türe zu seinem und Alis Schlafzimmer war verschlossen.

Und dann hörte er es. Den leisen Klang eines Radios. Alis Uhrenradio mit der automatischen Abschaltvorrichtung, die das Radio zu einem beliebigen Zeitpunkt innerhalb einer Stunde abschaltete. Er und Ali benutzten immer diese Abschaltvorrichtung, wenn sie das Radio benutzten, nie den gewöhnlichen Schalter. Es war eine Angewohnheit. Und Ali war seit zweieinhalb Stunden nicht mehr da. Jemand anderer hatte das Radio eingeschaltet.

Er öffnete die Tür.

Da war niemand.

Er wollte schon kehrtmachen und die restlichen Räume des Hauses durchsuchen, als er es sah. Ein Zettel mit roten Farbstiftbuchstaben darauf neben dem Uhrenradio.

Er trat an den Nachttisch.

Ihre Frau und Ihre Kinder haben eine unerwartete Fahrt gemacht. Sie finden sie bei einem alten Bahnhof an der Lassiter Road.

In seiner Panik erinnerte Tanner sich an den alten aufgegebenen Bahnhof. Er stand mitten im Wald, an einer selten benutzten Nebenstraße.

Was hatte er getan? Um Gottes willen, was hatte er getan? Er hatte sie umgebracht! Wenn das so war, würde er Fassett umbringen! Grover umbringen! Alle umbringen, die hätten aufpassen sollen!

Er rannte aus dem Schlafzimmer, die Treppe hinunter in die Garage. Die Tür stand offen, und er sprang in den Sitz des Triumph und ließ den Motor an.

Tanner jagte den kleinen Sportwagen durch die Einfahrt, fegte durch die lange Kurve des Orchard Drive und versuchte sich zu erinnern, was der schnellste Weg nach Lassiter Road war. Er erreichte einen Teich, Lassiter Lake, wie er sich erinnerte. Die Bewohner von Saddle Valley benutzten ihn im Winter zum Eislaufen. Lassiter Road lag auf der anderen Seite und schien in einem ziemlich verwilderten Waldstreifen zu verschwinden.

Er hielt das Gaspedal niedergedrückt, fing an, auf sich selbst einzureden, dann zu schreien.

Ali! Ali! Janet! Ray!

Die Straße war kurvig. Blinde Flecken, Kurven, Sonnenstrahlen, die zwischen den dicht beieinanderstehenden Bäumen hindurchblitzten. Es gab keine anderen Fahrzeuge, überhaupt keine Spuren von Leben.

Plötzlich tauchte der alte Bahnhof vor ihm auf. Und da war auch sein Kombi – auf dem verwahrlosten Parkplatz, umgeben von hohem Gras. Tanner trat neben dem Kombi auf die Bremsen. Niemand war zu sehen.

Er sprang aus dem Triumph und rannte auf den Kombi zu.

Im nächsten Augenblick verlor er die Kontrolle über sein Bewußtsein. Das Schreckliche war Wirklichkeit. Das Unglaubliche war geschehen.

Auf dem Boden vor der vorderen Sitzbank saß seine Frau. Zusammengesunken, reglos. Und hinten die kleine Janet und sein Sohn. Die Köpfe unten, reglos auf die roten Sitzpolster drapiert. Herrgott! Herrgott! Es war geschehen! Seine Augen füllten sich mit Tränen. Er zitterte am ganzen Körper.

Er riß die Türe auf, schrie vor Schrecken auf, und plötzlich schlug ihm ein Geruch entgegen, derselbe Übelkeit erregende Geruch, den er in seiner Garage wahrgenommen hatte. Er packte Alis Kopf und zog sie in die Höhe, so erschreckt, daß all seine Empfindungen wie gelähmt waren.

»Ali! Ali! Mein Gott! *Bitte! Ali!*«

Seine Frau schlug langsam die Augen auf. Sie blinzelte. Bei Bewußtsein und doch nicht bei Bewußtsein. Sie bewegte die Arme.

»Wo... wo? *Die Kinder*!« Sie zog das Wort hysterisch in die Länge. Ihr Schrei riß Tanner in die Wirklichkeit zurück, ließ ihn wieder mit seinen Sinnen eins werden. Er sprang auf und griff über den Sitz nach seinem Sohn und seiner Tochter.

Sie bewegten sich. Sie lebten! Sie lebten *alle*!

Ali stieg aus dem Kombi und sank zu Boden. Ihr Mann hob seine Tochter vom Rücksitz und hielt sie fest, als sie zu weinen anfing.

»Was ist passiert? Was ist passiert?« Alice Tanner zog sich in die Höhe.

»Nicht sprechen, Ali. Du mußt jetzt atmen, ganz tief durchatmen. Komm!« Er ging zu ihr und reichte ihr die schluchzende Janet. »Ich hole jetzt Ray.«

»Was ist passiert? Sag nicht, daß ich nicht...«

»Sei still. Du mußt jetzt nur atmen. Kräftig durchatmen!«

Er half seinem Sohn vom Rücksitz. Dem Jungen war übel, er fing an, sich zu übergeben. Tanner legte seinem Sohn die Hand auf die Stirn und hielt ihn mit dem linken Arm an der Hüfte.

»John, du kannst nicht einfach...«

»Du mußt jetzt gehen. Versuche Janet dazu zu bringen, daß sie auch geht! Tu, was ich sage!«

Alice Tanner tat gehorsam und benommen, was ihr Mann befahl. Der Junge begann den Kopf in Tanners Hand zu bewegen.

»Fühlst du dich jetzt besser, Junge?«

»Mann! – Mann! Wo sind wir?« Plötzlich hatte der Junge Angst.

»Schon gut. Alles ist gut... Ihr seid alle – alle – in Ordnung.«

Tanner sah zu seiner Frau hinüber. Sie hatte Janets Füße auf den Boden gestellt und hielt sie in den Armen. Das Kind weinte jetzt laut, und Tanner sah zu, angefüllt mit Haß und Furcht. Er ging zum Kombi, um nachzusehen, ob die Schlüssel in der Zündung steckten.

Sie steckten nicht. Das ergab keinen Sinn.

Er sah unter den Sitzen nach, im Handschuhfach, auf dem Rücksitz. Dann sah er sie. In ein Stück weißes Papier gewickelt, mit einem Gummiband darum. Das Päckchen war zwischen die Notsitze gezwängt, so, daß man es kaum sehen konnte.

Seine Tochter weinte jetzt laut, und Alice Tanner hob das Kind auf und versuchte es zu beruhigen, wiederholte immer wieder, daß ja alles gut wäre.

Tanner vergewisserte sich, daß seine Frau ihn nicht sehen konnte, hielt das kleine Päcken hinter den Rücksitz, zog das Gummiband herunter und wickelte das Papier auseinander.

Es war leer.

Er zerknüllte das Papier und schob es sich in die Tasche. Er würde Ali jetzt sagen, was passiert war. Sie würden weggehen. Weit weg. Aber er würde es ihr *nicht* vor den Kindern sagen.

»Steig in den Wagen!« Tanner sagte das ganz leise zu seinem Sohn und ging dann zu seiner Frau und nahm ihr das hysterisch weinende Mädchen weg. »Hol die Schlüssel aus dem Triumph, Ali. Wir fahren nach Hause.«

Seine Frau stand vor ihm, die Augen vor Furcht geweitet. Tränen strömten ihr über das Gesicht. Sie versuchte, sich zusammenzureißen, gab sich alle Mühe, nicht zu schreien.

»Was ist passiert? Was ist mit uns passiert?«

Das Heulen eines Motors hinderte Tanner an der Antwort. In seiner Wut war er dankbar dafür. Der Saddle-Valley-Streifenwagen jagte heran und bremste höchstens zehn Meter von ihnen entfernt.

Jenkins und McDermott sprangen aus dem Wagen. Jenkins hatte den Revolver gezogen.

»Alles in Ordnung?« Er rannte auf Tanner zu. McDermott eilte zu dem Kombiwagen und redete leise auf den Jungen ein, der auf dem Rücksitz saß.

»Wir haben den Zettel in Ihrem Schlafzimmer gefunden. Übrigens, wir haben wahrscheinlich den größten Teil Ihres Eigentums sicherstellen können.«

»Unseres was?« Alice Tanner starrte den Polizeibeamten an.

»Welches Eigentum?«

»Zwei Fernsehgeräte, Mrs. Tanners Schmuck, eine Kassette mit Silberbesteck, etwas Bargeld. Wir haben eine Liste auf dem Revier. Wir wissen nicht, ob wir alles haben. Die haben den Wagen ein paar Straßen von Ihrem Haus entfernt stehen lassen. Vielleicht haben sie sonst noch etwas mitgenommen. Sie müssen das prüfen.«

Tanner reichte seine Tochter Ali.

»Wovon zum Teufel reden Sie?«

»Man hat Sie beraubt. Ihre Frau muß zurückgekommen sein, als die gerade bei der Arbeit waren. Sie und die Kinder sind in der Garage mit Gas betäubt worden. Das waren Profis, gar kein Zweifel.

Wirkliche Profimethoden...

»Sie lügen«, sagte Tanner leise. »Da war nichts...«

»Bitte!« unterbrach Jenkins. »Das Wichtigste sind jetzt Ihre Frau und die Kinder.«

Wie auf ein Zeichen rief McDermott jetzt auf dem Kombi. »Ich möchte den Jungen ins Krankenhaus bringen. *Jetzt*!«

»Oh, mein Gott!« Alice Tanner rannte zu dem Wagen, die Tochter in den Armen haltend.

»McDermott kann sie mitnehmen«, sagte Jenkins.

»Wie kann ich Ihnen vertrauen? Sie haben mich belogen. In meinem Haus fehlte nichts. Da waren keine Fernseher verschwunden, keinerlei Anzeichen eines Einbruchs! Warum haben sie gelogen?«

»Jetzt ist keine Zeit. Ich schicke Ihre Frau und die Kinder mit McDermott weg«, sagte Jenkins schnell.

»Die kommen mit *mir*!«

»Nein, das tun sie nicht.« Jenkins hob die Pistole leicht an.

»Ich bringe Sie um, Jenkins.«

»Was steht dann noch zwischen Ihnen und Omega?« sagte Jenkins ruhig. »Seien Sie vernünftig. Fassett ist schon unterwegs. Er möchte Sie sprechen.«

»Es tut mir leid. Wirklich, aufrichtig leid. Das wird – das kann nie wieder vorkommen.«

»Was *ist* denn vorgekommen? Wo war denn Ihr unfehlbarer Schutz?«

»Ein logistischer Fehler in einem Überwachungsplan, der

nicht überprüft war. Das ist die Wahrheit. Es hat keinen Sinn, Sie zu belügen. Ich trage die Verantwortung.«

»Sie waren nicht hier draußen.«

»Trotzdem bin ich verantwortlich. Für das Leder-Team trage ich die Verantwortung. Omega sah, daß ein Posten nicht gesichert war – übrigens weniger als fünfzehn Minuten lang –, und sie haben zugeschlagen.«

»Das kann ich nicht zulassen. Sie haben das Leben meiner Frau und meiner Kinder aufs Spiel gesetzt!«

»Ich sagte Ihnen doch, es ist unmöglich, daß sich das wiederholt. Außerdem – und in gewisser Weise sollte Sie das beruhigen – bestätigt jener Nachmittag, daß Omega nicht tötet. Terror ja. Mord nein.«

»Warum? Weil Sie das sagen? Ich glaube das einfach nicht. Der CIA ist nicht unfehlbar, dafür gibt es genügend Beispiele. Sie treffen keine Entscheidungen mehr für *mich*, damit das einmal klar ist.«

»Oh? Dann treffen *Sie* die jetzt?«

»Ja.«

»Seien Sie kein Narr. Wenn nicht Ihretwegen, dann um Ihrer Familie willen.«

Tanner stand auf. Durch die Jalousetten sah er, daß vor dem Motelfenster zwei Männer Wache hielten.

»Ich bringe sie weg.«

»Wohin werden Sie gehen?«

»Ich weiß nicht. Jedenfalls bleibe ich nicht hier.«

»Sie glauben, daß Omega Ihnen nicht folgen wird?«

»Warum sollte es das ... Warum sollten sie das? Ich habe mit *ihnen* nichts zu tun.«

»Das werden sie nicht glauben.«

»Dann werde ich ihnen das klarmachen!«

»Wollen Sie eine Anzeige in die *Times* setzen?«

»Nein!« Tanner fuhr herum und deutete mit ausgestrecktem Zeigefinger auf den CIA-Mann. »Sie werden das tun! Sie können das machen, wie Sie wollen, denn wenn Sie es nicht tun werden, wird jede Nachrichtensendung im ganzen Land von dieser Operation berichten, und wie ungeschickt und dumm Sie sie durchgeführt haben. Das überleben Sie nicht.«

»Sie auch nicht, weil Sie tot sein werden und Ihre Frau auch. Ihr Sohn und Ihre Tochter – tot.«

»Sie können mir nicht drohen...«

»Um Himmels willen, schauen Sie sich doch die Geschichte an! Schauen Sie sich an, was *wirklich passiert* ist!« brach es aus Fassett heraus. Dann senkte er die Stimme plötzlich und hob die Hand an die Brust, sprach langsam. »Nehmen Sie mich... Meine Frau ist in Ost-Berlin getötet worden. Sie haben sie aus keinem anderen Grunde ermordet, als weil sie mit mir verheiratet war. Man – erteilte mir eine Lektion. Und um mir diese Lektion zu erteilen, nahmen sie mir meine Frau. Drohen Sie mir nicht – ich habe das alles hinter mir. Sie waren in Sicherheit. Schön, jetzt sind Sie es nicht mehr.«

Tanner war betroffen. »Was wollen Sie damit sagen?«

»Ich will Ihnen sagen, daß Sie genau das tun werden, was wir geplant haben. Wir sind jetzt zu nahe am Ziel. Ich will Omega.«

»Sie können mich nicht zwingen, und das wissen Sie auch!«

»Doch, das kann ich... Wenn Sie nämlich aussteigen, wenn Sie fliehen, ziehe ich jeden Agenten aus Saddle Valley ab. Dann sind Sie alleine... Und ich glaube nicht, daß Sie alleine mit der Situation fertig werden.«

»Ich schaffe meine Familie weg...«

»Seien Sie nicht verrückt! Omega hat sich einen ganz gewöhnlichen logistischen Fehler zunutze gemacht. Das bedeutet, daß sie, wer auch immer sie sind, wachsam sind. Äußerst wachsam, schnell und gründlich. Welche Chance, glauben Sie wohl, daß Sie haben? Welche Chance geben Sie Ihrer Familie? Wir haben zugegeben, daß wir einen Fehler gemacht haben. Wir werden keine mehr machen.«

Tanner wußte, daß Fassett recht hatte. Wenn man ihn jetzt im Stich ließ, verfügte er nicht über die Mittel, um die Lage zu kontrollieren.

»Sie überlassen nichts dem Zufall, wie?«

»Taten Sie das je – in einem Minenfeld?«

»Ich glaube nicht... Das heute nachmittag. Was war das?«

»Terrortaktik. Ohne Identifizierung. Für den Fall, daß Sie sauber sind. Wir erkannten, was geschehen war und haben eine Gegenerklärung aufgebaut. Wir werden einen Teil Ihres Eigentums zurückhalten – Kleinigkeiten, wie Schmuck, bis das vorbei ist. Das macht es authentisch.«

»Womit Sie sagen wollen, daß Sie von mir erwarten, daß ich diese Einbruchsgeschichte mitmache.«

»Natürlich. Das ist am sichersten.«

»Ja... Natürlich.« Tanner griff in die Tasche nach Zigaretten. Das Telefon klingelte, und Fassett nahm ab.

Er sprach mit leiser Stimme und wandte sich dann Tanner zu.

»Ihre Familie ist wieder zu Hause. Alles in Ordnung. Noch etwas verängstigt, aber okay. Ein paar von unseren Männern schaffen Ordnung. Es sieht ziemlich übel aus. Sie versuchen, Fingerabdrücke abzunehmen. Natürlich wird man feststellen, daß die Diebe Handschuhe trugen. Ihrer Frau haben wir gesagt, daß Sie noch auf dem Revier sind und Ihre Aussage machen.«

»Verstehe.«

»Möchten Sie, daß wir Sie zurückbringen?«

»Nein... Nein, das möchte ich nicht. Ich nehme an, ich werde ohnehin verfolgt.«

»Sicherheitsüberwachung ist der korrekte Begriff.«

Tanner ging in das Village Pub, das einzige elegante Lokal von Saddle Valley, und rief die Tremaynes an.

»Ginny, hier spricht John. Ich würde gerne mit Dick sprechen. Ist er da?«

»John *Tanner*?«

Warum sagte sie das? Sein Name. Sie kannte seine Stimme.

»Ja. Ist Dick da?«

»Nein – natürlich nicht. Er ist im Büro. Was ist denn?«

»Nichts Wichtiges.«

»Kannst du es nicht auch mir sagen?«

»Ich brauche bloß einen kleinen juristischen Rat. Ich versuch's in seinem Büro. Wiedersehen.« Tanner wußte, daß er es schlecht gemacht hatte. Er hatte sich auffällig benommen.

Aber das hatte Virginia Tremayne auch.

Tanner wählte New York.

»Tut mir leid, Mr. Tanner. Mr. Tremayne ist in Long Island. Eine Besprechung.«

»Es ist dringend. Können Sie mir die Nummer geben?«

Tremaynes Sekretärin gab sie ihm widerstrebend. Er wählte.

»Tut mir leid, Mr. Tremayne ist nicht hier.«

»Sein Büro hat gesagt, er hätte dort eine Besprechung.«

»Er hat heute morgen angerufen und abgesagt. Es tut uns leid, Sir.«

Tanner legte den Hörer auf und wählte dann die Nummer der Cardones.

»Daddy und Mommy sind den ganzen Tag nicht da. Onkel

John. Sie haben gesagt, sie kommen nach dem Abendessen. Soll ich sagen, daß sie anrufen sollen?«

»Nein – nein, das ist nicht notwendig...«

Er hatte ein leeres Gefühl im Magen. Er wählte die Vermittlung, gab ihr die Nummer und die seiner Kreditkarte, und dann klingelte dreitausendvierhundert Meilen entfernt in Beverly Hills ein Telefon.

»Hier bei Osterman.«

»Ist Mr. Osterman da?«

»Nein, er ist nicht im Hause. Wer spricht bitte?«

»Ist Mrs. Osterman da?«

»Nein.«

»Wann erwarten Sie sie zurück?«

»Nächste Woche. Wer spricht bitte?«

»Cardone. Joseph Cardone.«

»C-A-R-D-O-N-E...«

»Richtig. Wann sind sie abgereist?«

»Sie sind gestern abend nach New York geflogen. Mit dem Zehn-Uhr-Flug, glaube ich.«

John Tanner legte auf. Die Ostermans waren in New York! Sie waren um sechs Uhr früh eingetroffen!

Die Tremaynes, die Cardones, die Ostermans.

Alle da. Niemand zu erreichen.

Einer oder alle.

Omega!

14.

Donnerstag – 15.00 Uhr

Fassett hatte ein überzeugendes Bühnenbild geschaffen. Als Tanner nach Hause zurückkehrte, waren die Zimmer aufgeräumt, aber es herrschte noch Unordnung. Stühle standen nicht am gewohnten Ort, Teppiche waren verschoben, Lampen standen am falschen Platz; die Hausfrau hatte die Dinge noch nicht zurechtgerückt.

Ali sagte ihm, wie die Polizei ihr geholfen hatte; wenn sie etwas ahnte, ließ sie sich davon jedenfalls nichts anmerken.

Aber Ali hatte als Kind mit der Gewalt gelebt. Der Anblick von Polizisten in ihrem Haus war ihr nicht fremd. Sie konnte mit einem Mindestmaß von Hysterie auf sie reagieren.

Ihr Mann dagegen war überhaupt nicht auf die Rolle vorbereitet, die er spielen mußte. Das war jetzt schon die zweite Nacht, in der sein Schlaf unruhig, am Ende unmöglich war. Er blickte auf das Ziffernfeld des Uhrenradios. Es war fast drei Uhr früh, und seine Gedanken kreisten immer noch, seine Augen weigerten sich, geschlossen zu bleiben.

Das hatte keinen Sinn. Er mußte aufstehen, herumlaufen; vielleicht etwas essen, etwas lesen, rauchen.

Irgend etwas, das ihm half, mit dem Denken aufzuhören.

Er und Ali hatten vor dem Zubettgehen ein paar Brandys getrunken – für Ali zu viel; sie schlief tief, vom Alkohol und von der Erschöpfung.

Tanner stieg aus dem Bett und ging hinunter. Er wanderte ziellos herum; aß die Überreste einer Melone in der Küche auf, las die Drucksachen im Flur, die mit der Post gekommen waren, blätterte im Wohnzimmer in ein paar Zeitschriften herum. Schließlich ging er in die Garage. Der schwache – inzwischen kaum merkbare Geruch des Gases, mit dem man seine Frau und die Kinder betäubt hatte, hing immer noch in der Luft. Er kehrte ins Wohnzimmer zurück, vergaß das Licht in der Garage auszuschalten.

Als er seine letzte Zigarette ausmachte, sah er sich nach einem frischen Päckchen um; mehr um der Sicherheit willen, daß eines da war, als weil er eine Zigarette gebraucht hätte. In seinem Arbeitszimmer war eine Schachtel. Als er die oberste Schublade seines Schreibtischs aufzog, ließ ihn ein Geräusch aufblicken.

Es klopfte am Fenster, und der Lichtkegel einer Taschenlampe kreiste.

»Jenkins, Mr. Tanner«, sagte die halberstickte Stimme. »Kommen Sie an Ihre Hintertür.«

Tanner nickte erleichtert der dunklen Gestalt auf der anderen Seite des Glases zu.

»Der Riegel war abgebrochen«, sagte Jenkins leise, als Tanner die Küchentür öffnete. »Wir wissen nicht, wie es passiert ist.«

»Das war ich. Was machen Sie dort draußen?«

»Wir stellen sicher, daß sich das von gestern nachmittag nicht wiederholt. Wir sind zu viert. Wir haben uns gefragt, was *Sie* tun. Im Erdgeschoß brennt überall Licht. Selbst in der Garage. Ist etwas? Hat Sie jemand angerufen?«

»Wußten Sie das nicht?«

Jenkins lächelte, als er durch die Tür trat. »Eigentlich sollten wir das, das wissen Sie. Aber gegen mechanische Defekte gibt es keine Gewähr.«

»Ja, wahrscheinlich. Mögen Sie eine Tasse Kaffee?«

»Nur wenn Sie genug für die drei anderen mitmachen. Die dürfen ihre Posten nicht verlassen.«

»Sicher.« Tanner füllte die Kanne. »Genügt Pulverkaffee?«

»Freilich. Danke.« Jenkins setzte sich an den Küchentisch

und schob sich das schwere Polizeihalfter zurecht, daß es locker herunterhing. Er musterte Tanner und sah sich dann im Raum um.

»Ich bin froh, daß *Sie* draußen sind. Wirklich, ich bin dankbar. Ich weiß, daß das ein Job für Sie ist, aber...«

»Nicht bloß ein Job. Wir machen uns Sorgen.«

»Das ist gut zu hören. Haben Sie eine Frau und Kinder?«

»Nein, Sir. Ich bin ledig.«

»Ich dachte, Sie wären verheiratet.«

»Nein, mein Partner, McDermott, ist verheiratet.«

»Oh, verstehe... Sie sind jetzt – warten Sie – seit zwei Jahren hier, nicht wahr?«

»Etwa.«

Tanner drehte sich am Ofen um und sah Jenkins an. »Sind Sie einer von ihnen?«

»Wie bitte?«

»Ich fragte, ob Sie einer von ihnen wären. Heute nachmittag haben Sie den Namen Omega gebraucht. Das bedeutet, daß Sie einer von Fassetts Leuten sind.«

»Ich hatte Anweisung, was ich zu Ihnen sagen sollte. Natürlich habe ich Mr. Fassett kennengelernt.«

»Aber Sie sind doch kein Kleinstadtpolizist, oder?«

Jenkins hatte keine Zeit zu antworten. Ein Schrei hallte von draußen herein. Die beiden Männer in der Küche hatten dieses Geräusch schon einmal gehört, Tanner in Frankreich, Jenkins am Jalu-Fluß in Korea. Es war ein Schrei, wie man ihn nur im Augenblick des Todes ausstößt.

Jenkins sprang zur Tür und rannte hinaus, Tanner dicht hinterher. Zwei weitere Männer tauchten aus der Dunkelheit auf.

»Es ist Ferguson! Ferguson!« Ihre Stimmen klangen hart, aber sie schrien nicht. Jenkins rannte um den Pool herum und auf das Wäldchen hinter Tanners Grundstück zu. Der Nachrichtenchef stolperte und versuchte, mit ihm Schritt zu halten.

Die verstümmelte Leiche lag in einem Gebüsch. Man hatte ihr den Kopf abgeschnitten; die Augen waren geweitet, als hätte man die Lider durchbohrt und mit Nägeln festgespannt.

»Kehren Sie um, Mr. Tanner! Bleiben Sie im Haus! Nicht hinsehen! Kein Laut!« Jenkins hielt den erstarrten Nachrichtenchef an den Schultern und stieß ihn von der Leiche weg. Die beiden anderen Männer rannten mit gezogenen Pistolen in das Wäldchen.

Tanner sank zu Boden; ihm war übel, und er empfand Angst, Angst, die alles überstieg, was er bisher empfunden hatte.

»Hören Sie mir zu«, flüsterte Jenkins und kniete neben dem zitternden Mann nieder. »Sie hätten diese Leiche nicht sehen sollen. Das hat nichts mit *Ihnen* zu tun! Es gibt gewisse Regeln, gewisse Zeichen, die wir alle kennen. Dieser Mann ist statt Fassett getötet worden.«

Die Leiche wurde in Segeltuch gehüllt, und zwei Männer hoben sie auf, um sie wegzutragen. Sie bewegten sich lautlos und mechanisch.

»Ihre Frau schläft noch«, sagte Fassett leise. »Das ist gut... Der Junge ist aufgestanden und herunter gekommen. McDermott hat ihm gesagt, Sie würden für die Männer Kaffee machen.«

Tanner setzte sich auf der anderen Poolseite ins Gras und versuchte, Sinn in die letzte Stunde zu bekommen. Fassett und Jenkins standen über ihm.

»Um Gottes willen, wie ist das passiert?« Er sah zu, wie die Männer die Leiche wegtrugen. Seine Stimme war kaum zu hören. Fassett kniete nieder.

»Man hat ihn von hinten angegriffen.«

»Von hinten?«

»Jemand, der das Wäldchen hinter Ihrem Haus kannte.« Fassetts Augen bohrten sich in die Tanners. Der andere spürte die unausgesprochene Anklage.

»Meine Schuld, nicht wahr?«

»Möglich. Jenkins hat seinen Posten verlassen. Seine Position lag daneben... Warum waren Sie unten? Warum brannten sämtliche Lichter im Erdgeschoß?«

»Ich konnte nicht schlafen. Ich bin aufgestanden.«

»In der Garage brannte Licht. Warum waren Sie in der Garage?«

»Ich – ich erinnere mich nicht. Wahrscheinlich habe ich über heute nachmittag nachgedacht.«

»Sie haben das Garagenlicht brennen lassen... Ich kann verstehen, daß man nervös wird, aufsteht, hinunter geht, eine Zigarette raucht, etwas trinkt. Das kann ich verstehen. Aber ich kann nicht verstehen, daß man in die Garage geht und das Licht brennen läßt. Wollten Sie irgendwohin, Mr. Tanner?«

»Irgendwohin? – Nein. Nein, natürlich nicht. Wohin sollte ich denn?«

Fassett blickte zu Jenkins auf, der Tanners Gesicht im schwachen Widerschein des Lichtes beobachtete, das vom Haus herüberkam. Jetzt sprach Jenkins.

»Sind Sie sicher?«

»Mein Gott... Sie dachten, ich wollte wegrennen. Sie dachten, ich würde fliehen, und sind hereingekommen, um mich aufzuhalten.«

»Bleiben Sie leise, bitte.« Fassett stand auf.

»Glauben Sie, daß ich das tun würde? Glauben Sie auch nur einen Augenblick lang, daß ich meine Familie verlassen würde?«

»Sie könnten ja Ihre Familie mitnehmen«, antwortete Jenkins.

»O Gott! Deshalb sind Sie ans Fenster gekommen. Deshalb haben Sie Ihren...« Tanner konnte den Satz nicht zu Ende führen. Ihm war übel, und er fragte sich, ob er sich wohl übergeben würde. Er sah die beiden Beamten an. »Herrgott!«

»Wahrscheinlich wäre es ohnehin passiert.« Fassetts Stimme klang ganz ruhig. »Das gehörte nicht – gehörte nicht zu irgendeinem ursprünglichen Plan. Aber sie müssen verstehen. Sie haben sich *abnormal* verhalten. Es war für Sie nicht *normal,* das zu tun, was Sie getan haben. Sie müssen alles, was Sie tun, genau beobachten. Alles, was Sie tun oder sagen. Das dürfen Sie nicht vergessen. *Niemals.*«

Tanner stand unsicher auf. »Sie machen doch damit nicht weiter? Sie müssen das jetzt abblasen!«

»Abblasen? Einer meiner Männer ist soeben getötet worden. Wenn wir es jetzt abblasen, sind Sie ebenfalls tot. Sie und der Rest Ihrer Familie.«

Tanner sah die Trauer in den Augen des Agenten. Man widersprach solchen Männern nicht. Sie sagten die Wahrheit.

»Haben Sie die anderen überprüft?«

»Ja, das haben wir.«

»Wo sind sie?«

»Die Cardones sind zu Hause. Tremayne ist in New York geblieben; seine Frau ist hier draußen.«

»Und was ist mit den Ostermans?«

»Darauf komme ich später. Sie sollten jetzt hineingehen. Wir haben die Streife verdoppelt.«

»Nein, das werde ich nicht. Was ist mit den Ostermans. Sind sie nicht in Kalifornien?«

»Sie wissen, daß sie das nicht sind. Sie haben heute nachmittag um sechzehn Uhr sechsundvierzig in Kalifornien angerufen.«

»Wo sind sie dann?«

Fassett sah den Nachrichtenchef an und antwortete einfach: »Sie haben sich offensichtlich unter einem anderen Namen ein Zimmer genommen, wir wissen, daß sie in der New Yorker Gegend sind. Wir werden sie finden.«

»Dann hätte es Osterman sein können.«

»Ja, kann sein. Sie sollten jetzt hineingehen. Machen Sie sich keine Sorgen. Wir haben eine ganze Armee hier draußen.«

Tanner blickte zu dem Wäldchen hinüber, wo Fassetts Mann ermordet worden war. Sein ganzer Körper zitterte einen Augenblick lang unkontrollierbar. Die Nähe eines solch brutalen Todes erschütterte ihn. Er nickte dem Beamten zu und ging dann zu seinem Haus. Er spürte nur eine Übelkeit erregende Leere in sich.

»Stimmt das mit Tremayne?« fragte Jenkins leise. »Ist er in der Stadt?«

»Ja. Er hatte ziemlich viel getrunken und hat sich ein Zimmer im Biltmore genommen.«

»Hat jemand sein Zimmer heute abend überprüft?«

Fassett wandte seine Aufmerksamkeit von der Gestalt Tanners ab, der soeben im Haus verschwand. Er sah Jenkins an. »Ja, früher. Unser Mann hat berichtet, daß er kurz nach Mitternacht auf sein Zimmer gegangen – besser getorkelt – ist. Wir haben ihm gesagt, er solle Tremayne gegen sieben wieder übernehmen. Was ist denn, was stört Sie?«

»Das weiß ich noch nicht. Das wird klarer sein, sobald wir Cardones Aufenthalt bestätigt haben.«

»Das haben wir bestätigt. Er ist zu Hause.«

»Wir vermuten, daß er zu Hause ist, weil wir bis jetzt keinen Anlaß hatten, etwas anderes anzunehmen.«

»Das sollten Sie besser erklären.«

»Die Cardones hatten Gäste zum Abendessen. Drei Paare. Sie sind alle zusammen in einem Wagen mit New Yorker Nummer gekommen. Die Überwachung hat gesagt, sie seien um halb eins in großer Eile abgefahren... Ich frage mich jetzt, ob Cardone in diesem Wagen war. Es war finster. Es hätte sein können.«

»Das wollen wir überprüfen. Beides. Das Biltmore wird kein Problem sein. Was Cardone betrifft, so werden wir da Vinci einen weiteren Anruf machen lassen.«

Achtzehn Minuten später saßen die beiden Beamten auf dem Vordersitz eines Wagens einige hundert Meter von Tanners Haus entfernt. Die Übertragung war klar und deutlich:

»Information eingetroffen, Mr. Fassett. Der da-Vinci-Anruf hat uns nicht weitergebracht. Mrs. Cardone sagte, ihr Mann fühle sich nicht wohl; er hätte sich in ein Gästezimmer schlafen gelegt, und sie wollte ihn nicht stören. Sie hat übrigens dann einfach aufgelegt. Das Biltmore hat bestätigt. In Zimmer hunderteinundzwanzig ist niemand. Tremayne hat überhaupt nicht in seinem Bett geschlafen.«

»Danke, New York«, sagte Laurence Fassett und legte den Schalter auf OFF. Er sah zu Jenkins hinüber. »Können Sie sich vorstellen, daß ein Mann wie Cardone um halb fünf Uhr früh einen Anruf ablehnt? Von da Vinci?«

»Er ist nicht da.«

»Und Tremayne auch nicht.«

15.

Donnerstag, 6.40 Uhr

Fassett sagte ihm, er könne am Donnerstag zu Hause bleiben. Nicht, daß es dazu einer Erlaubnis bedurft hätte; keine zehn Pferde hätten ihn wegbringen können. Fassett sagte auch, daß er am Morgen mit ihm Verbindung aufnehmen würde. Die endgültigen Pläne für den totalen Schutz der Familie Tanner würden ihm dargelegt werden.

Der Chefredakteur zog seine Khakihosen an und trug seine Mokassins und ein Sporthemd nach unten. Er sah auf die Küchenuhr: zwanzig Minuten vor sieben. Die Kinder würden frühestens in eineinhalb Stunden aufstehen, und Ali würde, wenn er Glück hatte, bis halb zehn oder zehn schlafen.

Tanner fragte sich, wie viele Männer wohl draußen waren. Fassett hatte gesagt, es wäre eine ganze Armee, aber was würde eine Armee schon nützen, wenn Omega seinen Tod wollte? Was hatte eine Armee dem Agenten im Wald um halb vier Uhr früh genützt? Es gab zu viele Möglichkeiten. Zu viele Gelegenheiten. Fassett mußte das jetzt begreifen. Das Ganze war zu weit gegangen. Wenn das Unglaubliche wahr war, wenn die Ostermans, die Cardones oder die Tremaynes wirklich ein Teil von Omega waren, konnte er sie nicht einfach an seiner Türe begrüßen, als ob nichts geschehen wäre. Es war absurd!

Er ging zur Küchentür, schloß sie auf und ging ins Freie. Er würde auf das Wäldchen zugehen, bis er jemanden sah. Er würde Fassett erreichen.

»Guten Morgen.« Das war Jenkins. Er hatte dunkle Ringe um die Augen, die von Müdigkeit zeugten. Er saß am Waldrand auf dem Boden. Man konnte ihn vom Haus aus nicht sehen, nicht einmal vom Pool aus.

»Hello. Sie kommen wohl überhaupt nicht zum Schlafen?«

»Ich werde um acht abgelöst. Mir macht das nichts aus. Was ist mit Ihnen? Sie sind erschöpft.«

»Hören Sie, ich will Fassett sehen. Ich muß ihn sprechen, ehe er weitere Pläne macht.«

Der Streifenbeamte sah auf die Armbanduhr. »Er wollte

Sie anrufen, sobald wir ihm meldeten, daß Sie auf seien. Ich glaube nicht, daß er damit gerechnet hat, daß es so früh sein würde. Ist aber vielleicht ganz gut. Warten Sie mal.« Jenkins ging ein paar Schritte in das Wäldchen hinein und kam gleich darauf mit einer Segeltuchtasche zurück, die ein Funkgerät enthielt. »Gehen wir. Wir fahren hinüber.«

»Warum kann er nicht herkommen?«

»Seien Sie ganz ruhig. Niemand könnte sich Ihrem Haus nähern. Kommen Sie. Sie werden es gleich sehen.«

Jenkins nahm das Funkgerät an dem Trageriemen und führte Tanner auf einem neu hergerichteten Weg in das Wäldchen, das sein Grundstück umgab. Alle dreißig oder vierzig Fuß waren Männer postiert. Sie knieten, saßen, lagen auf dem Bauch, blickten zum Haus hinüber, unsichtbar aber wachsam. Jedesmal wenn Jenkins und Tanner sich einem der Männer näherten, zog der die Waffe. Jenkins gab das Funkgerät der Streife an der Ostflanke.

»Rufen Sie Fassett. Sagen Sie, wir kommen hinüber«, sagte er.

»Der Agent ist letzte Nacht getötet worden, weil der Killer wußte, daß man ihn erkannt hatte. Ein Teil von Omega wäre identifiziert worden, und das war unannehmbar.« Fassett schlürfte seinen Kaffee und sah Tanner an. »Es war auch eine Warnung, aber das betrifft Sie nicht.«

»Er ist fünfzig Meter von meinem Haus entfernt ermordet worden, praktisch vor den Augen meiner Familie! *Alles* betrifft mich!«

»Schon gut! – Versuchen Sie zu verstehen. Wir können annehmen, daß die Information über Sie zurückgelaufen ist; denken Sie daran, Sie sind bloß Tanner, der Nachrichtenredakteur, sonst nichts. Die kreisen jetzt wie die Falken, und jeder beargwöhnt den anderen. Keiner weiß, ob die anderen

Komplizen haben, eigene Späher... Der Killer – *ein* Tentakel von Omega – hat private Nachforschungen angestellt. Er ist mit dem Agenten kollidiert; er hatte gar keine andere Wahl, als ihn zu töten. Er kannte ihn nicht, hatte ihn nie zuvor gesehen. Das einzige, dessen er sicher sein konnte, war, daß, wer auch immer den Mann aufgestellt hatte, unruhig werden würde, wenn er sich nicht meldete. Wer auch immer für jenen Mann im Wald verantwortlich war, würde kommen und ihn finden. Das war die Warnung; sein Tod.«

»Sie können dessen nicht sicher sein.«

»Wir haben es hier nicht mit Amateuren zu tun. Der Killer wußte, daß die Leiche vor Tagesanbruch entfernt werden würde. Ich habe Ihnen schon in Washington gesagt, Omega ist fanatisch. Eine enthauptete Leiche fünfzig Meter von Ihrem Haus entfernt, das ist die Art von Fehler, die nach einer NKWD-Exekution schreit. *Falls* Omega verantwortlich war. Wenn nicht...«

»Woher wissen Sie denn, daß die nicht zusammenarbeiten? Wenn die Ostermans oder die Cardones oder die Tremaynes damit zu tun haben, könnten sie es ja gemeinsam geplant haben.«

»Unmöglich. Die waren nicht mehr in Verbindung, seit wir angefangen haben, sie unter Druck zu setzen. Wir haben ihnen allen – jedem einzelnen – widersprüchliche Geschichten eingeflößt, unlogische Unterstellungen, Halbwahrheiten. Wir haben Telegramme über Zürich geleitet, Telefonanrufe über Lissabon, Botschaften von Fremden in Sackstraßen übermitteln lassen. Jedes Paar tappt im dunkeln. Keiner weiß, was die anderen machen.«

Der Agent namens Cole blickte von dem Sessel am Hotelfenster zu Fassett auf. Er wußte, daß Fassett sich dieser letzten Behauptung nicht absolut sicher sein konnte. Sie hatten die Ostermans fast zwölf Stunden lang aus den Augen verloren. Bei Tremayne und Cardone gab es Überwachungslükken von drei beziehungsweise dreieinhalb Stunden. Trotzdem, dachte Cole, Fassett hatte recht, das zu sagen.

»Wo sind die Ostermans? Sie sagten letzte Nacht – heute früh –, Sie wüßten nicht, wo sie sind.«

»Wir haben sie gefunden. In einem New Yorker Hotel. Nach dem, was wir erfahren haben, ist es zweifelhaft, daß Osterman letzte Nacht in der Gegend war.«

»Aber sicher sind Sie nicht.«

»Ich sagte zweifelhaft. Nicht außer Zweifel.«

»Und Sie sind überzeugt, daß es einer von ihnen gewesen sein muß?«

»Das vermuten wir. Der Killer war fast sicher ein Mann. Es – es gehörte ungeheure Kraft dazu ... Er kannte die Umgebung des Grundstücks besser als wir. Und Sie sollten wissen, daß wir den Besitz schon seit Wochen studiert haben.«

»Um Himmels willen, halten Sie die doch auf! Konfrontieren Sie sie! Sie können nicht zulassen, daß das weitergeht!«

»Wen denn?« fragte Fassett leise.

»*Alle!* Ein Mann ist *getötet* worden!«

Fassett stellte die Kaffeetasse ab. »Wenn wir Ihrem Vorschlag gemäß handeln, was, wie ich zugebe, sehr verlockend klingt – schließlich war es mein Mitarbeiter, der getötet wurde –, geben wir nicht nur jede Chance auf, Omega auffliegen zu lassen, sondern wir gehen auch mit Ihnen und Ihrer Familie ein Risiko ein, das ich nicht rechtfertigen könnte.«

»Sie wissen ganz genau, daß wir möglicherweise ein beliebig größeres Risiko eingehen.«

»Sie sind nicht in Gefahr. Nicht, solange Sie fortfahren, sich normal zu verhalten. Wenn wir jetzt zuschlagen, geben wir zu, daß das Weekend eine Falle ist. Eine Falle, die nicht ohne Ihre Unterstützung aufgebaut werden konnte. Wir würden praktisch Ihr Todesurteil unterzeichnen.«

»Das verstehe ich nicht.«

»Dann glauben Sie es mir, ohne zu verstehen«, sagte Fassett scharf. »Omega muß zu *uns* kommen. Eine andere Möglichkeit gibt es nicht.«

Tanner wartete und musterte Fassett aufmerksam. »Das stimmt nicht ganz, oder? Was Sie sagen, ist... Es ist zu spät.«

»Sie sind sehr scharfsinnig.«

Fassett nahm seine Tasse und ging zu dem Tisch, auf dem eine Thermosflasche mit Kaffee stand. »Wir haben nur noch einen Tag. Höchstens zwei. Bis dahin wird ein Teil von Omega zerbrechen. Wir brauchen nur einen. Einer der sich von ihnen löst. Dann ist es vorbei.«

»Und eine einzige Stange Dynamit in meinem Haus jagt uns alle in die Hölle.«

»Dazu wird es nicht kommen. Keine Gewalttätigkeiten. Keine, die sich gegen Sie richten. Um es ganz einfach auszudrücken, Sie sind unwichtig. Die interessieren sich jetzt nur mehr füreinander.«

»Und was war gestern nachmittag?«

»Wir haben uns mit der Polizei getarnt. Ein Einbruch. Bizarr, zugegeben, aber nichtsdestoweniger ein Einbruchdiebstahl. Genau das, was Ihre Frau meint, daß passiert ist. So wie sie glaubt, daß es sich zugetragen hat. Sie brauchen überhaupt nichts zu leugnen.«

»Aber *die* wissen, daß es eine Lüge ist. Die werden unseren Bluff auffliegen lassen.«

Fassett blickte ruhig von der Thermosflasche auf. »Dann haben wir Omega ja, nicht wahr? Dann wissen wir, wer es ist.«

»Und was soll ich tun? Den Telefonhörer abnehmen und Sie anrufen? Die haben vielleicht andere Vorstellungen...«

»Wir werden jedes Wort hören, das in Ihrem Haus gesprochen wird, beginnend mit Ihrem ersten Gast morgen nachmittag. Im späteren Verlauf des heutigen Morgens werden zwei Fernsehmechaniker kommen, um die Geräte zu reparieren, die bei dem Einbruch beschädigt wurden. Während sie die Antennenanlage überprüfen, werden sie im ganzen Haus miniaturisierte Lauschmikrofone anbringen. Und sobald morgen Ihr erster Gast eintrifft, werden die Mikrofone eingeschaltet.«

»Sie wollen behaupten, daß Sie sie erst dann einschalten?«

Cole unterbrach ihn. »Ja, früher nicht. Wir interessieren uns nicht für Ihr Privatleben, nur für Ihre Sicherheit.«

»Sie sollten jetzt zurückgehen«, sagte Fassett. »Jenkins setzt Sie am Südende Ihres Grundstücks ab. Sie konnten nicht schlafen, also haben Sie einen kleinen Spaziergang gemacht.«

Tanner ging langsam zur Türe. Dort blieb er stehen und sah sich zu Fassett um. »Es ist genauso, wie es in Washington war, nicht wahr? Sie lassen mir keine Alternative.«

Fassett wandte sich ab. »Wir treten mit Ihnen in Verbindung. An Ihrer Stelle würde ich mich entspannen, in den Club gehen, Tennis spielen, schwimmen. Das lenkt Sie ab. Dann fühlen Sie sich besser.«

Tanner sah Fassett ungläubig an. Er wurde entlassen, weggeschickt, so wie ein unwichtiger Untergebener weggeschickt wird, ehe eine wichtige Konferenz beginnt.

»Kommen Sie«, sagte Cole und stand auf. »Ich bringe Sie zum Wagen.« Während sie gingen, fügte er hinzu: »Ich glaube, Sie sollten wissen, daß der Tod jenes Mannes gestern nacht Fassetts Aufgabe wesentlich komplizierter macht, als sie je begreifen werden. Dieser Mord war gegen ihn gerichtet. Er war *seine* Warnung.«

Tanner musterte Cole scharf. »Was wollen Sie damit sagen?«

»Zwischen alten Profis gibt es gewisse Signale, und das ist eines davon. Sie sind jetzt unwichtig... Fassett ist brillant. Er hat die Kräfte in Bewegung gesetzt, jetzt kann nichts mehr sie aufhalten. Die Leute, die Omega ins Leben gerufen haben, erkennen, was geschehen ist. Und sie beginnen zu begreifen, daß sie vielleicht hilflos sein werden. Sie wollen, daß der verantwortliche Mann weiß, daß sie wiederkommen werden. Irgendwann. Ein abgeschnittener Kopf bedeutet ein Massaker, Mr. Tanner. Die haben seine Frau getötet. Jetzt hat er drei Kinder, um die er sich Sorgen machen muß.«

Tanner spürte, wie die Übelkeit wieder in ihm aufstieg. »In was für einer Art Welt leben denn Leute wie Sie?«

»In derselben Welt wie Sie.«

16.

Donnerstag – 10.15 Uhr

Als Alice am Donnerstag um Viertel nach zehn aufwachte, war ihre erste Reaktion, auf alle Ewigkeit im Bett bleiben zu wollen. Sie konnte die Kinder im Erdgeschoß streiten hören und im Hintergrund die unverständlichen, aber geduldigen Worte ihres Mannes, der die Auseinandersetzung schlichtete. Sie dachte über seinen bemerkenswerten Sinn für kleine Freundlichkeiten nach, aus denen, wenn man sie zusammenrechnete, echte Besorgtheit wurde. Nach so vielen Ehejahren war das nicht schlecht.

Vielleicht war ihr Mann nicht so schnell und nicht so dramatisch wie Dick Tremayne oder so spürbar mächtig wie Joe Cardone oder so witzig und clever wie Bernie Osterman, aber sie hätte um nichts in der Welt mit Ginny, Betty oder Leila tauschen wollen. Selbst wenn alles noch einmal von vorne beginnen würde, würde sie auf John Tanner warten. Er war eine seltene Art Mann. Er wollte teilen, *mußte* teilen. *Alles*. Keiner der anderen war so. Nicht einmal Bernie, obwohl er John am ähnlichsten war. Selbst Bernie hatte seine Geheimnisse, die er für sich behielt, so sagte Leila wenigstens.

Am Anfang hatte sich Alice gefragt, ob das Bedürfnis ihres Mannes, alles zu teilen, nur die Folge des Mitleids war, das er für sie empfand. Sie hatte den größten Teil ihres Lebens, ehe sie John Tanner begegnet war, auf der Flucht oder auf der Suche nach einem Zufluchtsort verbracht. Ihr Vater, ein Mensch, der stets darum bemüht war, all die Unbilden der Welt ins rechte Lot zu setzen, hatte nie lang an einem Ort bleiben können.

Ein zeitgenössischer John Brown.

Die Zeitungen hatten ihn am Ende als einen – Verrückten bezeichnet.

Und ganz am Ende hatte ihn die Polizei von Los Angeles getötet.

Sie erinnerte sich noch an die Worte.

> *Los Angeles, 10. Februar 1945.*
> *Jason McCall, von dem die Behörden annehmen, daß er im Sold der Kommunisten stand, wurde heute außerhalb seines Hauptquartiers im Canyon erschossen, als er herauskam und mit etwas herumfuchtelte, das wie eine Waffe aussah.*
> *Die Polizei von Los Angeles und Agenten des Federal Bureau of Investigation machten McCalls Aufenthaltsort nach umfänglichen Suchoperationen ausfindig…*

Die Polizei von Los Angeles und die Agenten des FBI hatten sich freilich nicht die Mühe gemacht festzustellen, daß Jason McCalls Waffe ein verbogenes Stück Metall war, das er seine ›Pflugschar‹ nannte.

Zum Glück war Alice bei einer Tante in Pasadena gewesen, als man ihren Vater erschossen hatte. Sie hatte den jungen Studenten der Journalistik, John Tanner, bei der öffentlichen Untersuchung nach dem Tode ihres Vaters kennengelernt. Die Behörden von Los Angeles wollten, daß die Untersuchung öffentlich durchgeführt wurde. Sie wollten keinen Märtyrer schaffen. Sie wollten klarstellen, daß der Tod McCalls unter gar keinen Umständen Mord gewesen war.

Was er natürlich war.

Der junge Journalist, der gerade aus dem Krieg zurückgekehrt war, wußte das und bezeichnete es auch so. Und obwohl seine Geschichte der Familie McCall keinen Nutzen brachte, brachte es ihn dem traurigen, verwirrten Mädchen näher, das dann später seine Frau wurde.

Alice hörte zu denken auf und drehte sich im Bett herum. Das alles gehörte der Vergangenheit an. Sie war jetzt, wo sie sein wollte.

Einige Minuten später hörte sie unten in der Halle fremde Männerstimmen. Sie wollte sich aufsetzen, als die Tür sich öffnete und ihr Mann hereinkam. Er lächelte, beugte sich über sie und küßte sie leicht auf die Stirn. Sie spürte trotz all seiner Beiläufigkeit, daß irgend etwas an ihm angespannt war.

»Wer ist denn unten?« fragte sie.

»Die Fernsehleute. Sie schließen die Geräte wieder an, aber die Antenne ist irgendwie beschädigt. Sie müssen den Fehler suchen.«

»Also muß ich aufstehen.«

»Ja. Ich kann ja schließlich nicht riskieren, daß du dich zwei gut gebauten Männern in Overalls im Bett zeigst.«

»Du hast auch einmal einen Overall getragen. Erinnerst du dich noch? In deinem letzten Semester hattest du den Job an der Tankstelle.«

»Ich erinnere mich auch noch, wie schnell ich die Overalls los war, wenn ich nach Hause kam. So, und jetzt aufstehen!«

Er war wirklich angespannt, dachte sie; er bemühte sich, die Situation und sich selbst unter Kontrolle zu bekommen. Er erklärte, daß er trotz der vielen Arbeit, die er donnerstags immer hatte, an diesem speziellen Donnerstag zu Hause bleiben würde.

Seine Erklärung war ganz einfach. Nach dem, was gestern nachmittag geschehen war, würde er trotz der noch andauernden polizeilichen Untersuchung seine Familie nicht alleine lassen. So lange nicht, bis alles aufgeklärt war.

Er fuhr mit ihnen in den Club, wo er und Ali mit ihren Nachbarn, Dorothy und Tom Scanlan, ein Doppel spielten. Man sagte Tom nach, er wäre so reich, daß er schon zehn Jahre nicht mehr gearbeitet hätte.

Ali fiel auf, wie entschlossen ihr Mann war, das Spiel zu gewinnen. Es war ihr peinlich, als er Tom vorwarf, falsch gezählt zu haben, und sie war geradezu erschüttert, als er einen ungewöhnlich scharfen Schmetterball so placierte, daß der Ball Dorothys Gesicht nur um Haaresbreite verfehlte.

Sie gewannen den Satz, und die Scanlans lehnten einen zweiten ab. Also gingen sie zum Pool, wo John die Kellner schikanierte. Im späteren Verlauf des Nachmittags entdeckte er McDermott und bestand darauf, daß er mit ihnen einen Drink nahm. McDermott war in den Club gekommen – erklärte John seiner Frau –, um ein Mitglied darauf aufmerksam zu machen, daß sein Wagen an einer lange abgelaufenen Parkuhr in der Stadt stand.

Und dann ging Tanner die ganze Zeit zum Telefon im Clubhaus. Er hätte sich eines an den Tisch neben den Pool bringen lassen können, aber das wollte er nicht. Er behauptete, die Woodward-Besprechungen fingen an, hitzig zu werden, und er wolle nicht in der Öffentlichkeit reden.

Alice glaubte das nicht. Ihr Mann besaß viele Talente, und eines der ausgeprägtesten davon war seine Fähigkeit, unter Druck ruhig, ja kalt zu bleiben. Und doch war er heute ganz offensichtlich der Panik nahe.

Sie kehrten um acht Uhr zum Orchard Drive zurück. Tanner schickte die Kinder ins Bett; Alice rebellierte.

»Jetzt reicht's!« sagte sie entschieden. Sie zog ihren Mann ins Wohnzimmer und packte ihn am Arm. »Du bist unvernünftig, Darling. Ich weiß, wie dir zumute war. Ich habe es auch gespürt, aber du hast den ganzen Tag nur Befehle erteilt und Leute angefaucht: Tu dies! Tu das! Das paßt nicht zu dir.«

Tanner erinnerte sich an Fassett. Er mußte ruhig bleiben, normal. Selbst mit Ali.

»Tut mir leid. Wahrscheinlich ist das eine Reaktion auf gestern. Aber du hast recht. Entschuldige bitte.«

»Ist schon vorbei«, meinte sie, ohne seine schnelle Entschuldigung wirklich zu akzeptieren. »Mich hat es wirklich erschreckt, aber jetzt ist alles gut. Es ist *vorbei.*«

Herrgott, dachte Tanner. Wollte Gott, daß es so einfach wäre. »Es ist vorbei, ich habe mich kindisch benommen, und ich möchte, daß meine Frau sagt, daß sie mich liebt, damit wir ein paar Drinks nehmen und dann zusammen ins Bett gehen können.« Er küßte sie leicht auf die Lippen. »Und das, gnädige Frau, ist die beste Idee, die ich den ganzen Tag hatte.«

»Hast lang gebraucht, bis du darauf kamst«, sagte sie und

lächelte ihm zu. »Ich brauche noch ein paar Minuten. Ich habe Janet versprochen, daß ich ihr eine Geschichte vorlese.«

»Was wirst du ihr denn vorlesen?«

»›Die Prinzessin und der Drache‹. Denk darüber nach.« Sie löste sich aus seinen Armen und strich ihm leicht über das Gesicht. »Gib mir zehn, fünfzehn Minuten.«

Tanner blickte ihr nach, wie sie die Treppe hinaufging. Sie hatte so viel durchgemacht und jetzt noch das. Omega.

Er sah auf die Uhr. Es war zwanzig Minuten nach acht, und Alice würde wenigstens zehn Minuten oben sein, wahrscheinlich doppelt so lange. Er beschloß, Fassett im Motel anzurufen.

Es würde nicht das übliche Gespräch mit Fassett werden. Nicht eines, in dem ihm herablassende Anweisungen erteilt wurden, Predigten. Jetzt war der dritte Tag vorbei, drei Tage, an denen die Verdächtigen von Omega bedrängt wurden.

John Tanner wollte jetzt Einzelheiten wissen. Er hatte ein Recht darauf.

Fassett war erschreckt und über die präzisen Fragen Tanners verärgert.

»Ich kann mir nicht die Zeit nehmen, Sie jedesmal anzurufen, wenn jemand über die Straße kommt.«

»Ich will Antworten hören. Das Wochenende fängt morgen an, und wenn Sie von mir wollen, daß ich damit weitermache, werden Sie mir jetzt sagen, was geschehen ist. Wo sind sie jetzt? Wie waren ihre Reaktionen? Ich *muß* das wissen.«

Ein paar Augenblicke lang herrschte Schweigen. Als Fassett wieder sprach, klang seine Stimme resigniert. »Also gut... Tremayne ist letzte Nacht in New York geblieben. Das habe ich Ihnen ja gesagt, erinnern Sie sich? Im Biltmore begegnete er einem Mann namens Townsend. Townsend ist ein bekannter Aktienspekulant, der in Zürich arbeitet. Cardone und seine Frau sind heute nachmittag nach Philadelphia gefahren. Sie hat ihre Familie in Chestnut Hill besucht, und er ist nach Bala Cynwyd gefahren, um sich mit einem Mann zu treffen, von dem wir wissen, daß er ein hochrangiger Kapo in der Mafia ist. Sie sind vor einer Stunde nach Saddle Valley zurückgekehrt. Die Ostermans sind im Plaza. Sie essen heute mit einem Ehepaar namens Bronson zu Abend. Die Bronsons sind alte Freunde. Sie stehen auch auf der Liste des Generalstaatsanwalts unter dem Verdacht subversiver Aktivitäten.«

Fassett hielt inne und wartete, daß Tanner etwas sagte.

»Und sie sind nicht zusammengekommen? Haben nicht einmal miteinander telefoniert? Keine Pläne gemacht? Ich will die Wahrheit hören!«

»Wenn sie miteinander gesprochen haben, dann über kein Telefon, das wir kontrollieren können, und das würde bedeuten, daß sie gleichzeitig in öffentlichen Telefonzellen hätten sein müssen, und das war nicht der Fall. Wir wissen, daß sie sich nicht getroffen haben – einfache Überwachung. Wenn einer von ihnen Pläne hat, dann sind das individuelle, nicht koordinierte Pläne. Wir rechnen darauf, wie ich Ihnen das ja auch sagte. Das ist alles, was es zu sagen gibt.«

»Es scheint also keinerlei Beziehung zu geben. Zu keinem von ihnen?«

»Das ist richtig. Zu dem Schluß sind wir auch gelangt.«

»Das ist aber nicht, was Sie erwartet haben. Sie sagten, die würden in Panik geraten. Omega würde jetzt schon in Panik sein.«

»Ich glaube auch, daß sie das sind. Jeder einzelne von ihnen. Jeder für sich. Unsere Vorhersagen sind da sehr präzise.«

»Was zum Teufel soll das jetzt wieder heißen?«

»Überlegen Sie doch. Ein Ehepaar rast zu einem mächtigen Mafioso. Ein anderes trifft sich mit einem Mann und seiner

Frau, die als Fanatiker gelten. Und der Anwalt trifft sich plötzlich mit einem internationalen Aktienspekulanten aus Zürich. Das ist Panik. Das NKWD hat viele Tentakel. Jeder einzelne von ihnen steht am Rande der Panik. Wir brauchen jetzt nur abzuwarten.«

»Von morgen an wird es gar nicht so leicht sein, einfach abzuwarten.«

»Seien Sie ganz natürlich. Sie werden feststellen, daß Sie ganz bequem auf zwei verschiedenen Ebenen funktionieren können. So ist das immer. Es besteht überhaupt keine Gefahr, selbst wenn Sie es nur *zur Hälfte* schaffen. Sie sind jetzt viel zu sehr miteinander befaßt. Vergessen Sie nicht, Sie brauchen das, was gestern nachmittag war, nicht zu verheimlichen. Reden Sie darüber. Ausführlich. Tun und sagen Sie, was sich ganz natürlich ergibt.«

»Und Sie denken, daß man mir glauben wird?«

»Die haben doch gar keine Wahl! Verstehen Sie denn nicht? Sie haben sich einen Ruf als Reporter gemacht, als Mann, der den Dingen auf den Grund geht. Muß ich Sie denn wirklich daran erinnern, daß die Untersuchungen dann enden, wenn die beobachteten Personen kollidieren? Das ist doch eine uralte Binsenweisheit.«

»Und ich bin der unschuldige Katalysator?«

»Das können Sie noch mal sagen. Je unschuldiger, desto besser.«

Tanner zündete sich eine Zigarette an. Er konnte dem anderen nicht länger widersprechen. Seine Logik war einwandfrei. Und die Sicherheit, das Leben von Ali und seinen Kindern lag in den Händen dieses eiskalten Profis.

»Also gut. Ich werde sie alle an der Türe begrüßen wie lang verschollene Brüder und Schwestern.«

»Genauso ist es richtig. Und wenn Ihnen danach ist, dann rufen Sie sie alle am Morgen an und vergewissern sich, daß sie auch kommen. Mit Ausnahme der Ostermans natürlich. Was Sie eben normal tun würden... Und denken Sie daran, wir sind da. Die besten Geräte der größten Firma der Welt arbeiten für Sie. Nicht einmal die winzigste Waffe könnte Ihre Haustüre passieren.«

»Stimmt das?«

»Wir würden es selbst erfahren, wenn jemand ein drei Zoll langes Messer in der Tasche trägt. Ein vierzölliger Revolver – und Sie wären in sechzig Sekunden aus dem Haus.«

Tanner legte den Hörer auf und nahm einen langen Zug an seiner Zigarette. Als er die Hand vom Telefon nahm, hatte er das Gefühl – das physische Gefühl –, aufspringen, weglaufen zu müssen.

Es war ein seltsames, ein unangenehmes Gefühl der Einsamkeit.

Und dann erkannte er, was es war, und es beunruhigte ihn sehr.

Von einem Mann namens Fassett hing es nun ab, daß er den Verstand behielt. Er befand sich völlig in seiner Hand und unter seiner Kontrolle.

Teil 3

Das Weekend

17.

Das Taxi hielt vor dem Hause der Tanners an. Johns Hund, der drahtige Welsh Terrier, rannte in der Einfahrt auf und ab, kläffte jedesmal, wenn er vorrannte und wieder zurück, und wartete darauf, daß jemand ihn wissen ließ, daß die Besucher willkommen waren. Janet eilte über den Rasen. Die Taxitüre öffnete sich; die Ostermans stiegen aus. Sie trugen in Geschenkpapier gehüllte Schachteln. Der Fahrer holte einen großen Koffer heraus.

Tanner betrachtete sie beide aus dem Hause: Bernie in einem Palm-Beach-Jackett von teuerem Schnitt und hellblauen Hosen, Leila in einem weißen Kostüm mit einer Goldkette um die Hüften. Der Rock endete ein gutes Stück über den Knien, ein breitkrempiger, weicher Hut bedeckte ihre linke Gesichtsseite. Sie war das fleischgewordene Symbol kalifornischen Erfolgs. Und doch war an Bernie und Leila irgendeine Spur des Künstlichen; es war erst knapp neun Jahre her, daß sie wirklich zu Geld gekommen waren.

Oder war ihr Erfolg selbst nur eine Fassade, fragte sich Tanner, als er zusah, wie die beiden sich herunter beugten, um seine Tochter zu umarmen. Waren sie statt dessen all die Jahre Bewohner einer Welt gewesen, in der Drehbücher und Aufnahmetermine nur von sekundärer Bedeutung waren – *eine Tarnung*, wie Fassett vielleicht sagen würde?

Tanner sah auf die Uhr. Es war zwei Minuten nach sechs. Die Ostermans hatten sich verfrüht – nach ihrem ursprünglichen Plan. Vielleicht war das ihr erster Fehler. Oder sie rechneten vielleicht gar nicht damit, daß er da war. Er pflegte das Woodward-Studio früher zu verlassen, wenn die Ostermans kamen, aber nicht immer so früh, daß er schon um halb sechs zu Hause war. In Leilas Brief hatte ganz deutlich gestanden, daß ihr Flug aus Los Angeles in Kennedy eintreffen würde. Eine verspätete Maschine war verständlich, normal. Ein Flug, der zu früh eintraf, war unwahrscheinlich.

Sie würden das erklären müssen. Aber würden sie sich die Mühe machen?

»Jonny! Um Himmels willen! Ich hab' mir doch gedacht, daß ich den Hund gehört habe. Das sind Bernie und Leila. Was stehst du denn so herum?« Ali war aus der Küche gekommen.

»Oh, tut mir leid... Ich wollte nur, daß Janet sie einen Augenblick lang allein begrüßen kann.«

»Geh schon hinaus. Ich will nur noch die Uhr stellen.«

Seine Frau ging wieder in die Küche, während Tanner auf die Haustüre zuging. Er starrte den Messingknopf an und fühlte sich so, wie ein Schauspieler sich vielleicht fühlt, ehe er zum erstenmal in einer schwierigen Rolle auftritt. Unsicher – völlig unsicher –, wie man ihn aufnehmen wird.

Er befeuchtete sich die Lippen und fuhr sich mit dem Handrücken über die Stirn. Dann drehte er den Kopf und zog die Tür schnell nach innen. Mit der anderen Hand schob er den Riegel der Gittertüre in ihrem Aluminiumrahmen zurück und trat hinaus.

Das Osterman-Weekend hatte begonnen.

»Willkommen, ihr Drehbuchschmierer!« rief er und grinste breit. Das war seine übliche Begrüßung; Bernie empfand sie als höchst schmeichelhaft.

»Jonny!«

»Tag, Darling!«

Aus dreißig Metern Entfernung erwiderten sie seinen Gruß und lächelten ihr breites Lächeln. Und doch konnte John Tanner selbst auf dreißig Meter Entfernung ihre Augen sehen, die nicht lächelten. Seine Augen suchten die seinen – kurz, aber unverkennbar. Den Bruchteil einer Sekunde lang hörte Bernie sogar zu lächeln auf, im nächsten Augenblick war es vorüber. Es war, als gäbe es eine wortlose Übereinkunft zwischen ihnen, den unausgesprochenen Gedanken nicht nachzugehen.

»Johnny, prima, dich wieder mal zu sehen!« Leila rannte über den Rasen.

John Tanner und Leila umarmten sich, und er ertappte sich dabei, wie er mit mehr Zuneigung auf sie reagierte, als er für möglich gehalten hätte. Er wußte, weshalb das so war. Er hatte den ersten Test bestanden, die ersten Sekunden des Osterman-Weekends. Langsam begann er zu begreifen, daß Laurence Fassett vielleicht trotz alledem recht hatte. Vielleicht würde er es schaffen.

Tun Sie, was Sie ganz normal tun würden; verhalten Sie sich so, wie Sie sich normalerweise verhalten. Denken Sie an nichts anderes.

»John, prima siehst du aus, wirklich prima!«

»Wo ist Ali denn, Süßer?« fragte Leila und trat zur Seite, damit Bernie seine langen, dünnen Arme um Tanner legen konnte.

»Drinnen. Das Essen. Kommt herein! Da, ich nehm' den Koffer. Nein, Janet, Honey, du kannst Onkel Bernies Koffer nicht tragen.«

»Ich wüßte nicht, warum sie das nicht könnte«, lachte Bernie. »Es sind doch bloß Handtücher aus dem Plaza drin.«

»Dem Plaza?« fragte Tanner unwillkürlich. »Ich dachte, euer Flugzeug wäre gerade angekommen.«

Osterman sah ihn an. »Mm-mm. Wir sind schon vor zwei Tagen angekommen. Ich erzähl's dir später...

Auf eine seltsame Art war es wie in alten Zeiten, und Tanner wunderte sich, daß er das einfach akzeptierte. Da war immer noch das Gefühl der Erleichterung beim Wiedersehen, bei dem Wissen, daß Zeit und Entfernung für ihre Freundschaft ohne Bedeutung waren. Da war immer noch das Gefühl, daß sie Gespräche wieder aufgreifen, Anekdoten fortsetzen, Geschichten zu Ende erzählen konnten, die sie vor Monaten angefangen hatten. Und da war immer noch Bernie, der nachdenkliche, sanfte Bernie mit seinen stillen, vernichtenden Bemerkungen über den von Palmen gesäumten Drugstore. Vernichtend, aber irgendwie nie herablassend; Bernie lachte ebenso über sich, wie über seine Berufswelt, denn es war seine Welt.

Tanner erinnerte sich an Fassetts Worte.

...Sie werden feststellen, daß Sie ganz bequem auf zwei Ebenen funktionieren können, das ist immer so.

Wieder hatte Fassett recht. In allen Punkten; in allen Punkten.

Während Tanner Bernie beobachtete, fiel ihm auf, daß Leilas Blick von ihrem Mann weg und zu ihm wanderte. Einmal erwiderte er ihren Blick, und sie senkte die Augen, so wie ein Kind, das man getadelt hat.

In seinem Arbeitszimmer klingelte das Telefon. Alle, mit Ausnahme von Alice, zuckten zusammen. Auf dem Tisch hinter dem Sofa stand ein Nebenapparat, aber John tat so, als sähe er ihn nicht und ging an den Ostermans vorbei auf die Tür seines Arbeitszimmers zu.

»Ich geh' schon hin. Das ist wahrscheinlich das Studio.«

Als er sein Arbeitszimmer betrat, hörte er, wie Leila mit etwas gesenkter Stimme zu Ali sagte:

»Sag mal, Honey, Johnny kommt mir so angespannt vor. Ist etwas? Wenn Bernie so dahinredet, kommt ja keiner zu Wort.«

»Angespannt ist noch eine Untertreibung. Du hättest ihn gestern erleben sollen!«

Wieder klingelte das Telefon; Tanner wußte, daß es nicht normal sein würde, es weiterklingeln zu lassen. Und doch war es ihm ein dringendes Bedürfnis, Ostermans Reaktion zu hören, wenn Ali von dem Schrecklichen erzählte, das sie am Mittwoch erlebt hatte.

Er schloß einen Kompromiß. Er nahm den Hörer von der Gabel, hielt ihn in der Hand und hörte sich das Gespräch noch ein paar Sekunden lang an.

Etwas fiel ihm auf. Bernie und Leila reagierten zu schnell auf Alis Worte, mit zu viel Erwartung. Sie stellten Fragen, ehe sie die Sätze beendet hatte. Sie wußten etwas.

»Hello? Hello! Hello, Hello!« Die Stimme am anderen Ende der Leitung gehörte Joe Cardone.

»Hello, Joe? Tut mir leid, ich habe den Hörer fallen lassen…«

»Ich habe aber nichts gehört.«

»Sehr weiche, sehr teuere Teppiche.«

»Wo? In deinem Arbeitszimmer mit dem Parkettboden?«

»Hey, was ist denn, Joe?«

»Tut mir leid… In der Stadt war's heute scheußlich heiß. Die Börse ist richtig beschissen.«

»So ist's besser. Jetzt klingst du wieder wie der vergnügte Bursche, auf den wir warten.«

»Du meinst, alle sind schon da?«

»Nein, bloß Bernie und Leila.«

»Die sind aber früh dran. Ich dachte, die Maschine käme erst um fünf.«

»Sie sind schon vor zwei Tagen angekommen.«

Cardone wollte etwas sagen, hielt dann aber plötzlich inne. Er schien verstört. »Komisch, daß die nicht angerufen haben. Mich haben sie wenigstens nicht angerufen. Dich?«

»Nein, wahrscheinlich hatten sie zu tun.«

»Sicher, aber man würde ja meinen...« Wieder verstummte Cardone mitten im Satz. Tanner fragte sich, ob dieses Zögern für ihn bestimmt war, um ihn davon zu überzeugen, daß Bernie und Joe sich nicht schon begegnet waren, nicht schon miteinander gesprochen hatten.

»Bernie wird es uns ja wahrscheinlich erklären.«

»Ja«, sagte Cardone, ohne richtig zuzuhören. »Nun, ich wollte euch nur Bescheid sagen, daß wir uns verspäten werden. Ich gehe noch schnell duschen; wir kommen dann gleich.«

»Bis dann.« Tanner legte auf und wunderte sich darüber, wie ruhig er war. Es kam ihm in den Sinn, daß er das Gespräch unter Kontrolle gehabt hatte. *Unter Kontrolle.* Das mußte er. Cardone war ein nervöser Mann und hatte nicht angerufen, um zu sagen, daß er sich verspäten würde. Ganz davon abgesehen, daß es ja noch gar nicht zu spät war.

Cardone hatte angerufen, um zu erfahren, ob die anderen gekommen waren.

Tanner kehrte ins Wohnzimmer zurück und setzte sich.

»Darling! Ali hat uns gerade alles erzählt! Wie furchtbar! Einfach schrecklich!«

»Mein Gott, John! Da habt ihr ja etwas Furchtbares mitgemacht! Die Polizei hat gesagt, es wären Einbrecher gewesen?«

»Das hat die *New York Times* auch geschrieben. Das macht es ja wohl amtlich.«

»Ich hab' in der *Times* nichts gesehen«, erklärte Bernie fest.

»Es waren nur ein paar Zeilen ganz hinten. Das Lokalblatt wird sich nächste Woche ausführlicher damit befassen, denke ich.«

»Ich habe noch nie von einem solchen Einbruch gehört«,

sagte Leila. »Ich würde mich damit nicht zufrieden geben, wirklich nicht.«

Bernie sah sie an. »Ich weiß nicht. Das Ganze ist schon recht raffiniert. Niemand identifiziert und niemand verletzt.«

»Ich verstehe bloß immer noch nicht, daß die uns nicht einfach in der Garage gelassen haben.« Ali wandte sich ihrem Mann zu. Das war eine Frage, die er nicht zu ihrer Zufriedenheit hatte beantworten können.

»Hat die Polizei einen Grund dafür angegeben?« fragte Bernie.

»Sie sagten, das Gas sei nicht sehr wirksam gewesen. Die Diebe wollten nicht, daß Ali oder die Kinder zu sich kommen und sie sehen. Sehr professionell.«

»Sehr beängstigend«, sagte Leila. »Wie haben die Kinder es denn aufgenommen?«

»Ray ist natürlich der Held der ganzen Umgebung«, sagte Ali. »Janet hat noch nicht ganz mitgekriegt, was geschehen ist.«

»Wo ist denn Ray?« Bernie deutete auf das Paket im Flur. »Hoffentlich ist er für Modellflugzeuge nicht schon zu groß. Das ist eines von diesen ferngesteuerten Dingern.«

»Er wird begeistert sein«, sagte Ali. »Er ist im Keller, denke ich. John hat ihn ihm ganz überlassen.«

»Nein, er ist draußen. Im Pool.« Tanner erkannte, daß seine Unterbrechung, die Art und Weise, wie er Ali verbesserte, Bernie veranlaßte, ihn anzusehen. Selbst Ali war von der Abruptheit seiner Worte überrascht.

Meinetwegen, dachte Tanner. Sollten sie doch alle wissen, daß der Vater Bescheid wußte, daß er jeden Augenblick wußte, wo die Seinen sich aufhielten.

Der Hund begann vor dem Haus zu bellen; man konnte einen Wagen in der Einfahrt hören. Alice ging ans Fenster.

»Das ist Dick und Ginny. Und Ray ist *nicht* im Pool«,

fügte sie hinzu und lächelte zu John hinüber. »Er ist vorne und begrüßt sie.«

»Wahrscheinlich hat er den Wagen gehört«, sagte Leila ohne ersichtlichen Grund.

Tanner fragte sich, warum sie die Bemerkung machte; es war, als verteidigte sie ihn. Er ging zur Haustüre und öffnete sie. »Komm herein, Junge. Da sind auch Freunde von dir.«

Als er die Ostermans sah, leuchteten die Augen des Jungen. Die Ostermans kamen nie mit leeren Händen. »Hello, Tante Leila, Onkel Bernie!« Raymond Tanner, zwölf Jahre alt, ließ sich von Leila umarmen und schüttelte Bernie auf Männerart und etwas scheu die Hand.

»Wir haben dir eine Kleinigkeit mitgebracht. Dein Freund Merv hat das vorgeschlagen.« Bernie ging in den Flur hinaus und griff nach dem Paket. »Hoffentlich gefällt es dir.«

»Vielen Dank.« Der Junge nahm das Geschenk und ging ins Eßzimmer, um es auszupacken.

Virginia Tremayne kam herein, ein Abbild kühler Sinnlichkeit. Sie trug ein gestreiftes Männerhemd und einen engen Strickrock, der ihre Bewegungen hervorhob. Es gab Frauen in Saddle Valley, die Ginnys Auftreten nicht mochten, aber die waren nicht in diesen Räumen zugegen. Ginny war eine gute Freundin.

»Ich hab' Dick gesagt, daß du am Mittwoch angerufen hast«, sagte sie zu Tanner, »aber er sagt, du hättest ihn nie erreicht. Der arme Kleine war mit ein paar schrecklichen Geschäftsleuten aus Cincinnati oder Cleveland oder sonst wo in einen Konferenzsaal eingeschlossen. – Leila, Darling! Bernie, Liebster!« Ginny hauchte Tanner einen Kuß auf die Wange und tänzelte an ihm vorbei.

Richard Tremayne trat ein. Er musterte Tanner und war offenbar mit dem, was er sah, zufrieden.

Tanner andererseits spürte den Blick und riß den Kopf zu

schnell herum. Tremayne hatte keine Zeit, den Blick abzuwenden. Wie ein Arzt, der eine Fieberkurve studiert, dachte Tanner.

Den Bruchteil einer Sekunde lang gaben beide Männer wortlos und ohne es zu wollen die Spannung zu, die sie umfaßt hielt. Und dann war es wieder vorüber, ebenso wie es auch bei den Ostermans vorübergegangen war. Keiner der beiden Männer wagte, darauf einzugehen.

»Hey, John! Tut mir leid, daß man mir nichts ausgerichtet hat. Ginny erwähnte, daß es um irgendeine juristische Sache geht.«

»Ich dachte, du hättest vielleicht davon gelesen.«

»Was denn, um Himmels willen?«

»Die New Yorker Blätter haben sich nicht sehr damit befaßt, aber warte nur, bis du am nächsten Montag das Lokalblatt liest. Berühmtheiten werden wir sein.«

»Wovon zum Teufel redest du denn?«

»Wir sind am Mittwoch beraubt worden. Beraubt und entführt und chloroformiert und weiß Gott, was sonst noch alles!«

»Du machst Witze!«

»Den Teufel tut er!« Osterman kam in den Flur. »Wie geht's denn, Dick?«

»Bernie! Geht's dir gut?« Die beiden Männer gaben sich die Hand, aber Tremayne schien dennoch John Tanner nicht aus den Augen zu lassen.

»Hast du gehört, was er gesagt hat? Hast du das gehört? Was da passiert ist? Ich bin schon seit Dienstag in der Stadt. Hatte nicht einmal Zeit, nach Hause zu kommen.«

»Wir erzählen euch das später. Jetzt hole ich etwas zu trinken.« Tanner ging schnell weg. Er konnte Tremayne seine Reaktion nicht übelnehmen. Der Anwalt war von dem, was er gehört hatte, nicht nur erschreckt, sondern er hatte Angst.

So viel Angst, daß er klarstellen mußte, daß er seit Dienstag nicht hiergewesen war.

Tanner machte Drinks für die Tremaynes, ging dann in die Küche und blickte zum Fenster hinaus, auf seinen Pool und das Wäldchen dahinter. Obwohl niemand zu sehen war, wußte er, daß die Männer dort waren. Mit Feldstechern und Radios und wahrscheinlich mit winzigen Mikrofonen, die jedes Gespräch aufnahmen, das im Hause geführt wurde.

»Hey, John, ich hab' das nicht bloß so gesagt!« Das war Tremayne, der jetzt in die Küche kam. »Ehrlich, ich habe nichts gewußt. Wegen Mittwoch, meine ich. Warum hast du mich denn nicht angerufen?«

»Habe ich ja versucht. Ich habe sogar eine Nummer auf Long Island angerufen. Oyster Bay, denke ich.«

»Unsinn! Du weißt doch, was ich meine! Du oder Ali hättet das Ginny sagen sollen. Ich wäre sofort aus der Besprechung gekommen, das weißt du doch!«

»Jetzt ist es vorbei. Hier ist dein Drink.«

Tremayne hob das Glas an die Lippen. Er konnte jeden von ihnen unter jeden beliebigen Tisch trinken.

»Du kannst das nicht einfach so abtun. Warum hast du mich überhaupt angerufen?«

Auf die Frage war Tanner dummerweise nicht vorbereitet.

»Ich... Mir hat die Art und Weise nicht gefallen, wie die Polizei das Ganze behandelt hat.«

»Die Polizei? MacAuliff, das Arschloch?«

»Ich habe gar nicht mit Captain MacAuliff gesprochen.«

»Hast du keine Aussage gemacht?«

»Doch – doch, das habe ich schon getan. Jenkins und McDermott haben sie aufgenommen.«

»Wo zum Teufel war denn unser Oberbonze?«

»Ich weiß nicht. Er war nicht da.«

»Okay, Mac war nicht da. Du sagst, Jenkins und McDermott hätten das erledigt. Ali hat mir gesagt, sie hätten euch gefunden ...«

»Ja. Ja, darüber hab' ich mich ja so geärgert.«

»Was?«

»Mir hat die Art und Weise nicht gefallen, wie die das gemacht haben. Zumindestens damals nicht. Jetzt habe ich mich etwas beruhigt. Ich hab' mich geärgert, und deshalb hab' ich versucht, dich zu erreichen.«

»Was hast du denn gedacht? Unachtsamkeit der Polizei? Beeinträchtigung eurer Rechte? Was denn?«

»Ich weiß nicht, Dick! Ich hab' einfach durchgedreht, das ist alles. Wenn man in Panik gerät, will man doch einen Anwalt haben.«

»Ich nicht. Ich will einen Drink.« Tremayne sah Tanner in die Augen. Tanner blinzelte – wie ein kleiner Junge, der sich mit einem größeren angelegt hat.

»Jetzt ist es vorbei. Gehen wir wieder hinein.«

»Vielleicht sollten wir später noch einmal darüber reden. Vielleicht ist da doch etwas, und ich habe das nur noch nicht richtig verstanden.«

Tanner zuckte die Achseln und wußte, daß Dick in Wirklichkeit gar nicht später darüber reden wollte. Der Anwalt hatte Angst, und seine Furcht beeinträchtigte seinen professionellen Instinkt, der ihn eigentlich dazu veranlassen müßte, hier nachzubohren. Als er wegging, hatte Tanner das Gefühl, daß Tremayne ihm über einen Aspekt der Ereignisse vom Mittwochnachmittag die Wahrheit sagte: Er war selbst nicht dort gewesen.

Aber wußte er, wer dort gewesen war?

Um sechs waren die Cardones immer noch nicht eingetroffen. Niemand fragte, weshalb; die Stunde verstrich schnell, und wenn jemand sich Gedanken machte, so verbarg er das gut. Um zehn Minuten nach sechs wurde Tanners Blick von einem Wagen angezogen, der langsam an seinem Haus vorbeifuhr. Es war das Taxi von Saddle Valley, die Sonne spiegelte sich in dem schwarzen Lack des Wagens. Im Hinterfenster sah er einen Augenblick lang Joe Cardones Gesicht. Joe vergewisserte sich, daß sämtliche Gäste eingetroffen waren. Oder noch dort waren, vielleicht.

Fünfundvierzig Minuten später rollte der Cadillac der Cardones in die Einfahrt. Als sie das Haus betraten, war offensichtlich, daß Joe bereits einige Drinks zu sich genommen hatte. Offensichtlich, weil Joe kein Trinker war, Alkohol nicht mochte, und seine Stimme eine Spur lauter war, als sie das normalerweise gewesen wäre.

»Bernie! Leila! Willkommen im Herzen des Establishments der Ostküste!«

Betty Cardone, behäbig, adrett, gepflegt puritanisch, stimmte in die Begeisterung ihres Mannes ein, wie es sich gehörte, und alle vier umarmten sich.

»Betty, du siehst bezaubernd aus«, sagte Leila. »Joe, mein Gott, Joe! Wie kann ein Mann so gesund aussehen? – Bernie hat sich eine Turnhalle gebaut und seht euch an, was *ich* habe!«

»Mach bloß meinen Bernie nicht schlecht!« sagte Joe, den Arm um Ostermans Schulter gelegt.

»Sag es ihr nur, Joe.« Bernie ging auf Cardones Frau zu und erkundigte sich nach den Kindern.

Tanner setzte sich in Richtung Küche in Bewegung und begegnete Ali im Flur. Sie trug ein Tablett mit Hors d'œuvres.

»Alles fertig. Wir können jederzeit essen, also setze ich mich noch eine Weile. Holst du mir etwas zu trinken, Liebster?«

»Sicher. Joe und Betty sind da.«

Ali lachte. Hab' ich mir doch fast gedacht. – Was ist denn los, Darling? Du siehst so komisch aus.«

»Nein, nichts. Ich hab' nur gedacht, ich sollte vielleicht im Studio anrufen.«

Ali sah ihren Mann an. »Bitte, alle sind jetzt da. Unsere besten Freunde. Wir wollen uns amüsieren. Vergiß doch den Mittwoch, *bitte*, Johnny.«

Tanner beugte sich über das Tablett mit Hors d'œuvres und küßte sie. »Du dramatisierst das«, sagte er und erinnerte sich an Fassetts Rat. »Ich muß wirklich im Studio anrufen.«

In der Küche trat Tanner erneut ans Fenster. Es war kurz nach sieben, und die Sonne war hinter den hohen Bäumen bereits untergegangen. Schatten lagen über dem hinteren Teil seines Gartens und dem Pool. Und jenseits der Schatten wachten Fassetts Männer.

Das war es, worauf es ankam.

Wie Ali gesagt hatte, sie waren jetzt alle da. Die besten Freunde.

Das Currybuffett mit einem Dutzend kleiner Nebengerichte war wie üblich ein Triumph für Ali. Die Frauen stellten die üblichen Fragen, und Ali sonnte sich in ihren kulinarischen Fähigkeiten – wie gewöhnlich. Die Männer führten die üblichen Streitgespräche über die Vor- und Nachteile der verschiedenen Baseballteams, und zwischendurch verbreitete sich Bernie über die spaßigen – und ungewöhnlichen – Arbeitsmethoden von Hollywood.

Während die Frauen das Geschirr abtrugen, benutzte Tremayne die Gelegenheit, Tanner über den Einbruch auszufragen. »Was zum Teufel war denn letzten Mittwoch los? Mal ganz offen. Ich glaube die Einbruchsgeschichte nicht.«

»Warum nicht?« fragte Tanner.

»Weil sie keinen Sinn ergibt.«

»Niemand benutzt Gas«, fügte Cardone hinzu. »Einen Totschläger, eine Augenbinde, einen Schuß in den Kopf vielleicht, aber nicht Gas.«

»Ihr denkt da vielleicht fortschrittlicher. Mir ist es offengestanden lieber, daß die ein harmloses Gas eingesetzt haben und keinen Totschläger.«

»Johnny.« Osterman senkte seine Stimme und blickte zum Speisezimmer hinüber. Betty kam gerade aus der Küchentür und holte noch ein paar Teller. Sie lächelte. Er erwiderte ihr Lächeln. »Arbeitest du vielleicht an etwas, womit du dir Feinde machst?«

»Ich denke, das tu ich irgendwie immer.«

»Ich meine, so etwas wie diese San-Diego-Geschichte.«

Joe Cardone musterte Osterman aufmerksam und fragte sich, ob jetzt wohl Einzelheiten kommen würden. San Diego war eine Mafia-Angelegenheit gewesen.

»Nicht, daß ich wüßte. Ich habe natürlich Leute auf viele Bereiche angesetzt, aber nichts von der Sorte. Ich glaube wenigstens nicht. Die meisten meiner besten Leute haben da ganz freie Hand. Versuchst du, das, was Mittwoch war, mit meiner Arbeit in Verbindung zu bringen?«

»Bist du nicht auch auf die Idee gekommen?« fragte Tremayne.

»Nein, zum Teufel! Ich bin Journalist. Bist du etwa beunruhigt, wenn du an einem schwierigen Fall arbeitest?«

»Manchmal schon.«

»Ich hab' von deiner Show am letzten Sonntag gelesen.« Cardone nahm neben Tremayne auf der Couch Platz. »Ralph Aston hat hochgestellte Freunde.«

»Das ist verrückt.«

»Muß nicht sein.« Cardone hatte mit dem Satz einige Schwierigkeiten. »Ich kenne ihn persönlich. Ein schwieriger Mann.«

»Aber verrückt ist er doch nicht«, warf Osterman ein. »Nein, so etwas ist es bestimmt nicht.«

»Warum sollte es überhaupt etwas sein? Ich meine, etwas anderes als ein Einbruch?« Tanner zündete sich eine Zigarette an und versuchte, die Gesichter der drei Männer zu beobachten.

»Weil es, verdammt noch mal, keine übliche Art für einen Einbruch ist!« rief Cardone aus.

»Oh?« Tremayne sah zu Cardone hinüber, der neben ihm auf dem Sofa saß. »Bist du ein Experte für Einbruch?«

»Genausowenig wie du, Herr Rechtsanwalt«, sagte Joe.

18.

Es war etwas Künstliches an der Art und Weise, wie das Wochenende anfing; das spürte Ali. Vielleicht, weil die Stimmen lauter als gewöhnlich, das Lachen auffälliger war.

Gewöhnlich war das anders – wenn Bernie und Leila kamen, fingen sie alle ganz ruhig an und machten sich langsam mit dem vertraut, was die anderen in der Zwischenzeit getan hatten. Gespräche über dieses oder jenes Kind, diese oder jene berufliche Entscheidung – damit verstrichen immer die ersten paar Stunden. Ihr Mann nannte es das Osterman-Syndrom. Bernie und Leila brachten immer ihre besten Seiten zum Vorschein. Brachten sie zum Reden, dazu, wirklich miteinander zu *reden.*

Bis jetzt hatte keiner ein wirklich wichtiges persönliches Erlebnis beigetragen. Keiner hatte etwas Wesentliches aus seiner jüngsten Vergangenheit zum Vorschein gebracht – abgesehen natürlich von dem Schrecklichen, das sich am Mittwochnachmittag ereignet hatte.

Andererseits, überlegte Ali, machte sie sich natürlich immer noch Sorgen um ihren Mann – machte sich Sorgen darum, daß er nicht ins Büro gefahren war, daß er seit Mittwochnachmittag so gereizt war und sich so seltsam benahm. Vielleicht bildete sie sich auch in bezug auf die anderen etwas ein.

Die anderen Frauen waren wieder zu ihren Männern gegangen. Alice hatte abgedeckt. Die Kinder waren jetzt im Bett. Und sie konnte einfach nicht mehr zuhören, wenn Betty oder Ginny sich über ihre Mädchen unterhielten. Sie konnte sich auch ein Mädchen *leisten!* Aber sie *wollte* keines!

Ihr Vater hatte Mädchen gehabt. ›Jüngerinnen‹, hatte er sie genannt. ›Jüngerinnen‹, die sauber machten und putzten oder einkauften und...

Ihre Mutter hatte sie ›Mädchen‹ genannt.

Ali hörte zu denken auf und fragte sich, ob sie vielleicht zuviel getrunken hatte. Sie drehte den Wasserhahn auf und spritzte sich kaltes Wasser ins Gesicht. Joe Cardone kam durch die Küchentür.

»Der große Boß hat gesagt, wenn ich einen Drink wollte, sollte ich mir selbst einen beschaffen. Du brauchst mir nicht zu sagen, wo die Flaschen stehen, ich bin schon mal hier gewesen.«

»Nur zu, Joe. Ist alles da, was du brauchst?«

»Na klar. Prima Gin; Tonic... Hey, was ist denn? Hast du geweint?«

»Warum denn? Ich hab' mir nur Wasser ins Gesicht gespritzt.«

»Deine Wangen sind ganz naß.«

»So ist das eben, wenn man Wasser im Gesicht hat.«

Joe stellte die Tonicflasche weg und trat auf sie zu. »Habt ihr irgendwelche Probleme, du und Johnny... Dieser Mittwochnachmittag... Schon gut, es war ein verrückter Einbruch, Johnny hat mir alles erzählt. Aber wenn es etwas anderes war, dann würdet ihr mir das doch sagen, oder? Ich meine, wenn er sich mit irgendwelchen unangenehmen Typen eingelassen hat, dann würdet ihr das vor mir doch nicht geheimhalten, oder?«

»Unangenehme Typen?«

»Kredithaie. Ich habe Kunden bei der Standard Mutual. Ich hab' sogar ein paar Aktien von der Gesellschaft. Ich kenne die Firma... Du und Johnny, ihr lebt recht gut, aber sechzigtausend Dollar sind nach den Steuern auch nicht mehr viel.«

Alice Tanner hielt den Atem an. »John geht es sehr gut!«

»Das ist relativ. Nach meiner Ansicht steckt John so richtig mittendrin im Schlamassel. Er kann den Laden nicht übernehmen, und andererseits kann er auch sein kleines Reich nicht aufgeben, um sich etwas Besseres zu suchen. Aber das ist natürlich seine Sache und die deine. Aber ich möchte, daß du ihm das sagst. Ich bin sein Freund. Sein guter Freund. Und ich bin sauber. *Absolut sauber*. Wenn er etwas braucht, dann soll er mich anrufen. Sag ihm das, klar?«

»Joe, jetzt bin ich gerührt. Ehrlich. Aber ich glaube nicht, daß es notwendig ist. Wirklich nicht.«

»Aber du wirst es ihm sagen?«

»Sag es ihm selbst. John und ich haben da eine stillschweigende Vereinbarung. Wir sprechen nicht mehr über sein Gehalt. Ehrlich gesagt, weil ich mit dir einer Meinung bin.«

»Dann habt ihr Probleme.«

»Jetzt bist du nicht fair. Probleme, wie du sie siehst, sind für uns vielleicht gar keine.«

»Hoffentlich hast du recht. Sag ihm das auch.« Cardone ging schnell zur Bar und griff nach seinem Glas. Ehe Ali noch etwas sagen konnte, ging er wieder hinaus ins Wohnzimmer.

Joe hatte versucht, ihr etwas zu sagen, und sie begriff es nicht.

»Niemand hat dich oder sonst jemanden aus den Nachrichtenmedien als unfehlbaren Hüter der Wahrheit aufgestellt! Ich kann das einfach nicht mehr hören! Ich muß jeden Tag damit leben.« Tremayne stand vor dem offenen Kamin, und alle spürten den Ärger, den er empfand.

»Nicht unfehlbar, natürlich nicht«, antwortete Tanner. »Aber niemand hat den Gerichten das Recht verliehen, uns daran zu hindern, uns – so objektiv wir das können – nach Informationen umzusehen.«

»Wenn diese Information für einen Klienten *oder* seinen Gegner präjudizierend ist, habt ihr nicht das Recht, sie zu veröffentlichen. Wenn es sich um Fakten handelt, wird man sie ja vor Gericht hören. Wartet doch, bis das Gericht seinen Spruch fällt.«

»Das ist unmöglich, und das weißt du auch ganz genau.«

Tremayne hielt inne, lächelte mit zusammengekniffenen Lippen und seufzte dann. »Das weiß ich. Wenn man es realistisch betrachtet, gibt es keine Lösung.«

»Bist du sicher, daß du eine finden willst?« fragte Tanner.

»Natürlich.«

»Warum denn? Der Vorteil liegt auf deiner Seite. Wenn du den Prozeß gewinnst, ist ja alles gut. Wenn du ihn verlierst, kannst du behaupten, das Gericht sei von einer voreingenommenen Presse korrumpiert worden. Dann kannst du in Revision gehen.«

»Eine Revision führt nur selten zum Erfolg«, sagte Bernard Osterman, der vor dem Sofa auf dem Boden saß. »Das weiß selbst ich. Wenn es einmal dazu kommt, gibt es eine Menge Publicity, nur ist das selten der Fall.«

»Revisionsverfahren kosten Geld«, fügte Tremayne hinzu

und zuckte die Achseln. »Meistens für nichts und wieder nichts. Besonders in Wirtschaftsprozessen.«

»Dann braucht ihr doch bloß die Presse zu zwingen, sich zurückzuhalten, wenn es heiß her geht. Das ist doch ganz einfach.« Joe leerte sein Glas und musterte Tanner.

»Das ist nicht einfach«, sagte Leila, die in einem Sessel gegenüber dem Sofa Platz genommen hatte. »Das ist dann ja auch ein Urteil. Wer definiert denn, was Zurückhaltung bedeuten soll? Das ist es doch, was Dick meint. Es gibt keine klare Definition.«

»Auf die Gefahr hin, meinen Mann zu ärgern, was Gott verhüten möge«, sagte Virginia und lachte dabei, »ich glaube, daß eine informierte Öffentlichkeit ebenso wichtig ist wie ein unvoreingenommenes Gericht. Vielleicht besteht zwischen den beiden sogar eine Verbindung. Ich stehe auf deiner Seite, John.«

»Wieder eine persönliche Beurteilung«, sagte ihr Mann. »Das ist reine Ansichtssache. Was ist faktische Information und was ist interpretierte Information?«

»Das eine ist die Wahrheit«, sagte Betty leichthin. Sie beobachtete ihren Mann. Er trank zu viel.

»Wessen Wahrheit? Welche Wahrheit? Wir wollen einmal eine hypothetische Situation herstellen. Zwischen John und mir. Gehen wir einmal davon aus, daß ich sechs Monate an einer komplizierten Fusion gearbeitet habe. Als Anwalt mit ethischen Grundsätzen habe ich mit Männern zu tun, an deren Anliegen ich glaube; indem wir eine Anzahl von Firmen zusammenführen, werden Tausende von Arbeitsplätzen gesichert, Firmen, die vor dem Bankrott stehen, werden plötzlich wieder lebensfähig gemacht. Und dann kommen da ein paar Leute, die davon einen Nachteil hätten – wegen ihrer eigenen Unfähigkeit –, und sie fangen an, nach einstweiligen Verfügungen zu schreien. Angenommen, die treten jetzt an

John heran und fangen an, ›Foul!‹ zu schreien. Weil sie den Anschein erwecken – den Anschein erwecken, wohlgemerkt–, sie würden benachteiligt, gibt John ihnen eine Minute, nur *eine Minute* Fernsehzeit im ganzen Lande. Sofort ist mein Fall präjudiziert. Und laß dir bloß von niemandem einreden, Gerichte wären nicht dem Druck der Medien ausgesetzt. *Eine Minute* im Gegensatz zu *sechs Monaten* «

»Und du glaubst, ich würde das zulassen? Du glaubst, irgend jemand von uns würde das zulassen?«

»Ihr braucht doch Material. Das braucht ihr immer! Manchmal verstehst du einfach nicht!« Tremaynes Stimme wurde lauter.

Virginia stand auf. »Unser John würde so etwas nicht tun, Darling. – Ich möchte noch eine Tasse Kaffee.«

»Ich hole sie dir«, sagte Alice und erhob sich vom Sofa. Sie hatte Tremayne beobachtet und war von seiner plötzlichen Gereiztheit erschreckt.

»Sei doch nicht albern«, antwortete Ginny und ging in den Flur hinaus.

»Ich hätte gerne einen Drink.« Cardone hob sein Glas und erwartete, daß jemand es ihm abnähme.

»Gern, Joe.« Tanner nahm sein Glas. »Gin und Tonic?«

»Das hatte ich bisher.«

»Und viel zu viel davon«, fügte seine Frau hinzu.

Tanner ging in die Küche und begann Cardones Drink zu machen. Ginny stand am Ofen.

»Ich mach' noch mal frischen; die Kerze ist ausgegangen.«

»Danke.«

»Ich hab' immer das gleiche Problem. Die verdammten Kerzen gehen aus, und dann ist der Kaffee kalt.«

Tanner lachte leise und öffnete die Tonicflasche. Dann bemerkte er, daß Ginny etwas gesagt hatte, etwas sehr Unwichtiges eigentlich. »Ich habe Ali gesagt, sie sollte sich eine elektrische Kaffeemaschine besorgen, aber das will sie nicht.«

»John?«

»Ja?«

»Es ist so schön draußen. Warum gehen wir nicht in den Pool?«

»Aber sicher. Gute Idee. Ich werde das Filter rückspülen. Ich bring' das nur zuerst Joe.« Tanner ging ins Wohnzimmer zurück und hörte dort die ersten Takte von ›Tangerine‹. Ali hatte eine Langspielplatte mit dem Titel ›Schlager von Gestern‹ aufgelegt.

Die Reaktion darauf war ganz normal. Einige lachten, als sie das Stück erkannten.

»Bitte sehr, Joe. Möchte sonst noch jemand etwas?«

Ein Chor von »nein, danke« antwortete ihm. Betty war aufgestanden und stand Dick Tremayne am Kamin gegenüber. Tanner fand, daß sie aussahen, als ob sie sich gestritten hätten. Ali stand an der Stereoanlage und zeigte Bernie die Rückseite des Plattenalbums; Leila Osterman saß Cardone gegenüber und sah ihm zu, wie er seinen Gin und Tonic trank, und war offenbar verstimmt, daß er so schnell trank.

»Ginny und ich spülen schnell die Filteranlage zurück. Wir gehen schwimmen, ja? Ihr habt sicher alle euere Badeanzüge hier; wenn nicht, dann liegen in der Garage mindestens ein Dutzend herum.«

Dick sah Tanner an. Ein seltsamer Blick, fand er. »Bring Ginny nicht zuviel von dem verdammten Filter bei. Ich laß mich nicht rumkriegen. Kein Pool!«

»Warum nicht?« fragte Cardone.

»Wegen der vielen Kinder.«

»Bau doch einen Zaun«, sagte Joe etwas verstimmt.

Tanner ging zur Küchentür hinaus. Er hörte ein plötzliches

Lachen hinter sich, aber das war nicht das Lachen von Leuten, die Spaß hatten. Es war gezwungen, irgendwie unfreundlich.

Hatte Fassett recht? Zeigte Omega schon die ersten Spuren? Drängten die Feindseligkeiten langsam an die Oberfläche?

Draußen ging er an den Beckenrand, zu der Filteranlage. »Ginny?«

»Ich bin hier drüben, bei Alis Tomatenpflanzen. Da ist eine Stange umgefallen, und ich kann das Band nicht wieder binden.«

»Okay.« Er drehte sich um und ging zu ihr hinüber. »Welche denn? Ich sehe nichts.«

»Hier«, sagte Ginny und deutete.

Tanner kniete nieder und sah die Stange jetzt. Sie war nicht umgefallen, sie war abgebrochen worden. »Eines der Kinder muß hier durchgerannt sein.« Er zog das dünne Stöckchen heraus und legte die Tomatenpflanze vorsichtig auf den Boden. »Das richte ich morgen.«

Er stand auf. Ginny stand ganz nahe bei ihm und legte ihm die Hand auf den Arm. Er erkannte, daß man sie vom Haus aus nicht sehen konnte.

»Ich habe sie abgebrochen«, sagte Ginny.

»Warum?«

»Ich wollte mit dir reden. Alleine.«

Sie hatte ein paar Knöpfe ihrer Bluse geöffnet. Er konnte den Ansatz ihrer Brüste sehen. Tanner fragte sich, ob Ginny wohl betrunken sein mochte. Aber Ginny betrank sich nie, und wenn sie es tat, merkte das niemand.

»Worüber möchtest du denn reden?«

»Dick, zunächst einmal. Ich möchte mich für ihn entschuldigen. Er kann unangenehm werden – richtig brutal, wenn er sich ärgert.«

»War er unangenehm? Verärgert? Mir ist nichts aufgefallen.«

»Natürlich ist es dir aufgefallen. Ich habe dich beobachtet.«

»Da hast du dich geirrt.«

»Das glaube ich nicht.«

»Kümmern wir uns jetzt um den Pool.«

»Augenblick.« Ginny lachte leise. »Ich mache dir doch nicht etwa Angst, oder?«

»Meine Freunde machen mir nicht Angst«, sagte Tanner und lächelte.

»Wir wissen eine ganze Menge voneinander.«

Tanner beobachtete Ginnys Gesicht aus der Nähe, ihre Augen, die leicht zusammengekniffenen Lippen. Er fragte sich, ob dies der Augenblick sein würde, in dem ihm das Unglaubliche eröffnet werden würde. Wenn ja, würde er ihr dabei helfen. »Ich denke, wir glauben immer, daß wir unsere Freunde kennen. Manchmal frage ich mich, ob das wirklich so ist.«

»Ich fühle mich von dir sehr angezogen – körperlich angezogen. Hast du das gewußt?«

»Nein, das habe ich nicht gewußt«, sagte Tanner überrascht.

»Es sollte dich nicht stören. Ich würde Ali um alles in der Welt nicht weh tun wollen. Ich glaube nicht, daß es einen zu etwas verpflichtet, wenn man sich körperlich angezogen fühlt, findest du nicht?«

»Jeder hat seine Träume.«

»Du weichst mir aus.«

»Das tu ich allerdings.«

»Ich sagte dir doch, ich würde deine Verpflichtungen nicht stören.«

»Ich bin ein Mensch. Es würde sie schon stören.«

»Ich bin auch ein Mensch. Darf ich dich küssen? Einen Kuß verdiene ich doch wenigstens.«

Ginny legte dem verblüfften Tanner die Arme um den Hals und preßte ihre Lippen auf die seinen, öffnete den Mund dabei. Tanner merkte, daß sie sich redliche Mühe gab, ihn zu erregen. Er konnte das nicht begreifen. Wenn es ihr mit dem, was sie tat, wirklich ernst war, hatte sie hier keine Chance, es zu Ende zu bringen.

Dann begriff er. Das sollte ein Versprechen sein.

Das war ihre Absicht.

»Oh, Johnny! O Gott, Johnny!«

»Schon gut, Ginny. Schon gut. Du sollst nicht...« Vielleicht war sie wirklich betrunken, dachte Tanner. Morgen würde sie sich wie ein Narr vorkommen. »Wir reden später.«

Ginny wich ein wenig zurück. »Natürlich reden wir später. Johnny? – Wer ist Blackstone?«

»Blackstone?«

»Bitte! Ich muß es wissen! Nichts wird sich ändern, das verspreche ich dir! *Wer ist Blackstone?*«

Tanner hielt sie an den Schultern fest und drehte sie so herum, daß ihr Gesicht vor dem seinen war.

Sie weinte.

»Ich kenne keinen Blackstone.«

»Tu das nicht!« flüsterte sie. »Bitte, um Gottes willen, tu das nicht! Sag Blackstone, er soll *aufhören!*«

»Hat Dick dich herausgeschickt?«

»Er würde mich umbringen«, sagte sie leise.

»Wir wollen das einmal klarstellen. Du bietest mir an...«

»Was du willst! Laß ihn bloß *in Frieden.* Mein Mann ist ein guter Mann. Ein sehr, sehr anständiger Mann. Er ist dir ein guter Freund gewesen! Bitte, tu ihm nicht weh!«

»Du liebst ihn.«

»Mehr als mein Leben. Und deshalb darfst du ihm bitte, bitte nicht weh tun. Und sag Blackstone, daß er aufhören soll!«

Sie rannte in die Garage.

Er wollte ihr nachgehen und sie beruhigen, aber der Schemen von Omega hinderte ihn daran. Und dabei fragte er sich die ganze Zeit, ob Ginny, die imstande war, sich als Hure anzubieten, auch zu viel gefährlicheren Dingen imstande war.

Aber Ginny war keine Hure. Leichtlebig vielleicht, selbst auf harmlose Art provozierend, aber weder Tanner noch irgend jemandem, den Tanner kannte, war es je in den Sinn gekommen, daß sie ihr Bett mit irgend jemand außer Dick teilen würde. Das war nicht ihre Art.

Wenn sie nicht Omegas Hure war.

Wieder drang gezwungenes Gelächter aus dem Hause. Tanner hörte die einleitenden Klarinettentöne von ›Amapola‹. Er kniete nieder und holte das Thermometer aus dem Wasser.

Plötzlich wurde ihm bewußt, daß er nicht alleine war. Leila Osterman stand ein paar Schritte hinter ihm auf dem Rasen. Sie war lautlos herausgekommen, oder er war zu sehr in Gedanken versunken gewesen, um die Küchentür oder ihre Schritte zu hören.

»Oh, du bist's! Du hast mich erschreckt.«

»Ich dachte, Ginny würde dir helfen.«

»Sie – sie hat sich Kieselgur auf den Rock geschüttet. Schau nur, es hat achtundzwanzig Grad. Joe wird sagen, daß es zu warm ist.«

»Wenn er das noch bemerkt.«

»Ja, ich verstehe«, sagte Tanner und erhob sich lächelnd. »Joe ist kein Trinker.«

»Er gibt sich aber große Mühe.«

»Leila, wie kommt es, daß du und Bernie schon vor zwei Tagen angekommen seid?«

»Hat er dir das nicht gesagt?« Leila zögerte und schien verärgert, daß ihr jetzt die Erklärung zugefallen war.

»Nein. Sonst würde ich nicht fragen.«

»Er sieht sich um. Er hatte Besprechungen und Verabredungen.«

»Wonach sieht er sich um?«

»Oh, alles mögliche. Du kennst ja Bernie; er macht da verschiedene Phasen durch. Er kann nie vergessen, daß die *New York Times* ihn einmal aufregend genannt hat – oder scharfsichtig, ich weiß das nicht mehr genau. Unglücklicherweise hat er sich einen teueren Geschmack zugelegt.«

»Jetzt komm' ich nicht mehr mit.«

»Er würde gerne eine Spitzenserie machen; du weißt schon, so einen richtigen Knüller. In den Agenturen wird viel von Qualitätsverbesserung geredet.«

»Wirklich? Davon hab' ich gar nichts gehört.«

»Du bist auch bei den Nachrichten und nicht bei der Unterhaltung.«

Tanner holte ein Päckchen Zigaretten heraus, bot Leila eine an. Als er sie anzündete, konnte er die Besorgnis, die Anspannung in ihren Augen erkennen. »Schließlich spricht doch eine ganze Menge für Bernie. Ihr beide habt den Agenturen eine Menge Geld verdient. Er wird keine Schwierigkeiten haben; außerdem kann er einen durchaus überzeugen.«

»Ich fürchte, da braucht es mehr als Überzeugungsgabe«, sagte Leila. »Sofern du nicht für Prozente an profitlosen kulturellen Serien arbeiten willst. Nein, dazu gehört Einfluß. Ungeheuerer Einfluß; so viel, daß die Geldleute es sich anders überlegen.« Leila zog an ihrer Zigarette und wich dabei Tanners Blick aus.

»Kann er das?«

»Er könnte es schaffen. Wenn Bernie etwas sagt, dann hat das durchaus sein Gewicht, mehr als bei den meisten anderen Leuten an der Westküste. Er hat schon Einfluß – Einfluß, der bis nach New York reicht, das kannst du mir glauben.«

Tanner hätte das Gespräch am liebsten nicht fortgesetzt. Es tat weh. Leila hatte es ihm ja fast gesagt, dachte er. Sie hatte die Macht von Omega praktisch hinausposaunt. Natürlich würde Bernie tun, was er tun wollte. Bernie war durchaus imstande, die Leute dazu zu bringen, sich etwas anderes zu überlegen, Entscheidungen umzustoßen. Er oder Omega war dazu imstande, und er war ein Teil davon – ein Teil von ihnen.

»Ja«, sagte er leise. »Ich glaube es dir. Bernie ist ein großer Mann.«

Eine Weile standen sie da, ohne zu reden, dann fragte Leila mit scharfer Stimme. »Bist du zufrieden?«

»Was?«

»Ich habe dich gefragt, ob du zufrieden bist. Du hast mich gerade verhört wie ein Bulle. Ich kann dir sogar eine Liste seiner Verabredungen liefern, wenn du das möchtest. Und die Friseure, die Warenhäuser, die Geschäfte – ich bin sicher, daß sie dir bestätigen würden, daß ich dort gewesen bin.«

»Wovon zum Teufel redest du denn?«

»Das weißt du ganz genau! Das dort drinnen ist keine besonders nette Party, falls du das noch nicht bemerkt hast. Wir benehmen uns alle, als ob wir uns nie zuvor begegnet wären, als ob wir unsere neuen Bekannten nicht leiden könnten.«

»Das hat nichts mit mir zu tun. Vielleicht solltet ihr euch selbst bei der Nase nehmen.«

»Warum?« Leila trat einen Schritt zurück. Tanner fand, daß sie verwirrt wirkte, aber er vertraute nicht auf sein Urteil. »Warum sollten wir das? Was ist denn los, John?«

»Kannst *du* das nicht *mir* sagen?«

»Du lieber Gott, du bist *tatsächlich* hinter ihm her, wie? Hinter *Bernie.*«

»Nein, das bin ich nicht. Ich bin hinter niemandem her.«

»Jetzt hör mir gut zu, John! Bernie würde sein Leben für dich geben! Weißt du das nicht?«

Leila Osterman warf ihre Zigarette ins Gras und ließ ihn stehen.

Als Tanner gerade den Eimer mit Chlortabletten in die Garage tragen wollte, kam Ali mit Bernie Osterman heraus. Einen Augenblick lang fragte er sich, ob Leila wohl etwas gesagt hatte. Aber das war offenbar nicht der Fall. Seine Frau und Bernie wollten bloß wissen, wo er das Selterswasser aufbewahrte, und ihm sagen, daß alle dabei waren, sich umzuziehen.

Tremayne stand unter der Küchentür, das Glas in der Hand, und sah ihnen zu, wie sie sich unterhielten. Auf Tanner wirkte er nervös, verunsichert.

Tanner ging in die Garage und stellte den Plastikeimer in die Ecke, neben die Toilette, die er in die Garage hatte einbauen lassen. Das war der kühlste Ort. Die Küchentür ging auf, und Tremayne kam die Stufen herunter.

»Ich hätte dich gerne einen Augenblick gesprochen.«

»Gern.«

Tremayne drehte sich zur Seite und schob sich an dem Triumph vorbei. »Ich hab' dich diese Kiste nie fahren sehen.«

»Ich mag sie auch nicht. Es ist der reinste Mord, sich hineinzuzwängen und wieder auszusteigen.«

»Ja, bei deiner Größe.«

»Es ist ein kleiner Wagen.«

»Ich... Ich wollte nur sagen, daß mir der Quatsch leid tut, den ich zuerst dahergeredet habe. Ich will mich nicht mit dir streiten. Ein Reporter vom *Wall Street Journal* hat mich vor ein paar Wochen drangekriegt. Kannst du dir das vorstellen? Das *Journal!* Meine Firma hat den Fall sofort aufgegeben.«

»Freie Presse oder fairer Prozeß. Was du gesagt hast, hatte durchaus Hand und Fuß. Ich habe es nicht persönlich genommen.«

Tremayne lehnte sich gegen den Triumph. Er sprach ganz vorsichtig. »Vor ein paar Stunden hat Bernie dich gefragt – er redete vom vergangenen Mittwoch –, ob du mit irgend etwas wie dieser San-Diego-Geschichte beschäftigt wärest. Ich hab' nie besonders viel darüber erfahren, nur, daß man in den Zeitungen immer noch darauf Bezug nimmt.«

»Das wird mächtig übertrieben. Ein paar Bestechungsfälle im Hafen. Das ist in der Branche so üblich, denke ich.«

»Sei nicht so bescheiden.«

»Bin ich nicht. Es war eine klasse Story, und ich hätte beinahe den Pulitzerpreis bekommen. Meine ganze Karriere ist darauf aufgebaut.

»Also schön... Ich will jetzt aufhören, um den heißen Brei herumzureden. Schnüffelst du in etwas herum, das mich betrifft?«

»Nicht, daß ich wüßte. Es ist so, wie es Bernie gesagt hat; ich habe rund siebzig Leute, die direkt mit den Nachrichtenrecherchen befaßt sind. Ich verlange keine täglichen Berichte.«

»Willst du sagen, daß du nicht weißt, was die tun?«

»So ist es nun auch wieder nicht«, sagte Tanner und lachte kurz. »Ich zeichne ihre Quittungen ab; und es wird nichts gesendet, das ich nicht freigegeben habe.«

Tremayne stieß sich von dem Triumph ab. »All right, ich will die Karten auf den Tisch legen. Ginny ist vor einer Viertelstunde hereingekommen. Ich lebe jetzt mit diesem Mädchen seit sechzehn Jahren zusammen. Ich kenne sie – sie hat geweint. Sie war mit dir draußen und ist weinend wieder hereingekommen. Ich möchte wissen warum.«

»Die Frage kann ich nicht beantworten.«

»Du solltest es aber versuchen! – Dir paßt es nicht, wenn ich soviel Geld verdiene, wie?«

»Das stimmt nicht.«

»Natürlich ist es so! Du meinst wohl, ich hab' nicht bemerkt, wie Ali auf dir herumhackt! Und jetzt läßt du so ganz subtil und beiläufig fallen, daß nichts gesendet wird, ohne daß du es freigibst! Ist es das, was du meiner Frau gesagt hast? Soll ich mir von *ihr* Details geben lassen? Eine Frau kann nicht gegen den eigenen Mann aussagen; *schützt* du uns etwa? Was *willst* du?«

»Reiß dich doch zusammen! Hast du mit etwas so Schmutzigem zu tun, daß du anfängst, paranoid zu werden? Ist es das? Willst du mir davon erzählen?«

»Nein. Nein! Warum hat sie *geweint?*«

»Frag sie doch selbst!«

Tremayne wandte sich ab, und John Tanner sah, daß der Anwalt am ganzen Leibe zitterte, als er mit der Hand über die Motorhaube des kleinen Sportwagens strich.

»Wir kennen uns jetzt eine ganze Zeit; aber du hast mich nie verstanden... Du solltest kein Urteil abgeben, solange du die Menschen nicht verstehst, die du beurteilst.«

Das ist es also, dachte Tanner. Tremayne gab es zu. Er gehörte zu Omega.

Und dann sprach Tremayne weiter, und er zog seinen Schluß zurück. Er drehte sich um, und sein Gesichtsausdruck war bemitleidenswert.

»Mag sein, daß ich nicht ohne Fehl bin, das weiß ich, aber ich tue nichts Illegales. So ist das System eben. Mag sein, daß ich es nicht immer mag, aber es ist ein System, das ich respektiere!«

Tanner fragte sich, ob Fassetts Männer eines ihrer elektronischen Mikrofone in der Garage angebracht hatten. Ob sie die Worte gehört hatten, aus denen solche Sorge klang und die so aufrichtig wirkten. Er sah den gebrochenen Mann an, der vor ihm stand.

»Gehen wir in die Küche. Du brauchst einen Drink, und ich brauche auch einen.«

19.

Alice legte den Schalter unter dem Sims des Wohnzimmerfensters um, so daß man die Musik über die Außenlautsprecher hören konnte. Sie waren jetzt alle draußen vor dem Pool. Selbst ihr Mann und Dick Tremayne hatten den Küchentisch verlassen; sie waren zwanzig Minuten lang dort gesessen, und Ali fand es seltsam, daß sie kaum miteinander geredet hatten.

»Hello, schöne Frau!« Das war Joes Stimme, und Alice spürte, wie sich in ihr etwas spannte. Er tauchte aus dem Flur auf und trug eine Badehose. An Joes Körper war etwas Häßliches; alle ihn umgebenden Gegenstände wirkten durch ihn irgendwie zwergenhaft. »Euch ist das Eis ausgegangen, deshalb habe ich angerufen und welches bestellt.«

»Um diese Stunde?«

»Das ist einfacher, als wenn einer von uns fährt.«

»Wen hast du angerufen?«

»Rudy im Getränkemarkt.«

»Der ist geschlossen.«

Cardone ging auf sie zu, er schwankte dabei etwas. »Ich hab' ihn zu Hause angerufen; er lag noch nicht im Bett. Er ist mir manchmal gefällig. Ich hab' ihm gesagt, er soll ein paar Plastiktüten voll Eis auf die vordere Veranda legen und es mir berechnen.«

»Das war nicht nötig. Ich meine, daß du das bezahlst.«

»Jede Kleinigkeit hilft.«

»Bitte!« Sie ging auf das Sofa zu, allein schon, um außer Reichweite von Cardones ginbeladenem Atem zu kommen. Er folgte ihr.

»Hast du dir das, was ich dir gesagt habe, überlegt?«

»Du bist sehr großzügig, aber wir brauchen keine Hilfe.«

»Hat John das gesagt?«

»Das *würde* er sagen.«

»Dann hast du nicht mit ihm gesprochen?«

»Nein.«

Cardone griff nach ihrer Hand. Sie versuchte instinktiv, sie ihm wegzuziehen, aber er hielt sie fest, ohne eine Spur von Feindseligkeit, da war nur Wärme; aber er ließ sie nicht los. »Mag sein, daß ich ein wenig geladen habe, aber ich möchte, daß du mich ernst nimmst. Ich habe in meinem Leben viel Glück gehabt; es war überhaupt nicht schwierig, wirklich nicht. Offengestanden, ich fühle mich ein wenig schuldig, verstehst du, wie ich das meine? Ich bewundere Johnny. Ich halte eine ganze Menge von ihm, weil er etwas *leistet*. Ich leiste nicht viel; ich nehme nur. Ich tue niemandem weh, aber ich nehme... Es würde mir sehr gut tun, wenn ihr mich *geben* ließet. Das wäre einmal etwas anderes.«

Er ließ ihre Hand los, und weil sie das nicht erwartet hatte, fiel ihr Arm herunter und stieß gegen ihre Hüfte. Einen Augenblick lang war ihr das peinlich. Sie war verwirrt. »Warum bist du so fest entschlossen, uns etwas zu geben. Was hat dich darauf gebracht?«

Cardone ließ sich schwer auf die Armlehne der Couch sinken. »Man hört alles Mögliche. Gerüchte, Klatsch vielleicht.«

»Über uns? Über uns und Geld?«

»So ähnlich.«

»Nun, es stimmt nicht. Es stimmt einfach nicht.«

»Dann laß es mich anders ausdrücken. Vor drei Jahren, als Dick und Ginny und Bernie und Leila mit uns in Gstaad Skilaufen waren, wolltet ihr nicht mitkommen. Das stimmt doch?«

Alice blinzelte und versuchte, Joes Logik zu folgen.

»Ja, ich erinnere mich. Wir wollten lieber mit den Kindern nach Nassau fahren.«

»Aber jetzt interessiert John sich doch sehr für die Schweiz, stimmt das nicht?« Joe schwankte leicht.

»Nicht, daß ich wüßte. Er hat mir nichts davon erzählt.«

»Dann ist es vielleicht Italien, wenn es nicht die Schweiz ist. Vielleicht interessiert er sich für Sizilien; das ist ein sehr interessanter Ort.«

»Ich verstehe dich einfach nicht.«

Cardone erhob sich von der Armlehne der Couch und stützte sich an der Wand ab. »Du und ich, wir beide unterscheiden uns gar nicht so sehr, wie? Ich meine, das was wir haben, hat man uns nicht gerade auf einem silbernen Tablett überreicht, oder? Wir haben uns das alles auf unsere eigene, verdammte Art verdienen müssen...«

»Ich finde, du wirst beleidigend.«

»Tut mir leid, ich will dich nicht beleidigen. Ich will nur ehrlich sein, und Ehrlichkeit fängt damit an, klar zu erkennen, wo man steht. Wo man einmal war.«

»Du bist betrunken.«

»Ganz bestimmt bin ich das. Ich bin betrunken und ich bin nervös. Eine lausige Kombination. Rede doch mal mit John. Sag ihm, er soll mich morgen oder übermorgen einmal besuchen. Sag ihm, er soll sich keine Sorgen wegen der Schweiz oder wegen Italien machen, okay? Sah ihm, ganz gleich, was passiert, ich bin sauber, und ich mag Leute, die ihren Beitrag leisten und anderen Leuten nicht weh tun. Sag ihm, daß ich bezahlen werde.«

Cardone trat zwei Schritte auf Ali zu und griff nach ihrer linken Hand. Er hob sie mit sanftem Nachdruck an die Lippen, schloß die Augen und küßte ihre Handfläche. Ali hatte diese Art von Kuß früher schon einmal gesehen; in ihrer Kindheit hatte sie gesehen, wie die fanatischen Anhänger ihres Vaters dasselbe taten. Dann wandte Joe sich ab und torkelte in den Korridor.

Am Fenster fiel Ali ein leichter Lichtreflex, vielleicht auch nur ein Wechsel in der Helligkeit auf. Sie drehte den Kopf. Was sie sah, ließ sie erstarren. Draußen auf dem Rasen, höchstens sechs Fuß vom Fenster entfernt, stand Betty Cardone in einem weißen Badeanzug, in das blau-grüne Licht des Swimmingpools gehüllt.

Betty hatte gesehen, was sich zwischen Alice und ihrem Mann zugetragen hatte. Das verrieten ihre Augen Ali.

Joes Frau starrte durch das Fenster, und ihr Blick war grausam.

Die vollen Töne des jungen Sinatra erfüllten die warme Sommernacht, während die vier Ehepaare um den Pool saßen. Einer nach dem anderen – aber jeder einzeln, John Tanner hatte das Gefühl, daß sie das nie zu zweien taten – ließen sie sich ins Wasser fallen und paddelten träge hin und her.

Die Frauen redeten von der Schule und den Kindern, während die Männer am gegenüberliegenden Poolrand etwas weniger leise von der Börse, von Politik und der unergründlichen Wirtschaft redeten.

Tanner saß am Sockel des Sprungbretts, in der Nähe von Joe. Er hatte ihn noch nie so betrunken gesehen, und es lohnte sich, ihn zu betrachten. Wenn irgend jemand von den Leuten, die um den Pool saßen, oder vielleicht alle, zu Omega gehörten, dann war Joe das schwächste Glied. Er würde als erster zerbrechen.

Kleine Streitgespräche entwickelten sich, flackerten auf und erloschen wieder. Einmal wurde Joes Stimme zu laut, und Betty reagierte schnell, aber leise.

»Du bist betrunken, lieber Mann. Sei vorsichtig.«

»Joe ist schon in Ordnung, Betty«, sagte Bernie und schlug Cardone aufs Knie. »Heute war es in New York scheußlich heiß, erinnerst du dich?«

»Du warst doch auch in New York, Bernie«, antwortete Ginny Tremayne und ließ die Füße ins Wasser hängen. »War es wirklich so scheußlich heiß?«

»Scheußlich, Liebste.« Das war Dick, der quer über den Pool hinweg seiner Frau die nicht für ihn bestimmte Frage beantwortete.

Tanner sah, wie Osterman und Tremayne Blicke tauschten. Das bezog sich auf Cardone, aber er, Tanner, hätte das nicht wahrnehmen sollen. Dann stand Dick auf und fragte, wer sein Glas nachgefüllt haben wolle.

Nur Joe beantwortete die Frage mit ja.

»Ich hol's schon«, sagte Tanner.

»Nein, zum Teufel«, erwiderte Dick. »Paß du lieber auf deine Ballspielerin auf. Ich werde das Mädchen jetzt ohnehin anrufen. Wir haben ihr gesagt, sie soll um eins zurück sein, jetzt ist es fast zwei. Man muß da wirklich aufpassen.«

»Du bist ein gemeiner Vater«, sagte Leila.

»Solange ich nur nicht Großvater bin.« Tremayne ging über das Gras auf die Küchentüre zu.

Ein paar Sekunden herrschte Schweigen, dann begannen die Frauen wieder ihr leichtes Gespräch, und Bernie ließ sich über den Beckenrand ins Wasser gleiten.

Joe Cardone und Tanner sagten nichts.

Einige Minuten später kam Dick mit zwei Gläsern aus der

Küchentür. »Hey, Ginny! Peg war richtig sauer, daß ich sie geweckt habe. Was hältst du davon?«

»Ich denke, daß ihr Begleiter sie gelangweilt hat.«

Tremayne ging auf Cardone zu und gab ihm sein Glas. »Bitteschön, Mister Fullback.«*

»Ein verdammter Halfback** war ich. Richtig fertiggemacht hab' ich deinen verdammten Levi Jackson in Yale!«

»Sicher. Aber ich habe mit Levi gesprochen. Er hat gesagt, daß die dich jederzeit fertigmachen konnten. Sie brauchten bloß ›Tomatensauce‹ zu rufen, und schon bist du ins Aus gerannt!«

»Das ist vielleicht komisch! Abgemurkst hab' ich diesen schwarzen Schweinehund!«

»Er hält auch sehr viel von dir«, sagte Bernie und lächelte über den Poolrand.

»Und ich halte viel von *dir,* Bernie! Und Dick auch!« Cardone erhob sich schwerfällig. »Von euch *allen* halte ich viel.«

»Hey, Joe...« Tanner stieg vom Sprungbrett.

»Wirklich, Joe, du solltest dich hinsetzen«, riet Betty. »Sonst kippst du um.«

»Da Vinci!«

Es war nur ein Name, aber Cardone brüllte ihn förmlich hinaus. Und dann noch einmal.

»Da Vinci...« Er zog es in die Länge, daß es ganz italienisch klang.

»Was soll *das* denn bedeuten?« fragte Tremayne.

»Das möchte *ich* auch wissen!« brüllte Cardone durch die angespannte Stille, die den Pool umgab.

»Er ist verrückt«, sagte Leila.

---

* [Verteidiger beim Footballspiel. Anm. d. Ü.]

** [Läufer, Anm. d. Ü.]

»Er ist total betrunken, wenn ich das sagen darf«, fügte Ginny hinzu.

»Da wir – zumindest ich – dir nicht sagen können, was ein da Vinci ist, möchtest du uns das vielleicht erklären«, meinte Bernie leichthin.

»Hört auf! *Aufhören* sollt ihr!« Cardone ballte die Fäuste und öffnete sie dann wieder.

Osterman stieg aus dem Wasser und ging auf Joe zu. Die Hände hingen ihm locker herunter. »Beruhige dich doch, Joe. Bitte... Ganz ruhig.«

»Zürichchchch!« Der Schrei kam von Joe Cardone und war meilenweit zu hören, dachte Tanner. Jetzt passiert es! Er hatte es gesagt!

»Was meinst du, Joe?« Tremayne trat zögernd einen Schritt auf Cardone zu.

»*Zürich!* Das meine ich!«

»Das ist eine Stadt in der Schweiz! Was zum Teufel soll das?« Osterman stand Cardone gegenüber und sah ihn an; er würde jetzt nicht locker lassen. »Sag uns, was du meinst!«

»Nein!« Tremayne packte Osterman an der Schulter.

»Rede nicht mit mir«, schrie Cardone. »Du bist doch derjenige, der...«

»Hört auf! Ihr alle!« Betty stand auf der Betonfläche am Ende des Pools. Tanner hätte es nie für möglich gehalten, daß von Cardones Frau soviel Kraft ausgehen könnte.

Aber sie war da. Die drei Männer lösten sich voneinander wie geprügelte Hunde. Die Frauen sahen Betty an, und dann gingen Leila und Ginny weg, während Ali reglos und ohne zu verstehen dastand.

Jetzt schlüpfte Betty wieder in die Rolle der weichen Vorstadt-Hausfrau, die sie zu sein schien. »Ihr benehmt euch alle kindisch, und ich weiß, daß es für Joe jetzt Zeit ist, nach Hause zu gehen.«

»Ich... Ich denke, wir sollten alle noch einen kleinen Schlummertrunk nehmen, Betty«, sagte Tanner. »Was meinst du?«

»Aber mach den für Joe ganz leicht«, antwortete Betty und lächelte.

»Die anderen auch«, meinte Bernie.

»Ich hole sie.« Tanner ging auf die Türe zu. »Kommen alle rein?«

»Augenblick, Johnny!« Das war Cardone, ein breites Grinsen im Gesicht. »Ich bin hier der unartige Junge, also laß mich helfen. Außerdem muß ich mal für kleine Jungs.«

Tanner ging vor Cardone in die Küche. Er war verwirrt. Als Joe das Wort »Zürich« geschrien hatte, hatte er erwartet, daß alles vorbei sein würde. Zürich war der Schlüssel, der den Zusammenbruch hätte auslösen müssen. Aber es passierte nicht.

Statt dessen passierte das Gegenteil.

Alles war wieder unter Kontrolle, und das ging von der unwahrscheinlichsten Stelle aus, die man sich vorstellen konnte, von Betty Cardone.

Plötzlich war hinter ihm ein Krachen zu hören. Tremayne stand unter der Tür und blickte auf den gestürzten Cardone hinunter.

»Well. Ein Muskelberg aus Princeton ist soeben umgekippt! Schaffen wir ihn in meinen Wagen. Ich bin heute abend der Chauffeur.«

Umgekippt? Tanner glaubte das nicht. Cardone war schon betrunken. Aber dem Zusammenbruch war er keineswegs nahe.

20.

Die drei Männer kleideten sich schnell an und verfrachteten den torkelnden, zusammenhanglos redenden Cardone auf den Vordersitz von Tremaynes Wagen. Betty und Ginny nahmen hinten Platz. Tanner beobachtete die ganze Zeit Joes Gesicht, besonders die Augen, ob dort irgend etwas darauf deutete, daß der andere sich verstellte. Aber da war nichts zu sehen. Und doch stimmte da etwas nicht, dachte er; an Cardones übertriebenen Bewegungen war zuviel Präzision. Setzte Joe sein Schweigen ein, um die anderen zu prüfen, fragte er sich?

Oder verzerrte etwa die zunehmende Spannung seine eigenen Beobachtungen?

»Verdammt!« rief Tremayne aus. »Ich habe mein Jackett im Haus gelassen.«

»Ich bringe es morgen in den Club«, sagte John. »Wir sind ja auf elf Uhr verabredet.«

»Nein, ich hole es lieber. Ich habe ein paar Notizen in der Tasche gelassen; die brauche ich vielleicht. Warte mit Bernie hier. Ich bin gleich wieder da.«

Dick rannte hinein und riß sein Jackett von einem Stuhl im Flur. Er sah Leila Osterman an, die im Wohnzimmer eine Tischplatte polierte.

»Wenn ich diese Ringe jetzt wegwische, bleibt den Tanners vielleicht noch etwas Mobiliar«, sagte sie.

»Wo ist Ali?«

»In der Küche.« Leila fuhr fort, auf der Tischplatte herumzureiben.

Als Tremayne die Küche betrat, räumte Alice gerade die Spülmaschine ein.

»Ali?«

»Oh! – Dick. Alles klar mit Joe?«

»Joe ist in Ordnung. Wie geht's John?«

»Ist er nicht dort draußen, bei euch?«

»Ich bin hier drinnen.«

»Es ist schon spät; für Witze bin ich zu müde.«

»Mir ist wirklich nicht nach Witzen zumute. Wir waren immer gute Freunde, Ali. Du und Johnny, ihr bedeutet uns sehr viel, Ginny und mir.«

»Wir empfinden das genauso; das weißt du.«

»Das dachte ich auch. Das habe ich wirklich geglaubt. Hör mir zu...« Tremaynes Gesicht war gerötet; er schluckte ein paarmal, konnte das Zucken über seinem linken Auge nicht wegbringen. »Trefft keine Entscheidungen. Laß nicht zu, daß John – redaktionelle Entscheidungen trifft, die Leuten weh tun, solange er nicht begreift, warum sie das tun, was sie tun.«

»Ich verstehe nicht, was du...«

»Das ist sehr wichtig«, unterbrach Tremayne sie. »Er sollte versuchen, das zu verstehen. Das ist ein Fehler, den ich vor Gericht nie mache. Ich versuche immer zu verstehen.«

Alice erkannte die unausgesprochene Drohung. »Ich würde vorschlagen, du sagst das, was du sagen willst, ihm selbst.«

»Das habe ich, und er hat mir keine Antwort gegeben. Deshalb sage ich es dir. Denk daran, Ali. Niemand ist immer voll und ganz das, was er scheint. Nur, daß einige von uns etwas geschickter sind. Denk daran!«

Tremayne drehte sich um und ging hinaus; gleich darauf hörte Ali, wie die Haustüre ins Schloß fiel. Als sie auf die leere Tür blickte, bemerkte sie, daß noch jemand in der Nähe war. Das unverkennbare Geräusch eines leisen Schrittes war zu hören. Jemand war durch das Speisezimmer gegangen und stand jetzt bei der Anrichte um die Ecke herum, so, daß sie den Betreffenden nicht sehen konnte. Sie ging langsam und leise zu dem Bogen. Als sie in den kleinen, schmalen Raum trat, sah sie Leila reglos an der Wand stehen und vor sich hin starren.

Leila hatte das Gespräch in der Küche belauscht. Sie erschrak, als sie Ali sah, und lachte dann nervös. Sie wußte, daß sie ertappt worden war.

»Ich wollte mir einen frischen Lappen holen.« Sie zeigte Ali ein Staubtuch und ging ins Speisezimmer zurück, ohne ein weiteres Wort zu sagen.

Alice stand mitten in dem kleinen Anrichteraum und fragte sich, was das Schreckliches war, das ihnen allen widerfuhr. Irgend etwas, das das Leben jedes einzelnen im Hause betraf.

Sie lagen im Bett; Ali lag auf dem Rücken, John auf der linken Seite, von ihr abgewandt. Die Ostermans waren auf der anderen Seite des Korridors im Gästezimmer einquartiert. Das war das erste Mal am ganzen Abend, daß sie miteinander alleine waren.

Alice wußte, daß ihr Mann erschöpft war, aber sie konnte die Frage – oder war es eine Feststellung? – jetzt nicht länger hinausschieben.

»Zwischen dir und Dick und Joe gibt es irgendwelchen Ärger, nicht wahr?«

Tanner drehte sich herum; er blickte fast erleichtert zur Decke. Er hatte gewußt, daß die Frage kommen würde und hatte sich seine Antwort zurechtgelegt. Eine weitere Lüge; er begann sich an die Lügen zu gewöhnen. Aber es würde nicht mehr lange dauern – das hatte Fassett garantiert. Er begann ganz langsam, versuchte, beiläufig zu sprechen.

»Daß du auch so verdammt clever sein mußt.«

»Bin ich das?« Sie drehte sich auf die Seite herum und sah ihren Mann an.

»Es ist häßlich, aber es wird schon wieder vergehen. Du erinnerst dich doch, wie ich dir erzählt habe, daß Joe Loomis im Zug ein Aktienpaket verkaufen wollte?«

»Ja. Du wolltest nicht, daß Janet zum Mittagessen hinübergeht. Zu den Loomis, meine ich.«

»Richtig... Nun, Joe und Dick haben sich mit Loomis eingelassen. Ich habe ihnen gesagt, sie sollen es bleiben lassen.«

»Warum?«

»Ich habe es überprüft.«

»Was?«

»Überprüft habe ich es. Wir haben ein paar Tausend herumliegen, die fünf Prozent einbringen. Ich habe gedacht, warum eigentlich nicht? Also hab ich Andy Harrison angerufen – er ist Syndikus in der Standard, du hast ihn letztes Ostern kennengelernt. Er hat Nachforschungen angestellt.«

»Und was hat er herausgefunden?«

»Die ganze Sache stinkt. Eine krumme Tour.«

»Etwas Ungesetzliches?«

»Das wird es wahrscheinlich nächste Woche sein. Harrison hat vorgeschlagen, daß wir uns damit befassen. Ein Feature. Würde eine Riesen-Show abgeben. Das hab' ich Joe und Dick gesagt.«

»Oh, mein Gott! Du würdest das in dein Programm aufnehmen?«

»Keine Sorge. Wir sind auf Monate ausgebucht. Wichtig ist das nicht. Und selbst wenn wir es tun würden, würde ich es ihnen sagen. Dann könnten sie rechtzeitig aussteigen.«

Ali hörte wieder, wie Cardone und Tremayne sagten: *Hast du mit ihm gesprochen? Was hat er gesagt? Johnny soll keine Entscheidungen treffen...* Sie waren in Panik gewesen, und jetzt begriff sie. »Joe und Dick sind fast krank vor Angst, das weißt du doch, oder?«

»Ja, ich hatte das Gefühl.«

»Du hattest das *Gefühl?* Um Himmels willen, das sind deine Freunde! Sie haben Angst! Schreckliche Angst!«

»Okay. Okay. Morgen im Club werde ich ihnen sagen, daß sie ganz ruhig sein können. Der Geier von San Diego fliegt heute nicht mehr.«

»Wirklich, das war grausam! Kein Wunder, daß sie alle so aufgeregt waren! Sie meinen, daß du etwas Schreckliches tust.« Ali erinnerte sich an Leilas lautlose Gestalt, die sich gegen die Küchenwand drückte und lauschte, wie Tremayne abwechselnd bettelte und drohte. »Sie haben es den Ostermans gesagt.«

»Bist du sicher? Wie denn?«

»Laß nur, das ist nicht wichtig. Sie müssen glauben, daß du ein Unmensch bist. Morgen früh, um Himmels willen, morgen früh mußt du ihnen sagen, daß sie sich keine Sorgen zu machen brauchen.«

»Ich hab' doch gesagt, daß ich das tun würde.«

»Das erklärt so viel. Das dumme Geschrei am Pool, den Streit... Ich bin wirklich sehr böse auf dich.« Aber in Wirklichkeit war Alice Tanner das gar nicht; das Unbekannte war ihr jetzt bekannt. Sie konnte sich damit auseinandersetzen. Sie legte sich zurück, immer noch besorgt, immer noch beunruhigt, dafür aber auch in einem Maße ruhig, wie sie das seit einigen Stunden nicht mehr gewesen war.

Tanner schloß die Augen und atmete langsam aus. Seine Lüge hatte funktioniert. Besser als er das angenommen hatte. Jetzt war es leichter für ihn, leichter, die Tatsachen zu verändern.

Fassett hatte recht gehabt; er konnte sie alle im Griff behalten.

Selbst Ali.

21.

Er stand am Schlafzimmerfenster. Kein Mond am Himmel, nur Wolken, die sich kaum bewegten. Er blickte hinunter auf seinen Rasen und das Gehölz dahinter und fragte sich plötzlich, ob seine Augen ihm vielleicht einen Streich spielten. Da war ganz deutlich das Glühen einer Zigarette zu sehen. Jemand ging vorbei und rauchte eine Zigarette, so, daß man es sehen konnte! Großer Gott! dachte er; ob dem Betreffenden wohl klar war, daß er damit alles verriet?

Und dann sah er genauer hin. Die Gestalt trug einen Morgenrock. Es war Osterman.

Hatte Bernie etwas gesehen? Etwas gehört?

Tanner ging schnell und möglichst lautlos zur Schlafzimmertür, öffnete sie und trat ins Freie.

»Ich hab' mir schon gedacht, daß du auf sein könntest«, sagte Bernie, der in einem Liegestuhl saß und auf das Wasser im Pool blickte. »Dieser Abend war eine Katastrophe.«

»Da bin ich nicht so sicher.«

»Dann muß ich annehmen, daß du dein Hör- und Sehvermögen verloren hast. Das war eine nasse Nacht in Malibu. Wenn wir alle Messer gehabt hätten, würde dieser Pool jetzt rot sein.«

»Deine Hollywood-Mentalität macht wieder einmal Überstunden.« Tanner setzte sich neben ihn.

»Ich bin Schriftsteller. Ich beobachte und destilliere.«

»Ich glaube, du hast unrecht«, sagte Tanner. »Dick hatte geschäftliche Sorgen; das hat er mir gesagt. Joe hat sich betrunken. Na und?«

Osterman schwang die Beine von der Fußstütze und setzte sich vor. »Du fragst dich, was ich hier mache. Das war so etwas wie eine Eingebung, ein Instinkt. Ich dachte, du würdest vielleicht herunterkommen. Du hast auch nicht so ausgesehen, als könntest du schlafen, ebensowenig wie ich.«

»Jetzt machst du mich neugierig.«

»Keine Witze bitte. Es ist höchste Zeit, daß wir miteinander reden.«

»Worüber?«

Osterman stand auf und stellte sich neben Tanner. Er zündete sich am Stummel der letzten eine frische Zigarette an. »Was wünschst du dir am meisten? Ich meine, für dich und deine Familie?«

Tanner konnte nicht glauben, daß er richtig gehört hatte. Osterman hatte mit der abgedroschensten Einleitung angefangen, die man sich vorstellen konnte. Trotzdem antwortete er, als nähme er die Frage ernst.

»Frieden, denke ich. Frieden, genug zu essen, ein Dach über dem Kopf; all die Grundbedürfnisse. Sind das die Worte, die du erwartest?«

»All das hast du. Für deinen augenblicklichen Bedarf jedenfalls.«

»Dann verstehe ich dich *wirklich* nicht.«

»Ist dir je in den Sinn gekommen, daß du nicht mehr über das Recht verfügst, irgend etwas auszuwählen? Dein ganzes Leben ist darauf programmiert, eine vorherbestimmte *Funktion* zu erfüllen; ist dir das klar?«

»Das ist eine ganz universelle Erscheinung, stelle ich mir vor. Ich streite es nicht ab.«

»Du kannst es nicht abstreiten. Das System wird es nicht zulassen. Du wirst für etwas ausgebildet; du erwirbst dir Erfahrung – und das ist es, was du den Rest deines Lebens tust. Keine Einwände.«

»Ich wäre ein mieser Kernphysiker; und du würdest als Gehirnchirurg nicht gerade beliebt sein«, sagte Tanner.

»Natürlich ist alles relativ; ich erzähle hier keine Märchen.

Ich sage nur, daß wir von Kräften kontrolliert werden, die wir selbst nicht mehr kontrollieren können. Wir sind in das Zeitalter der Spezialisierung eingetreten, und das ist unsere Totenglocke. Wir leben und arbeiten in unseren vorgegebenen Kreisen; es ist uns nicht erlaubt, die Grenzen zu überschreiten, uns auch nur umzusehen. Du mehr als ich, fürchte ich. Ich zumindest habe ein gewisses Maß an Wahlmöglichkeit, was für ein Stück Kacke ich schreiben möchte. Aber Kacke ist es trotzdem. Das erstickt uns einfach.«

»Ich bin's zufrieden; ich beklage mich nicht. Außerdem gehe ich ja gewisse Risiken ein.«

»Aber du hast nichts hinter dir, keine Stütze! Nichts! Du kannst es dir nicht leisten, dich hinzustellen und zu sagen, *das bin ich!* Nicht, wenn du *damit* dafür bezahlen mußt!«

Osterman machte eine weit ausholende Handbewegung, die Tanners Haus und sein Grundstück einschloß.

»Mag sein, daß ich das nicht kann. Wenn es auf das Geld ankommt. Aber wer kann das schon?«

Osterman zog sich den Stuhl heran und setzte sich. Er hielt Tanners Augen mit den seinen fest und sagte leise: »Es gibt einen Weg. Und ich bin bereit, dir zu helfen.« Er hielt einen Augenblick inne, als suchte er nach Worten, und fing dann wieder zu reden an. »Johnny...« wieder hielt Osterman inne. Tanner hatte Angst, er würde nicht fortfahren, würde den Mut dazu nicht aufbringen.

»Nur weiter.«

»Ich brauche gewisse – Versicherungen, das ist sehr wichtig!« Osterman sprach schnell, seine Worte überstürzten sich.

Plötzlich wurde die Aufmerksamkeit beider Männer auf das Haus gezogen. Das Licht in Janet Tanners Schlafzimmer war aufgeflammt.

»Was ist das?« fragte Bernie, ohne den Versuch, seine Unruhe zu verbergen.

»Nur Janet. Das ist ihr Zimmer. Wir konnten es ihr endlich eintrichtern, daß sie das Licht einschalten soll, wenn sie ins Badezimmer geht. Sonst stößt sie gegen alles mögliche, und wir sind dann zwanzig Minuten wach.«

Und dann hallte der Schrei durch die Nacht. Schrecklich, ohrenbetäubend. Der Schrei eines Kindes.

Tanner rannte um den Pool herum und durch die Küchentüre. Die Schreie hielten an, und jetzt flammten in den drei anderen Schlafzimmern die Lichter auf. Bernie Osterman wäre fast mit Tanner zusammengestoßen, als die beiden Männer zum Zimmer des kleinen Mädchens rannten. Sie waren so schnell gerannt, daß Ali und Leila erst in diesem Augenblick aus ihren Zimmern kamen. John stieß gegen die Tür, machte sich gar nicht erst die Mühe, den Türknopf zu drehen. Die Türe flog auf, und sie rannten alle vier hinein.

Das Kind stand mitten im Zimmer, über den Kadaver von Tanners Welsh Terrier gebeugt. Es konnte nicht zu schreien aufhören.

Der Hund lag in einer Blutlache da.

Man hatte ihm den Kopf vom Leib getrennt.

John Tanner hob seine Tocher auf und rannte in den Korridor hinaus. Sein Verstand funktionierte nicht mehr, es war wie ein Vakuum. Da war nur das erschreckende Bild der Leiche im Wald, mit der sich das Bild des kleinen Hundes abwechselte. Und die schrecklichen Worte des Mannes auf dem Parkplatz hinter dem Howard Johnson's Motel.

»Ein abgeschnittener Kopf bedeutet ein Massaker.«

Er mußte die Dinge in die Hand bekommen, das *mußte* er.

Er sah, wie Ali Janet ins Ohr flüsterte, sie hin und her wiegte. Er merkte, daß sein Sohn ein paar Schritte von ihm entfernt wartete, und sah die Silhouette von Osterman, der ihn tröstete.

Und dann hörte er die Worte von Leila.

»Ich nehme Janet, Ali. Geh zu Johnny.«

Tanner sprang wütend auf. »Wenn du sie anrührst, bringe ich dich um! Hast du gehört, ich *bringe dich um!*«

»John!« schrie Ali ihn ungläubig an. »Was sagst du da?«

»*Sie* war auf der anderen Flurseite! Begreifst du denn nicht? Sie war *auf der anderen Flurseite!*«

Osterman schoß auf Tanner zu, stieß ihn zurück, preßte seine Schultern gegen die Wand. Dann versetzte er ihm eine kräftige Ohrfeige.

»Dieser Hund ist seit Stunden tot! Und jetzt hör auf!«

Seit Stunden. Es konnte nicht seit Stunden sein. Es war gerade geschehen. Die Lichter gingen an und der Kopf wurde abgeschnitten. Der Kopf des kleinen Hundes abgeschnitten. Und Leila auf der anderen Seite des Flurs. Sie und Bernie. Omega! Ein Massaker!

Bernie hielt seinen Kopf fest. »Ich mußte dich schlagen. Du hast durchgedreht... Komm jetzt. Reiß dich zusammen. Es ist schrecklich, wirklich schrecklich, ich weiß. Ich hab' auch eine Tochter.«

Tanner versuchte klarzusehen. Zuerst was seine Augen anging, dann in bezug auf seinen Verstand. Alle sahen ihn jetzt an, selbst Raymond, der immer noch schluchzend neben der Tür seines Zimmers stand.

»Ist denn niemand hier?« Tanner konnte einfach nicht anders. Wo waren Fassetts Männer? Wo in Gottes Namen *waren* sie?

»Wer, Darling?« Ali legte ihm den Arm um die Hüften, für den Fall, daß er noch einmal stürzte.

»Niemand hier.« Das war eine Feststellung, die kam ganz leise.

»*Wir* sind hier. Und wir rufen die Polizei. Jetzt gleich rufen wir sie!« Bernie legte Tanners Hand auf das Treppengeländer und führte ihn hinunter.

Tanner sah den schlanken, kräftigen Mann an, der ihm über die Treppe hinunterhalf. *Verstand Bernie denn? Er war Omega. Seine Frau war Omega! Er konnte nicht die Polizei anrufen!*

»Die Polizei? Du willst die Polizei rufen?«

»Ganz sicher will ich das. Wenn das ein Witz war, dann war es der widerlichste, den ich je erlebt habe. Du hast verdammt recht, daß ich die Polizei rufen will. Du nicht?«

»Ja. Natürlich.«

Sie kamen ins Wohnzimmer; Osterman übernahm das Kommando.

»Ali, du rufst die Polizei an! Wenn du die Nummer nicht kennst, dann rufe die Auskunft!« Dann ging er in die Küche.

Wo waren Fassetts Männer?

Alice ging zu dem beigefarbenen Telefon hinter dem Sofa. Im nächsten Augenblick war klar, daß sie nicht zu wählen brauchte.

Der Lichtbalken eines Scheinwerfers zuckte durch das Fenster und tanzte über die Wohnzimmerwand. Endlich waren Fassetts Leute eingetroffen.

Als die Türglocke anschlug, riß Tanner sich von der Couch los und ging in den Korridor.

»Wir haben Schreie gehört und dann gesehen, daß das Licht an war. Alles in Ordnung?« Das war Jenkins, er konnte seine Angst kaum verbergen.

»Sie kommen ein wenig spät!« sagte Tanner leise. »Kommen Sie besser herein! Omega war hier.«

»Seien Sie ganz ruhig.« Jenkins trat, gefolgt von McDermott, in den Vorraum.

Osterman kam aus der Küche.

»Herrgott! Sie sind aber schnell!«

»Die Schicht von zwölf bis acht, Sir«, sagte Jenkins. »Wir haben gesehen, daß Licht brannte und Leute herumliefen. Das ist um diese Stunde ungewöhnlich.«

»Sie sind sehr aufmerksam, und wir sind Ihnen dankbar...«

»Ja, Sir«, unterbrach ihn Jenkins und ging ins Wohnzimmer. »Ist etwas, Mr. Tanner? Können Sie es uns sagen, oder möchten Sie lieber alleine mit uns sprechen?«

»Es gibt hier nichts Geheimes, Officer.« Osterman folgte dem Polizeibeamten und sprach, ehe Tanner antworten konnte. »Im Obergeschoß liegt ein Hund im ersten Schlafzimmer auf der rechten Seite. Er ist tot.«

»Oh?« Jenkins war sichtlich verwirrt. Er wandte sich wieder Tanner zu.

»Man hat ihm den Kopf abgeschnitten. Wir wissen nicht, wer es getan hat.«

Jenkins blieb ganz ruhig. »Ich verstehe... Wir erledigen das.«

Er blickte zu seinem Partner hinüber, der noch im Flur stand. »Hol eine Decke, Mac.«

»Richtig.« McDermott ging hinaus.

»Darf ich Ihr Telefon benutzen?«

»Natürlich.«

»Captain MacAuliff sollte informiert werden. Ich muß ihn zu Hause anrufen.«

Tanner begriff nicht. Das war doch keine gewöhnliche Polizeiangelegenheit. Hier ging es um Omega! Was machte Jenkins da? Warum rief er MacAuliff an? *Fassett* sollte er verständigen! MacAuliff war ein Polizeibeamter von Saddle Valley; durchaus akzeptabel, aber im wesentlichen von Politikern ernannt. MacAuliff war dem Stadtrat von Saddle Valley verantwortlich, nicht der Regierung der Vereinigten

Staaten. »Glauben Sie, daß das notwendig ist? Um diese Stunde? Ich meine, ist Captain...«

Jenkins schnitt Tanner abrupt das Wort ab. »Captain MacAuliff ist der Polizeichef. Er würde es als höchst ungewöhnlich ansehen, wenn ich ihm das nicht direkt meldete.«

Jetzt begriff Tanner. Jenkins hatte ihm den Schlüssel gegeben.

Was auch immer geschah, wann auch immer es geschah und wie auch immer es geschah – es durfte keine Abweichung von der Norm geben, dem Üblichen.

Dies war der Abgrund des Leders.

Und außerdem kam Tanner jetzt in den Sinn, daß Jenkins wegen Bernard und Leila Osterman telefonierte.

Captain MacAuliff betrat das Haus der Tanners und machte sofort klar, wo hier die Autorität lag. Tanner beobachtete ihn dabei, wie er den Polizeibeamten mit leiser Stimme seine Instruktionen erteilte. Er war ein hochgewachsener, beleibter Mann mit einem dicken Hals, so dick, daß er ihm über den Hemdkragen trat. Auch seine Hände waren dick, aber seltsam unbeweglich. Sie hingen ihm an der Seite herunter, wenn er ging – das Zeichen eines Mannes, der jahrelang zu Fuß Streife gegangen ist und dabei immer wieder den schweren Knüppel von einer Hand in die andere verlegte.

MacAuliff stammte von der New Yorker Polizei und war das lebende Beispiel des richtigen Mannes für den richtigen Job. Vor Jahren hatte der Stadtrat beschlossen, daß es an der Zeit war, einen tüchtigen Mann herzuholen, jemanden, der dafür sorgen würde, daß Saddle Valley von unerwünschten Elementen freigehalten wurde. Und die beste Verteidigung in diesen Tagen der Laschheit war der Angriff.

Saddle Valley hatte einen Söldner gewollt.

Es hatte sich einen Fanatiker eingestellt.

»All right, Mr. Tanner. Ich hätte gerne eine Aussage. Was ist hier heute nacht passiert?«

»Wir – wir hatten eine kleine Party für unsere Freunde.«

»Wie viele?«

»Vier Ehepaare. Acht Leute.«

»Irgendwelche Hilfskräfte.«

»Nein... Nein, keine Hilfskräfte.«

MacAuliff sah Tanner an und legte dann sein Notizbuch beiseite. »Kein Mädchen?«

»Nein.«

»Hatte Mrs. Tanner am Nachmittag jemanden hier? Als Hilfe?«

»Nein.«

»Sind Sie sicher?«

»Fragen Sie sie doch selbst.« Ali war in seinem Arbeitszimmer, wo sie für die Kinder notdürftig Schlafstätten hergerichtet hatte.

»Es könnte wichtig sein. Während Sie in der Arbeit waren, könnte sie ja irgendwelche Farbigen oder Puertoricaner hiergehabt haben.«

Tanner sah, wie Bernie zurückzuckte. »Ich war den ganzen Tag zu Hause.«

»Okay.«

»Captain«, Osterman trat vor. »Jemand ist in dieses Haus eingebrochen und hat dem Hund den Hals durchgeschnitten. Ist es nicht möglich, daß es ein Dieb war. Mr. und Mrs. Tanner sind am letzten Mittwoch beraubt worden. Sollten wir nicht prüfen...«

Weiter kam er nicht. MacAuliff sah den Schriftsteller an und bemühte sich kaum, seine Verachtung zu verbergen. »Ich leite hier die Ermittlungen, Mr....« Der Polizeichef sah in sein Notizbuch. »Mr. Osterman. Ich möchte, daß Mr. Tanner erklärt, was hier heute nacht vor sich gegangen ist.

Ich wäre Ihnen dankbar, wenn Sie *ihn* antworten ließen. Wir kommen dann noch zu Ihnen.«

Tanner versuchte immer noch, Jenkins Aufmerksamkeit auf sich zu ziehen, aber der Polizist wich seinem Blick aus. Tanner wußte nicht, was er sagen – oder genauer gesagt, was er *nicht* sagen sollte.

Er wollte gerade sprechen, als McDermotts Stimme aus dem Obergeschoß zu hören war.

»Captain! Können Sie einen Augenblick herkommen? Ins Gästezimmer.«

Ohne etwas zu sagen, ging Bernie vor MacAuliff die Treppe hinauf, Leila folgte ihm.

Im gleichen Augenblick trat Jenkins neben Tanners Stuhl und beugte sich vor. »Ich kann das nur einmal sagen. Hören Sie zu. Bringen Sie Omega nicht ins Spiel. Gar nichts. Nichts! Ich konnte es vorher nicht sagen, weil die Ostermans dauernd hier waren.«

»Warum nicht? Um Himmels willen, das war doch Omega! Was soll ich denn sagen? Warum soll ich das nicht erwähnen?«

»MacAuliff ist keiner von uns. Er ist für nichts freigegeben... Sagen Sie nur die Wahrheit über Ihre Party. Das ist *alles!*«

»Sie meinen, er *weiß nichts?*«

»So ist es. Ich sagte Ihnen ja, er ist nicht freigegeben.«

»Und was ist mit den Männern draußen, den Streifen im Wald?«

»Das sind nicht seine Männer. Wenn Sie das jetzt erwähnen, wird er glauben, Sie seien verrückt. Und dann erfahren es die Ostermans. Wenn Sie mich erwähnen, leugne ich alles ab, was Sie sagen. Er wird glauben, Sie seien geistesgestört.«

»Ja, meinen Sie denn, daß MacAuliff...«

»Nein. Er ist ein guter Polizist. Aber außerdem ist er auch

ein Kleinstadt-Napoleon, also können wir ihn nicht gebrauchen. Nicht offen. Aber er ist gewissenhaft, er kann uns helfen. Veranlassen sie doch, daß er herausfindet, wo die Tremaynes und die Cardones hingegangen sind.«

»Cardone war betrunken. Tremayne hat alle nach Hause gefahren.«

»Finden Sie heraus, ob sie auf *geradem Wege* nach Hause gefahren sind. MacAuliff liebt es, Leute zu verhören; er wird sie festnageln, wenn sie lügen.«

»Wie kann ich …«

»Sie machen sich um sie Sorgen, das reicht schon. Und denken Sie daran, es ist fast vorbei.«

MacAuliff kam zurück. McDermott hatte ›irrtümlich‹ den Seitenriegel im Fenster des Gästezimmers als mögliche Spur eines Einbruchs angesehen.

»All right, Mr. Tanner. Fangen wir mit der Ankunft Ihrer Gäste an.«

Und so berichtete John Tanner, gleichzeitig auf zwei Ebenen funktionierend, die etwas verschwommenen Ereignisse des Abends. Bernie und Leila Osterman kamen wieder herunter und fügten sehr wenig von Bedeutung hinzu. Ali kam aus dem Arbeitszimmer und trug überhaupt nichts bei.

»Ausgezeichnet, Ladys and Gentlemen.« MacAuliff stand auf.

»Werden Sie die anderen nicht befragen?« Tanner stand ebenfalls auf und sah den Polizeicaptain an.

»Ich wollte Sie gerade bitten, ob wir Ihr Telefon benützen dürfen. Es gibt da gewisse Vorschriften.«

»Sicher.«

»Jenkins, rufen Sie die Cardones an. Wir sprechen zuerst mit ihnen.«

»Ja, Sir.«

»Was ist mit den Tremaynes?«

»Vorschrift, Mr. Tanner. Nachdem wir mit den Cardones gesprochen haben, rufen wir die Tremaynes an und suchen sie dann auf.«

»Auf die Weise kann keiner mit dem anderen sprechen, stimmt's?«

»Stimmt, Mr. Osterman. Sie kennen sich in der Polizeiarbeit aus?«

»Ich schreibe jede Woche Ihre Texte.«

»Mein Mann schreibt für das Fernsehen«, sagte Leila.

»Captain«, ließ Jenkins vom Telefon hören. »Die Cardones sind nicht zu Hause. Ich habe das Mädchen am Apparat.«

»Rufen Sie die Tremaynes an.«

Die Gruppe wartete stumm, während Jenkins wählte. Nach kurzem Gespräch legte Jenkins den Hörer auf die Gabel.

»Dieselbe Geschichte, Captain. Die Tochter sagt, sie seien auch nicht zu Hause.«

22.

Tanner saß mit seiner Frau im Wohnzimmer. Die Ostermans waren hinaufgegangen, die Polizei weggefahren, um die verschwundenen Ehepaare zu suchen. Weder John noch Ali fühlten sich wohl. Ali, weil sie für sich entschieden hatte, wer den Hund getötet hatte. John, weil er die Implikationen der Tat nicht verdrängen konnte.

»Es war Dick, nicht wahr?« fragte Alice.

»Dick?«

»Er hat mich bedroht. Er ist in die Küche gekommen und hat mich bedroht.«

»Dich *bedroht?*« Wenn dem so war, dachte Tanner,

warum waren Fassetts Männer dann nicht schon früher gekommen? »Wann? Wie?«

»Als sie im Wegfahren waren. Ich meine, nicht, daß er mich persönlich bedroht hat. Er hat ganz allgemein gedroht, uns allen.«

»Was hat er gesagt?« Tanner hoffte, daß Fassetts Männer jetzt zuhörten. Das würde ein Punkt sein, auf den er später zurückkommen würde.

»Er hat gesagt, du solltest keine Entscheidungen treffen. Redaktionelle Entscheidungen.«

»Was noch?«

»Daß manche – manche Leute findiger wären. Das hat er gesagt. Ich sollte bedenken, daß die Leute nicht immer das wären, was sie schienen – daß manche findiger als andere wären.«

»Damit kann er alles mögliche gemeint haben.«

»Es muß eine schreckliche Menge Geld sein.«

»Was ist ein Menge Geld?«

»Das, was er und Joe mit Jim Loomis machen. Das, was du untersucht hattest.«

O Gott, dachte Tanner. Wahrheit und Lüge. Fast hatte er seine Lüge vergessen.

»Es ist eine Menge Geld«, sagte er leise und erkannte zugleich, daß er sich auf gefährlichem Boden befand. Ali würde es in den Sinn kommen, daß selbst Geld nicht ausreichte. Er versuchte, ihr zuvorzukommen. »Mehr als Geld, denke ich. Ihr guter Ruf könnte darunter leiden.«

Alice starrte die einzige Lampe im Raum an, die eingeschaltet war. »Droben hast du – hast du gedacht, daß Leila es getan hatte, nicht wahr?«

»Ich hatte unrecht.«

»Sie war aber auf der anderen Seite des Korridors.«

»Das würde keinen Unterschied machen; wir haben das

mit MacAuliff besprochen. Er war meiner Meinung. Das Blut war größtenteils getrocknet, geronnen. Der Hund ist schon vor Stunden getötet worden.«

»Wahrscheinlich hast du recht.« Ali stellte sich immer noch Leila vor, wie sie mit dem Rücken gegen die Wand gepreßt dastand und ins Leere starrte und das Gespräch in der Küche belauschte.

Die Uhr auf dem Kaminsims zeigte fünf Uhr zwanzig. Sie hatten beschlossen, im Wohnzimmer zu schlafen, vor dem Arbeitszimmer, wo sie den Kindern nahe waren.

Um halb sechs klingelte das Telefon. MacAuliff hatte weder die Tremaynes noch die Cardones gefunden. Er sagte Tanner, er hätte beschlossen, eine Suchmeldung hinausgehen zu lassen.

»Vielleicht haben sie beschlossen, in die Stadt zu fahren, nach New York«, sagte Tanner schnell. Eine Suchmeldung könnte Omega in den Untergrund treiben und damit den Alptraum verlängern. »Ein paar von diesen Kneipen in Village bleiben die ganze Nacht offen. Sie sollten ihnen etwas Zeit lassen. Um Himmels willen, das sind unsere Freunde!«

»Da kann ich Ihnen nicht recht geben. Nach vier bleibt kein Lokal offen.«

»Vielleicht sind sie in ein Hotel gegangen.«

»Das werden wir ja in Kürze wissen. Hotels und Krankenhäuser bekommen Suchmeldungen als erste.«

Tanners Gedanken überschlugen sich. »Die Ortschaften in der Umgebung haben Sie durchsucht? Ich kenne da ein paar Privatclubs ...«

»Die kennen wir auch. Überprüft.«

Tanner wußte, daß er sich etwas einfallen lassen mußte. Irgend etwas, das Fassett genügend Zeit verschaffte, um die Lage wieder in den Griff zu bekommen. Fassetts Männer hatten die Leitung angezapft und hörten jetzt mit, daran war kein Zweifel; sie würden die Gefahr sofort erkennen.

»Haben Sie schon die Umgebung der alten Bahnstation abgesucht? Der an der Lassiter Road?«

»Wer zum Teufel würde denn dort hinausfahren? Und wozu?«

»Ich habe meine Frau und meine Kinder am Mittwoch dort gefunden. Nur so eine Idee.«

Der Hinweis erfüllte seinen Zweck. »Ich rufe Sie wieder an«, sagte MacAuliff. »Wir überprüfen das.«

Als er den Hörer auflegte, fragte Ali: »Keine Spur?«

»Nein... Honey, du solltest jetzt versuchen, etwas zu schlafen. Ich kenne da ein paar Lokale – Clubs –, von denen die Polizei vielleicht nichts weiß. Dort versuche ich es einmal. Ich werde das Telefon in der Küche nehmen. Ich will die Kinder nicht wecken.«

Fassett ging sofort ans Telefon.

»Hier ist Tanner. Wissen Sie, was geschehen ist?«

»Ja. Sie haben verdammt schnell gedacht. Sie können einen Job bei uns haben.«

»Das wäre das letzte, was ich wollte. Was werden Sie jetzt tun? Sie können sich doch keine große Suchaktion leisten.«

»Das wissen wir. Cole und Jenkins kümmern sich darum. Wir werden uns schon etwas einfallen lassen.«

»Und dann?«

»Es gibt da einige Möglichkeiten. Ich habe jetzt nicht die Zeit, Ihnen das alles zu erklären. Außerdem brauche ich diese Leitung. Nochmals vielen Dank.« Fassett legte auf.

»Ich hab's bei zweien probiert«, sagte Tanner und ging ins Wohnzimmer zurück. »Kein Glück... Versuchen wir zu schlafen. Wahrscheinlich haben sie irgendwo eine Party gefunden und sich einfach selbst eingeladen. Wir haben das schließlich auch schon gemacht.«

»Schon seit Jahren nicht mehr«, sagte Ali.

Beide taten so, als schliefen sie. Das Ticken der Uhr war wie ein Metronom. hypnotisch, zum wahnsinnig werden. Schließlich merkte Tanner, daß seine Frau eingeschlafen war. Er schloß die Augen, spürte das schwere Gewicht seiner Lider, war sich der völligen Schwärze bewußt, die ihn umgab. Aber sein Gehör wollte nicht zur Ruhe kommen. Um sechs Uhr vierzig hörte er einen Wagen. Das Geräusch kam von der Straße vor seinem Haus. Tanner stand auf und ging schnell ans Fenster. MacAuliff kam auf das Haus zugegangen; er war allein. Tanner ging ihm entgegen.

»Meine Frau schläft. Ich will sie nicht wecken.«

»Das ist jetzt nicht wichtig«, sagte MacAuliff mit beinahe drohender Stimme. »Ich habe mit Ihnen zu tun.«

»Was?«

»Die Cardones und die Tremaynes sind von einer kräftigen Dosis Äther betäubt worden. Man ließ sie abseits der Straße in der Nähe der alten Lassiter-Station im Wagen. Jetzt möchte ich wissen, warum Sie uns dort hingeschickt haben. Woher wußten Sie das?«

Tanner konnte MacAuliff nur stumm anstarren.

»Ihre Antwort?«

»So wahr mir Gott helfe, das weiß ich nicht! Ich habe *nichts* gewußt... Ich werde diesen Mittwochnachmittag so lange ich lebe nicht vergessen. Das würden Sie auch nicht, wenn Sie ich wären. Der Bahnhof ist mir einfach in den Sinn gekommen. Das *schwöre* ich!«

»Ein verdammt seltsamer Zufall, nicht wahr?«

»Hören Sie, wenn ich das *gewußt* hätte, dann hätte ich es Ihnen doch schon vor Stunden gesagt! Ich hätte nicht zugelassen, daß meine Frau das alles mitmacht. Um Gottes willen, seien Sie doch vernünftig!«

MacAuliff musterte ihn fragend. Und Tanner fuhr fort: »Wie ist es passiert? Was haben sie gesagt? Wo sind sie?«

»Sie sind jetzt im Ridge Park Hospital. Man wird sie frühestens morgen früh entlassen.«

»Sie müssen doch mit ihnen gesprochen haben.«

Nach Tremaynes Ansicht, erklärte MacAuliff, wären die vier höchstens eine halbe Meile den Orchard Drive hinuntergefahren, als sie eine rote Notfackel auf der Straße sahen und einen Wagen, der am Straßenrand parkte. Ein Mann hielt sie auf; ein gutgekleideter Mann, der ohne weiteres ein Einwohner von Saddle Valley hätte sein können. Aber das war er nicht. Er hatte Freunde besucht und war auf dem Rückweg nach Westchester. Sein Wagen hatte plötzlich Motorschwierigkeiten bekommen, und er saß fest. Tremayne erbot sich, den Mann zum Haus seiner Freunde zurückzufahren, und der Mann nahm an.

Das war das letzte, woran Tremayne und die beiden Frauen sich erinnerten. Offenbar war Cardone während des ganzen Zwischenfalls bewußtlos gewesen.

An der verlassenen Bahnstation fand die Polizei in Tremaynes Wagen eine unetikettierte Aerosoldose. Man würde sie morgen untersuchen, aber MacAuliff zweifelte nicht, daß es sich um Äther handelt.

»Da muß ein Zusammenhang mit letzten Mittwoch da sein«, sagte Tanner.

»Der Schluß liegt auf der Hand. Aber jeder, der diese Gegend hier kennt, weiß, daß die Umgebung des alten Bahnhofs verlassen ist. Ganz besonders weiß das jeder, der die Zeitungen gelesen oder sonstwie vom letztem Mittwoch gehört hat.«

»Ja, das denke ich auch. Hat man sie – auch beraubt?«

»Kein Geld und keine Brieftaschen oder Schmuck. Tremayne sagte, ihm fehlten einige Papiere aus der Jackentasche. Er war sehr beunruhigt.«

»Papiere?« Tanner erinnerte sich daran, daß der Anwalt erwähnt hatte, in seinem Jackett seien ein paar Notizen. Notizen, die er vielleicht brauchen würde. »Hat er gesagt, welche Papiere?«

»Nicht direkt. Er war völlig hysterisch – mit dem, was er sagte, war nicht viel anzufangen. Er wiederholte immer wieder etwas von ›Zürich‹.«

John hielt den Atem an und spannte, so wie er das gelernt hatte, die Magenmuskeln an und versuchte mit ganzer Kraft seine Überraschung zu unterdrücken. Es war typisch Tremayne, mit schriftlichen Einzelheiten bezüglich der Züricher Konten zu kommen. Wenn es eine Konfrontation gegeben hätte, so hätte er die Fakten zur Verfügung gehabt.

MacAuliff bemerkte Tanners Reaktion. »Sagt Ihnen das etwas?«

»Nein, warum sollte es?«

»Antworten Sie immer mit Gegenfragen, wenn man Sie etwas fragt?«

»Auf die Gefahr, Sie noch einmal zu beleidigen: Werde ich hier offiziell verhört?«

»Allerdings.«

»Also nein. Der Name Zürich sagt mir nichts. Ich kann mir nicht vorstellen, warum er ihn erwähnen sollte. Aber sein Anwaltsbüro ist natürlich international tätig.«

MacAuliff gab sich keine Mühe, seinen Ärger zu verbergen. »Ich weiß nicht, was hier vorgeht, aber eines kann ich Ihnen sagen. Ich bin ein erfahrener Polizeibeamter und habe einige der schwierigsten Reviere geleitet, die man sich vorstellen kann. Als ich diesen Job annahm, habe ich mein Wort dafür verpfändet, diese Stadt sauberzuhalten. Und damit ist es mir Ernst.«

Tanner hatte genug von ihm. »Ganz bestimmt ist es das, Captain. Ich bin überzeugt, daß es Ihnen mit allem, was Sie sagen, Ernst ist.« Er wandte ihm den Rücken und ging auf sein Haus zu.

Jetzt war MacAuliff an der Reihe, verblüfft zu sein. Der Verdächtige ließ ihn einfach stehen, und es gab nichts, was der Polizeichef von Saddle Valley tun konnte, um ihn daran zu hindern.

Tanner stand auf seiner Veranda und sah zu, wie MacAuliff wegfuhr. Der Himmel hatte sich inzwischen etwas aufgehellt, aber man würde in den nächsten Stunden die Sonne nicht zu sehen bekommen. Die Wolken hingen tief, und es würde regnen, aber bis dahin würde noch einige Zeit vergehen.

Doch das war jetzt gleichgültig. Nichts war mehr wichtig. Für ihn war es vorbei.

Der Vertrag war jetzt gebrochen. Der Vertrag zwischen John Tanner und Laurence Fassett war nichtig.

Denn Fassetts Garantie hatte sich als falsch erwiesen. Omega hörte nicht bei den Tremaynes und den Cardones und den Ostermans auf. Omega ging über das Wochenende hinaus.

Er war bereit, nach Fassetts Regeln zu spielen – *mußte* es –, solange die anderen Spieler die Männer und Frauen waren, die er kannte.

Aber das war jetzt nicht mehr der Fall.

Da war jetzt noch jemand – jemand, der in den frühen Morgenstunden einen Wagen auf einer finsteren Straße anhalten und Schrecken verbreiten konnte.

Jemand, den er nicht kannte. Das konnte er nicht akzeptieren.

Tanner wartete bis Mittag, ehe er auf das Wäldchen zuging. Die Ostermans hatten gegen halb zwölf beschlossen, ein kleines Schläfchen zu machen, und er schlug Ali das gleiche vor. Sie waren alle erschöpft. Die Kinder waren im Arbeitszimmer und sahen sich die Trickfilme an, die es am Sonntagmorgen immer gab.

Er schlenderte beiläufig um den Pool herum, ein Sechser-Eisen in der Hand, und gab vor, üben zu wollen, aber in Wirklichkeit beobachtete er die Fenster hinten am Haus: die beiden Kinderzimmer und das Badezimmer im ersten Stock.

Jetzt hatte er das Wäldchen erreicht und zündete sich eine Zigarette an.

Niemand reagierte auf seine Gegenwart. Aus dem kleinen Wäldchen war nichts zu hören, nur Schweigen.

Tanner sprach mit leiser Stimme.

»Ich würde gerne Fassett erreichen. Bitte antworten Sie mir. Es ist dringend.«

Während er das sagte, schwang er den Golfschläger.

»Ich wiederhole! Es ist dringend, daß ich mit Fassett spreche! Sagt doch jemand, wo Sie sind!«

Immer noch keine Antwort.

Tanner drehte sich um, machte noch einmal einen Schlag ins Leere und drang in das Wäldchen ein. Als er von dem dichten Blattwerk umgeben war, setzte er Ellbogen und Arme ein, um sich tiefer in das Wäldchen hineinzuarbeiten, auf den Baum zu, wo Jenkins das Radiogerät gehabt hatte.

Niemand!

Er ging in nördlicher Richtung; trat, schlug, suchte. Schließlich erreichte er die Straße.

Da war niemand! Niemand bewachte sein Haus! Niemand beobachtete die Insel!

Niemand!

Fassetts Männer waren weg!

Er rannte von der Straße zurück, um das Wäldchen herum,

beobachtete die Fenster an der Vorderseite seines Hauses, die jetzt vielleicht fünfzig Meter von ihm entfernt waren.

Fassetts Männer waren weg!

Er rannte über den Hinterhof, um den Pool herum und in die Küche. Drinnen blieb er am Ausguß stehen, holte tief Luft und drehte das kalte Wasser auf. Er spritzte es sich ins Gesicht und richtete sich dann auf, spannte die Rückenmuskeln, versuchte, klar zu denken.

Niemand! Niemand bewachte sein Haus. Niemand bewachte seine Frau und seine Kinder.

Er drehte das Wasser zu, beschloß dann aber, es weiterlaufen zu lassen, um seine Schritte zu übertönen. Er ging durch die Küchentür, hörte das Lachen seiner Kinder aus dem Arbeitszimmer. Er ging nach oben und drehte leise den Knopf an der Schlafzimmertüre. Ali lag auf dem Bett, der Morgenrock war heruntergefallen, ihr Nachthemd zerdrückt. Sie atmete tief und gleichmäßig, schlief.

Er schloß die Tür und lauschte auf irgendwelche Geräusche aus dem Gästezimmer. Doch da war nichts zu hören.

Er ging wieder in die Küche hinunter, schloß die Tür und ging durch den Bogen in die kleine Anrichte, um sich zu vergewissern, daß auch dort die Türe geschlossen war.

Dann ging er zu dem Telefon an der Küchenwand zurück und nahm den Hörer ab. Er wählte nicht.

»Fassett! Wenn Sie oder einer Ihrer Leute in der Leitung ist, dann melden Sie sich! Und zwar *jetzt!*«

Nichts zu hören.

Er wählte die Nummer des Motels. »Zimmer zweiundzwanzig, bitte.«

»Tut mir leid, Sir. Zimmer zweiundzwanzig ist nicht belegt.«

»Nicht belegt? Sie irren! Ich habe um fünf Uhr mit dem Betreffenden gesprochen!«

»Tut mir leid, Sir. Die sind ausgezogen.«

Tanner legte den Hörer auf und starrte ihn ungläubig an.

Die Nummer in New York! Die Nummer für Notfälle, die man ihm genannt hatte!

Er nahm den Hörer wieder ab und gab sich Mühe, die Hand am Zittern zu hindern.

Der Pfeifton, der gewöhnlich einer Aufzeichnung voranging, ertönte, und dann eine ausdruckslose Stimme.

»Die Nummer die Sie gewählt haben, ist nicht in Betrieb. Bitte sehen Sie im amtlichen Fernsprechverzeichnis nach. Das ist eine Aufnahme. Die Nummer, die Sie gewählt...«

John Tanner schloß die Augen. Das war unvorstellbar! Fassett war nicht zu erreichen! Fassetts Männer waren verschwunden!

Er war alleine!

Er versuchte zu denken. Er *mußte* denken. Fassett mußte gefunden werden! Irgendein gigantischer Fehler war begangen worden. Der kalte, professionelle Agent mit den unzähligen Listen und Tricks hatte einen schrecklichen Fehler gemacht.

Aber Fassetts Männer waren weg. Vielleicht war das Ganze gar kein Fehler.

Plötzlich erinnerte sich Tanner, daß auch ihm Hilfsquellen zur Verfügung standen. Standard Mutual verfügte über gewisse Verbindungen zu bestimmten Regierungsstellen. Er wählte die Connecticut-Auskunft und ließ sich die Nummer von Andrew Harrison, dem Leiter der juristischen Abteilung von Standard Mutual geben. Er wohnte in Greenwich.

»Hello, Andy? – John Tanner hier.« Er gab sich Mühe, so gefaßt wie möglich zu klingen. »Tut mir schrecklich leid, Sie zu Hause anrufen zu müssen, aber das Asien-Büro hat gerade angerufen. Da ist eine Story aus Hongkong, die ich gerne freihätte. Ich möchte jetzt lieber nicht auf Einzelheiten eingehen, das erzähle ich Ihnen Montag früh. Vielleicht ist es nichts, aber ich würde das gerne prüfen. Ich denke, am besten beim CIA. Ja, in dieser Kategorie ist es. Die haben ja schließlich früher auch schon mit uns zusammengearbeitet. Okay, ich warte.« Tanner klemmte sich den Hörer unter das Kinn und zündete sich eine Zigarette an. Dann gab ihm Harrison eine Nummer durch, die er sich aufschrieb. »Das ist in Virginia, nicht wahr? – Vielen Dank, Andy. Bis Montag dann.«

Er wählte erneut.

»Central Intelligence. Büro von Mr. Andrews.« Eine Männerstimme.

»Mein Name ist Tanner. John Tanner. Nachrichtendirektor von Standard Mutual in New York.«

»Ja, Mr. Tanner? Möchten Sie Mr. Andrews sprechen?«

»Ja. Ja, ich denke schon.«

»Tut mir leid, er ist heute nicht da. Kann ich Ihnen behilflich sein?«

»Tatsächlich versuche ich Laurence Fassett ausfindig zu machen.«

»Wen?«

»Fassett. Laurence Fassett. Er ist in Ihrer Behörde tätig. Ich muß ihn dringend sprechen. Ich glaube, er hält sich zur Zeit in der New Yorker Gegend auf.«

»Steht er mit dieser Abteilung in Verbindung?«

»Das weiß ich nicht. Ich weiß nur, daß er bei der Central Intelligence Agency tätig ist. Ich sage Ihnen doch, es ist dringend! Ein Notfall, um genau zu sein!« Tanner begann zu schwitzen. Jetzt war nicht die Zeit, mit einem Subalternen zu reden.

»All right, Mr. Tanner. Ich werde unser Mitarbeiterverzeichnis überprüfen und ihn ausfindig machen. Bin gleich wieder da.«

Es dauerte volle zwei Minuten, bis er zurückkehrte. Die Stimme klang zögernd, aber sehr präzis.

»Sind Sie sicher, daß Sie den richtigen Namen haben?«

»Natürlich bin ich sicher.«

»Es tut mir leid, aber weder die Zentrale noch irgendeine unserer Karteien weist einen Laurence Fassett auf.«

»Das ist unmöglich! – Hören Sie, ich habe mit Fassett gearbeitet. Verbinden Sie mich mit Ihrem Vorgesetzten.« Tanner erinnerte sich, daß Fassett und auch Jenkins immer wieder auf diejenigen hingewiesen hatten, die für Omega ›freigegeben‹ seien.

»Ich glaube, Sie verstehen nicht, Mr. Tanner. Das hier ist ein Prioritätsbüro. Sie haben meinen Kollegen verlangt. Meinen Untergebenen, wenn Sie wollen. Mein Name ist Dwight. Mr. Andrews untersteht mir.«

»Mir ist egal, wer Sie sind! Ich sage Ihnen doch, es handelt sich um einen Notfall! Ich glaube, Sie sollten mit jemandem in Verbindung treten, der mehr Vollmachten als Sie hat, viel mehr Vollmachten, Mr. Dwight. Deutlicher kann ich nicht werden. Das ist alles! Tun Sie es *jetzt!* Ich warte.«

»Wie Sie wünschen. Es dauert wahrscheinlich ein paar Minuten...«

»Ich warte.«

Es dauerte sieben Minuten, eine Ewigkeit für Tanner, bis Dwight wieder zurückkam.

»Mr. Tanner, ich habe mir die Freiheit genommen, Ihre eigene Position zu überprüfen. Ich gehe daher davon aus, daß ich es mit einem verantwortungsbewußten Menschen zu tun habe. Aber ich kann Ihnen dennoch versichern, daß Sie in die Irre geführt worden sind. Es gibt keinen Laurence Fassett bei der Central Intelligence Agency. Es hat nie einen gegeben.«

23.

Tanner legte den Hörer auf und stützte sich auf den Ausgußrand. Dann stieß er sich ab und ging ohne zu denken zur Küchentüre hinaus in den Hinterhof. Der Himmel war finster. Eine Brise ließ das Laub in den Bäumen rascheln und erzeugte kleine Wellen im Pool. Es würde Sturm geben, dachte Tanner, als er zum Himmel aufblickte. Ein Julisturm zog herauf.

Omega zog herauf.

Mit oder ohne Fassett – Omega war echt, soviel war Tanner klar. Er war echt, weil er seine Macht gesehen und gespürt hatte, die Gewalt, die es erzeugte, eine Gewalt, die imstande war, einen Laurence Fassett zu entfernen, die Entscheidungen und das Personal der ersten Abwehrbehörde des Landes zu manipulieren.

Tanner wußte, daß es keinen Sinn hatte, wenn er jetzt versuchte, Jenkins zu erreichen. Was hatte Jenkins in den frühen Morgenstunden im Wohnzimmer gesagt? – ›Wenn Sie auf mich deuten, werde ich alles ableugnen...‹ – Wenn Omega Fassett zum Schweigen bringen konnte, dann würde es eine Kleinigkeit sein, auch Jenkins zum Schweigen zu bringen.

Aber es mußte doch irgendwo einen Ausgangspunkt geben, einen Hebel, den er ansetzen, eine Türe, die er öffnen konnte und die ihn auf einen Weg führte, vorbei an all den Lügen. Ihm war jetzt alles gleichgültig; es mußte zu Ende gehen, seine Familie mußte in Sicherheit bleiben. Es war nicht mehr sein Krieg. Ihn interessierten jetzt nur noch Ali und die Kinder.

Tanner sah die Gestalt von Osterman durch das Küchenfenster.

Das war es! Osterman war sein Hebel, sein Bruch mit Omega! Er ging schnell ins Haus zurück.

Leila saß am Tisch, während Bernie am Herd stand und Kaffeewasser kochte.

»Wir fahren weg«, sagte Bernie. »Unsere Koffer sind gepackt; ich rufe ein Taxi.«

»Warum?«

»Warum?«

»Irgend etwas stimmt hier nicht«, sagte Leila. »Und es geht uns nichts an. Wir sind nicht betroffen und wollen auch nicht hineingezogen werden.«

»Darüber möchte ich mit euch sprechen. Mit euch beiden.«

Bernie und Leila tauschten Blicke.

»Schieß los«, sagte Bernie.

»Nicht hier. Draußen.«

»Warum draußen?«

»Ich möchte nicht, daß Ali etwas hört.«

»Sie schläft.«

»Es muß draußen sein.«

Sie gingen alle drei am Pool vorbei zum hinteren Ende des Rasens. Tanner drehte sich um und sah sie an.

»Ihr braucht nicht mehr zu lügen. Beide nicht. Ich möchte, daß meine Rolle zu Ende ist. Es interessiert mich nicht mehr.« Er hielt einen Augenblick inne. »Ich weiß über Omega Bescheid.«

»Über was?« fragte Leila.

»Omega... Omega!« Tanners Stimme – sein Flüstern – klang schmerzverzerrt. »Ich mag nicht mehr! So wahr mir Gott helfe, es *ist mir gleich!*«

»Wovon redest du denn?« Bernie sah den anderen an, ging einen Schritt auf ihn zu. Tanner zuckte zurück. »Was ist denn?«

»Um Himmels willen, tu das nicht!«

»Was soll ich nicht tun?«

»Das habe ich dir doch gesagt! Es ist mir jetzt gleichgültig!

Aber bitte! *Bitte!* Laßt Ali und die Kinder in Frieden. Tut mit *mir,* was ihr wollt! Aber laßt *sie in Frieden!*«

Leila legte Tanner die Hand auf den Arm. »Du bist überreizt, Johnny. Ich weiß nicht, wovon du redest.«

Tanner sah auf Leilas Hand und drängte seine Tränen zurück. »Wie könnt ihr das tun? Bitte! Hört auf zu lügen. Ich glaube nicht, daß ich das ertragen könnte.«

»Wieso lügen?«

»Ihr habt nie von irgendwelchen Konten in der Schweiz gehört? In Zürich?«

Leila zog die Hand zurück, und die Ostermans standen beide reglos da. Schließlich sagte Bernie leise: »Doch, ich habe von Konten in Zürich gehört. Wir haben auch zwei.«

Leila sah ihren Mann an.

»Woher habt ihr das Geld?«

»Wir verdienen viel Geld«, antwortete Bernie vorsichtig. »Das weißt du. Falls es dich beruhigt, kannst du ja unseren Steuerberater anrufen. Du kennst ihn, Ed Marcum. Es gibt keinen besseren – oder keinen saubereren – in ganz Kalifornien.«

Tanner war verwirrt. Ostermans Antwort hatte ihn durcheinandergebracht: Das alles war so einfach, so natürlich. »Die Cardones, die Tremaynes. Haben die auch Konten in Zürich?«

»Wahrscheinlich. Ebenso wie fünfzig Prozent der Leute, die ich an der Westküste kenne.«

»Woher haben sie das Geld?«

»Weshalb fragst du sie denn nicht?« Ostermans Stimme klang immer noch leise, beruhigend.

»*Du* weißt es!«

»Jetzt bist du albern«, sagte Leila. »Dick und Joe sind sehr erfolgreiche Leute. Joe wahrscheinlich in höherem Maße als irgendeiner von uns.«

»Aber warum *Zürich? Was ist in Zürich?*«

»Ein gewisses Maß an Freiheit«, antwortete Bernie leise.

»Das ist es, was du gestern nacht verkaufen wolltest! ›Was wünschst du dir am meisten?‹ hast du gesagt. Das waren deine Worte!«

»Man kann in Zürich sehr viel Geld machen, das will ich nicht leugnen.«

»Mit *Omega!* So macht ihr es doch, nicht wahr? Nicht wahr?«

»Ich weiß nicht, was das bedeuten soll«, sagte Bernie, jetzt ebenfalls vorsichtig.

»*Dick* und *Joe!* Die arbeiten mit *Omega!* Und *ihr* auch! Der ›Abgrund des Leders‹! Informationen für Zürich! *Geld für Informationen!*«

Leila griff nach der Hand ihres Mannes. »Die Nachrichten.«

»Leila, bitte... Hör zu, Johnny. Ich schwöre dir, daß ich nicht weiß, wovon du redest. Gestern abend habe ich angeboten, dir zu helfen und habe das auch ernst gemeint. Es gibt günstige Investitionen; ich habe dir Geld für Investitionen angeboten. Das ist alles.«

»Nicht für *Informationen?* Nicht für *Omega?*«

Leila packte die Hand ihres Mannes. Bernie reagierte, indem er sie ansah, ihr wortlos befahl, sich zu beruhigen. Dann wandte er sich wieder Tanner zu. »Ich könnte mir keine Information vorstellen, die du besitzt und die ich haben möchte. Ich kenne kein Omega. Ich weiß nicht, was das ist.«

»Joe weiß es! Dick weiß es! Sie sind beide zu Ali und mir gekommen! Sie haben uns bedroht.«

»Dann habe ich mit ihnen nichts zu tun. *Wir* haben nichts mit ihnen zu tun.«

»O Gott, Bernie. Irgend etwas ist passiert...« Leila konnte nicht mehr an sich halten. Bernie nahm sie in die Arme.

»Was auch immer es ist, es hat nichts mit uns zu tun. Vielleicht solltest du uns erzählen, was das alles bedeutet. Vielleicht können wir helfen.«

Tanner sah sie an, wie sie einander in den Armen hielten. Er wollte ihnen glauben. Er wollte Freunde; er brauchte verzweifelt Verbündete. Und Fassett hatte es ja gesagt, nicht *alle* waren Omega. »Ihr wißt es *wirklich* nicht, nicht wahr? Ihr wißt *nicht,* was Omega ist. Oder was ›Abgrund des Leders‹ bedeutet.«

»Nein«, sagte Leila einfach.

Tanner glaubte ihnen. Er mußte ihnen glauben, denn nur das bedeutete, daß er nicht länger alleine war. Also sagte er es ihnen.

Alles.

Als er geendet hatte, standen die beiden da und starrten ihn an, ohne etwas zu sagen. Es hatte leicht zu tröpfeln begonnen, aber keiner von ihnen spürte den Regen. Schließlich sprach Bernie.

»Und du dachtest, ich würde von... Du dachtest, wir hätten *damit* etwas zu tun?« Bernie kniff ungläubig die Augen zusammen. »Mein Gott! Das ist verrückt!«

»Nein, das ist es nicht. Es stimmt alles. Ich habe es gesehen.«

»Du sagst, Ali wüßte nichts?« fragte Leila.

»Man hat mir aufgetragen, ihr nichts zu sagen, das haben die von mir *verlangt!*«

»Wer? Jemand, den du nicht einmal am Telefon erreichen kannst? Ein Mann, den Washington nicht bestätigen kann? Jemand, der dir solche Lügen über uns aufgetischt hat?«

»Ein Mann ist getötet worden! Meine Familie hätte letzten Mittwoch getötet werden können! Die Cardones und die Tremaynes sind gestern nacht mit Gas betäubt worden!«

Osterman sah seine Frau an, dann wanderte sein Blick zu Tanner zurück.

»Falls sie wirklich mit Gas betäubt worden sind«, sagte er leise.

»Du mußt es Alice sagen«, drängte Leila. »Du kannst ihr das nicht länger vorenthalten.«

»Ich weiß. Das werde ich auch tun.«

»Und dann müssen wir hier weg«, sagte Osterman.

»Wohin?«

»Nach Washington. Es gibt da ein oder zwei Senatoren, ein paar Kongreßabgeordnete. Freunde von uns.«

»Bernie hat recht. Wir haben Freunde in Washington.«

Das Tröpfeln ging in kräftigen Regen über. »Gehen wir hinein«, sagte Leila und berührte Tanner leicht an der Schulter.

»Wartet! Drinnen können wir nicht reden. Wir können im Haus nichts sagen.«

Bernie und Leila reagierten, als ob man sie geohrfeigt hätte. »Überall?« fragte Bernie.

»Ich weiß nicht – ich weiß überhaupt nichts mehr.«

»Dann sprechen wir im Haus nicht, und wenn wir es tun, drehen wir das Radio auf volle Lautstärke und flüstern.«

Tanner sah seine Freunde an. Gott sei Dank! Gott sei Dank! Dies war der Anfang seiner Reise zurück in das Land der Vernunft.

24.

Der Julisturm war in weniger als einer Stunde da. Die Wetterberichte im Radio kündigten Winde von Orkanstärke an, von Hatteras bis Rhode Island wurde den Seglern Sturmalarm gegeben, und die Ortschaft Saddle Valley war weder isoliert noch geschützt genug, um den Fluten zu entgehen.

Ali erwachte beim ersten Donnerschlag, und John sagte ihr – flüsterte ihr zu – von lauten Radioklängen übertönt, daß sie mit Bernie und Leila wegfahren wollten. Er drückte sie an sich und bat sie, keine Fragen zu stellen, Vertrauen zu ihm zu haben.

Die Kinder wurden ins Wohnzimmer gebracht, ein Fernseher vor den Kamin gestellt. Ali packte zwei Koffer und stellte sie neben den Garageneingang. Leila kochte Eier und packte Sellerie und Möhren ein.

Bernie hatte gesagt, daß sie vielleicht ein oder zwei Stunden nicht anhalten würden.

Tanner beobachtete die Vorbereitungen, und seine Gedanken wanderten ein Vierteljahrhundert in die Vergangenheit.

Evakuierung!

Um halb drei klingelte das Telefon. Es war Tremayne, sichtlich bemüht, seine Stimme unter Kontrolle zu halten, und doch irgendwie hysterisch wirkend. Er schilderte – falsch, dachte Tanner – die Ereignisse an der verlassenen Lassiter Station und erklärte, er und Ginny seien noch zu verstört, um zum Dinner herüberzukommen. Das Samstagabend-Dinner eines Osterman-Weekends.

»Du mußt mir sagen, was hier vorgeht!« sagte Alice Tanner in der Anrichte zu ihrem Mann. Ein Transistorradio plärrte in voller Lautstärke, und sie versuchte es leiser zu schalten. Er hielt ihre Hand, hinderte sie daran und zog sie an sich.

»Hab Vertrauen zu mir. Bitte, *hab Vertrauen*«, flüsterte er. »Im Wagen erkläre ich es dir.«

»Im Wagen?« Alis Augen weiteten sich vor Angst. Sie hielt sich die Hand vor den Mund. »O mein Gott! Was du damit sagst, ist... Du *kannst* nicht reden.«

»Hab Vertrauen zu mir.« Tanner ging in die Küche und sagte, besser gesagt, erklärte mit Gesten Bernie: »Wir wollen jetzt laden.« Sie gingen die Koffer holen.

Als Tanner und Osterman aus der Garage zurückkehrten, stand Leila am Küchenfenster und blickte in den Hinterhof. »Das entwickelt sich jetzt zu einem richtigen Orkan.«

Das Telefon klingelte, und Tanner nahm ab.

Cardone war wütend. Er beteuerte immer wieder, daß er den Schweinehund, der sie betäubt hätte, in Stücke reißen würde. Er war auch verwirrt, völlig durcheinander. Seine Uhr war achthundert Dollar wert, und man hatte sie ihm nicht weggenommen. Er hatte ein paar hundert Dollar in der Brieftasche gehabt, und auch die hatte man nicht angerührt.

»Die Polizei sagte, Dick wären einige Papiere gestohlen worden. Irgend etwas mit Zürich.«

Von Cardone war ein scharfer Atemzug zu hören, dann herrschte Schweigen. Als er weitersprach, war er kaum zu vernehmen. »Das hat doch nichts mit *mir* zu tun!« Und dann erzählte er Tanner schnell und ohne viel Überzeugungskraft, daß er telefonisch aus Philadelphia verständigt worden wäre, daß sein Vater sehr krank sei. Er und Betty würden zu Hause bleiben. Vielleicht würden sie alle am Sonntag zusammenkommen. Tanner legte auf.

»Hey!« Leila blickte auf den Rasen hinaus. »Seht euch diese Schirme an. Die werden ja praktisch weggeweht.«

Tanner sah zu dem Fenster über der Spüle hinaus. Die zwei großen Sonnenschirme bogen sich unter der Gewalt des Windes. Das Tuch spannte sich gegen die dünnen Metallstreben. Bald würden sie entweder zerreißen oder sich umdrehen. Tanner wußte, daß es sehr seltsam wirken würde, wenn er sich nicht darum kümmerte. Es würde nicht normal aussehen.

»Ich hole sie herein. Das dauert nur zwei Minuten.«

»Soll ich helfen?«

»Hat doch keinen Sinn, daß wir beide naß werden.«

»Dein Regenmantel ist in dem Schrank im Flur.«

Der Wind war stark, und es goß in Strömen. Er schützte sein Gesicht mit den Händen und kämpfte sich zu dem Tisch vor. Er griff unter dem flatternden Tuch nach oben und spürte, wie seine Finger den Metallgriff erfaßten. Er fing an, ihn zu drücken.

Etwas klirrte gegen die schmiedeeiserne Tischplatte. Metallstücke spritzten auf, sein Arm brannte. Noch ein Knall. Zu seinen Füßen stoben Zementstücke vom Tischsockel. Dann ein weiterer Schuß, jetzt von der anderen Seite.

Tanner warf sich unter den Metalltisch, duckte sich, versuchte Deckung vor den Kugeln zu finden.

Jetzt peitschten schnell hintereinander rings um ihn Schüsse, fegten Metall und Steinpartikel hoch.

Er fing an, rückwärts ins Gras zu kriechen, aber die kleinen Eruptionen rings um ihn lähmten ihn förmlich. Er schnappte sich einen Stuhl und hielt ihn vor sich hin, als wären es die letzten Fäden eines sich auflösenden Seils und als befände er sich hoch über einem Abgrund. Er erstarrte, erwartete seinen Tod.

»Laß los! Verdammt noch mal! Laß los!«

Osterman zerrte an ihm, schlug ihm ins Gesicht, riß ihm die Hände vom Stuhl. Sie rannten zum Haus zurück; Kugeln klatschten rings um sie gegen die Wand.

»Bleib da weg! Weg von der Türe!« schrie Bernie. Aber entweder kam das bereits zu spät, oder seine Frau hörte nicht auf ihn. Leila riß die Türe auf, und Bernie Osterman warf Tanner hinein, sprang über ihn. Leila duckte sich unter das Fenster und warf die Türe ins Schloß.

Die Schüsse verstummten.

Ali rannte zu ihrem Mann und drehte ihn herum, hielt seinen Kopf in den Armen, zuckte zusammen, als sie das Blut an seinen nackten Armen sah.

»Bist du getroffen?« schrie Bernie.

»Nein… Nein, alles in Ordnung.«

»Nichts ist in Ordnung! O Gott! Seht doch seine Arme!« Ali versuchte, mit der Hand das Blut wegzuwischen.

»Leila! Ich brauche Alkohol! Jod! Ali hast du Jod?«

Alice, der die Tränen über die Wangen strömten, konnte die Frage nicht beantworten. Leila packte sie an den Schultern und sagte mit scharfer Stimme:

»Hör auf, Ali! Du sollst *aufhören!* Wo sind Binden, Verbandszeug? Johnny braucht Hilfe!«

»Irgend so ein Sprayzeug – in der Anrichte. Und Watte.« Sie ließ ihren Mann nicht los. Leila kroch auf die Anrichte zu.

Bernie untersuchte Tanners Arme. »Das ist nichts Schlimmes. Nur ein paar Kratzer. Ich glaube nicht, daß etwas stekkengeblieben ist.«

John blickte zu Bernie auf und schämte sich. »Du hast mir das Leben gerettet. Ich weiß gar nicht, was ich sagen soll.«

»Kannst mir ja zum nächsten Geburtstag einen Kuß geben. Gutes Mädchen, Leila. Gib das Zeug her.« Osterman nahm eine Sprühdose und richtete die Düse auf Tanners Arme. »Ali, ruf die Polizei an! Geh nicht ans Fenster, aber sieh zu, daß du diesen fetten Metzger herkriegst, den ihr hier als Polizeicaptain habt!«

Alice ließ widerstrebend von ihrem Mann ab und kroch am Küchenfenster vorbei. Jetzt griff sie nach oben und holte den Hörer von der Gabel.

»Die Leitung ist tot.«

Leila stöhnte. Bernie sprang auf Ali zu und riß ihr den Hörer aus der Hand.

»Sie hat recht.«

John Tanner drehte sich herum und drückte die Arme gegen die Kachelwand. Er war wieder in Ordnung. Er konnte sich bewegen.

»Wir wollen herausfinden, wo sie stehen«, sagte er langsam.

»Was meinst du?« fragte Bernie.

»Bleibt ihr Mädchen auf dem Boden. Bernie, der Lichtschalter ist neben dem Telefon. Schalte das Licht ein, sobald ich bis drei gezählt habe.«

»Was hast du vor?«

»Tu, was ich dir sage.«

Tanner kroch zur Küchentür und stand auf, so daß man ihn vom Fenster aus nicht sehen konnte. Der Regen, der Wind, das gelegentliche Rollen des Donners waren die einzigen Geräusche, die in dem Raum zu hören waren.

»Fertig? Ich fange jetzt zu zählen an.«

»Was hat er vor?« Ali wollte aufstehen, aber Osterman packte sie und hielt sie am Boden fest.

»Du kennst das schon, Bernie«, sagte John. »Handbuch für Infanterie. Überschrift: Nachtpatrouille. Keine Sorge. Die Chancen stehen tausend zu eins zu meinen Gunsten.«

»Nicht nach dem Buch, das *ich* kenne.«

»Mund halten! – Eins, zwei, *drei!*«

Osterman knipste den Lichtschalter an, und die Deckenbeleuchtung flammte auf. Tanner sprang zur Anrichte hinüber.

Es kam. Das Signal. Der Beweis, daß der Feind da war.

Ein Knall, Glas zersplitterte, und die Kugel krachte in die Wand, ließ den Verputz wegsplittern. Osterman schaltete das Licht ab.

Auf dem Boden schloß John Tanner die Augen und sagte mit leiser Stimme. »So sieht's also aus. Die Mikrofone waren eine Lüge... Alles eine Lüge.«

»Nein! Bleib da! Zurück!« schrie Leila, ehe einer von ihnen

begriff, was sie meinte. Sie warf sich quer durch die Küche auf die Türe zu, dicht gefolgt von Alice.

Tanners Kinder hatten die Schüsse draußen nicht gehört; der Regen, der Donner und das Fernsehen hatten sie übertönt. Aber den Schuß, der in die Küche abgefeuert worden war, hatten sie gehört. Die beiden Frauen warfen sich jetzt über sie, zogen sie zu Boden, schützten sie mit dem eigenen Leib.

»Ali, schaff sie ins Speisezimmer! Bleibt auf dem Boden!« befahl Tanner. »Bernie, du hast keine Waffe, oder?«

»Tut mir leid, habe nie eine gehabt.«

»Ich auch nicht. Ist das nicht komisch? Ich war immer dagegen, daß man sich Waffen kauft. Das ist so verdammt primitiv.«

»Was werden wir jetzt tun?« Leila gab sich Mühe, ruhig zu bleiben.

»Wir werden hier verschwinden«, antwortete Tanner. »Die Schüsse kommen von den Büschen. Aber der Heckenschütze weiß nicht, ob wir bewaffnet sind oder nicht. Er wird nicht von vorne das Feuer aufnehmen. Zumindest glaube ich das nicht. Auf dem Orchard Drive kommen verhältnismäßig oft Wagen durch. Wir zwängen uns jetzt alle in den Kombi und sehen, daß wir hier verschwinden.«

»Ich öffne die Tür«, sagte Osterman.

»Für einen einzigen Nachmittag hast du genug den Helden gespielt. Jetzt bin ich dran... Wenn wir es richtig einteilen, gibt es überhaupt keine Probleme. Die Tür geht schnell auf.«

Sie krochen in die Garage.

Die Kinder lagen im hinteren Teil des Kombis zwischen den Koffern, beengt aber geschützt. Leila und Ali kauerten sich hinter den Vordersitz auf den Boden. Osterman saß am Steuer, und Tanner stand neben der Garagentür, bereit, sie hochzuziehen.

»Los jetzt, laß den Motor an!« Er würde warten, bis der Motor auf Touren lief und dann das Tor öffnen und in den Wagen springen. Es gab keine Hindernisse. Der schwere Wagen würde an dem kleinen Triumph vorbeirollen und dann die Einfahrt hinunterrasen.

»Los Bernie! Laß ihn endlich an!«

Aber Osterman öffnete seine Tür und stieg aus. Er sah Tanner an.

»Tot.«

Tanner drehte den Zündschlüssel im Triumph. Der Motor reagierte nicht. Osterman klappte die Motorhaube des Kombi auf und winkte John heran. Die beiden Männer sahen den Motor an, Tanner hielt ein Streichholz.

Jeder einzelne Draht war abgezwickt worden.

»Kann man diese Tür von außen öffnen?« fragte Bernie.

»Ja. Sofern nicht abgesperrt ist.«

»War sie das?«

»Nein.«

»Hätten wir sie öffnen gehört?«

»Wahrscheinlich nicht bei dem Regen.«

»Dann ist es möglich, daß jemand hier drinnen ist.«

Die beiden Männer blickten zu der schmalen Toilettentüre. Sie war geschlossen. Das einzige Versteck in der Garage. »Holen wir sie raus«, flüsterte Tanner.

Ali, Leila und die beiden Kinder gingen ins Haus zurück. Bernie und John sahen sich an den Garagenwänden nach irgendwelchen Gegenständen um, die als Waffen dienen konnten. Tanner nahm schließlich eine verrostete Axt, Osterman einen Spaten. Beide Männer näherten sich der verschlossenen Tür.

Tanner gab Bernie ein Zeichen, sie aufzuziehen. Tanner rannte vor und hielt die Axt zum Schlag bereit.

Der kleine Raum war leer. Aber an die Wand war mit schwarzer Sprühfarbe der griechische Buchstabe Omega geschmiert.

25.

Tanner drängte sie alle in den Keller. Ali und Leila schafften die Kinder über die Treppe hinunter und machten dabei den matten Versuch, das Ganze als Spiel erscheinen zu lassen. Tanner hielt Osterman an der Treppentüre auf.

»Wir wollen ein paar Hindernisse aufbauen, okay?«

»Meinst du, daß es dazu kommen wird?«

»Ich will einfach kein Risiko eingehen.«

Die beiden Männer krochen unter dem Fenster hindurch und schoben drei schwere Armsessel, einen über dem anderen, den dritten auf der Seite liegend, gegen die Haustüre. Dann krochen sie zu den Fenstern, um sicherzustellen, daß sie verriegelt waren.

Tanner holte eine Taschenlampe aus der Küche und steckte sie ein. Dann schoben sie gemeinsam den schweren Tisch gegen die Außentür. Tanner schob Osterman die Aluminiumstühle hin, worauf dieser sie unter den Tisch packte, so, daß die Rückenlehne eines Stuhles unter die Türklinke geklemmt war.

»So taugt das nichts«, sagte Bernie. »Du dichtest ja alles ab und schließt uns völlig ein. Wir sollten uns aber vielmehr überlegen, wie wir hier wegkommen!«

»Hast *du* dir das überlegt?«

Bei der schwachen Beleuchtung konnte Osterman nur die Silhouette von Tanners Körper sehen. Dennoch spürte er die Verzweiflung in seiner Stimme.

»Nein. Nein, das habe ich nicht. Aber wir müssen es *versuchen!*«

»Ich weiß. Aber inzwischen sollten wir alle Vorsichtsmaßregeln treffen. Wir wissen nicht, was dort draußen ist. Wie viele das sind oder wo sie stecken.«

»Dann laß uns weitermachen.«

Die beiden Männer krochen ans andere Ende der Küche, vorbei an der Anrichte, bis zum Garageneingang. Die äußere Garagentüre war versperrt worden, aber sie schoben trotzdem als zusätzliche Sicherheit den letzten Küchenstuhl unter den Türgriff und krochen dann in den Flur zurück. Sie nahmen ihre primitiven Waffen – die Axt und den Spaten – und gingen in den Keller hinunter.

Man konnte den schweren Regen auf die kleinen rechteckigen Fenster herunterprasseln hören, die dem Keller Licht verschafften. Immer wieder erhellten Blitze den Raum.

»Hier drinnen ist es trocken«, meinte Tanner. »Wir sind sicher. Wer auch immer dort draußen lauert, ist bis auf die Haut naß und wird nicht die ganze Nacht dort bleiben. Es ist Samstag. Ihr wißt ja, daß die Polizei am Wochenende dauernd Streife fährt. Sie werden sehen, daß hier kein Licht brennt, und nachsehen kommen.«

»Warum sollten sie das?« fragte Ali. »Die werden einfach glauben, wir wären Essen gegangen...«

»Nicht nach dem, was letzte Nacht passiert ist. MacAuliff hat klar und eindeutig gesagt, daß er das Haus im Auge behalten würde. Seine Streifenwagen können nicht bis in den Hinterhof sehen, aber die Vorderfront wird ihnen auffallen. Sie müssen... Da schau!« Tanner packte seine Frau am Ellbogen und führte sie zu dem einzigen Vorderfenster, das genügend weit über der Erde lag, so daß man neben der Eingangstreppe hinaussehen konnte. Der Regen rann in dünnen Rinnsalen über die Glasscheibe; man konnte nur schlecht sehen. Selbst die Straßenlaterne am Orchard Drive war nicht die ganze Zeit sichtbar. Tanner holte die Taschenlampe heraus und winkte Osterman zu sich. »Ich habe Ali gerade gesagt, daß MacAuliff heute morgen versprochen hat, er würde das Haus beobachten lassen. Das wird er auch. Er will keinen weiteren Ärger hier haben. Wir wechseln uns an diesem Fenster ab. Auf diese Weise können keinem die Augen müde werden oder anfangen, ihn zu täuschen. Sobald einer von uns den Streifenwagen sieht, geben wir mit der Taschenlampe Signale – auf und ab. Das werden sie sehen. Dann halten sie an.«

»Das ist gut«, sagte Bernie. »Das ist sogar sehr gut! Ich wünschte, du hättest das oben schon gesagt!«

»Ich war nicht sicher. Komisch, aber ich konnte mich nicht erinnern, ob man von diesem Fenster aus die Straße sehen kann. Ich habe bestimmt hundertmal hier unten saubergemacht, aber ich wußte das einfach nicht mit Bestimmtheit. Er lächelte ihnen zu.

»Jetzt fühle ich mich besser«, sagte Leila und gab sich große Mühe, Johns Zuversicht auch auf die anderen zu übertragen.

»Ali, du übernimmst die erste Schicht. Jeder fünfzehn Minuten. Bernie, du und ich, wir wechseln uns zwischen den anderen Fenstern ab. Leila, bleib du bitte in Janets Nähe, ja?«

»Was kann ich tun, Dad?« fragte Raymond.

Tanner sah seinen Sohn an, war stolz auf ihn.

»Bleib bei deiner Mutter am vorderen Fenster. Du beziehst dort dauernd Posten. Schau nach dem Polizeiwagen aus.«

Tanner und Osterman gingen zwischen den beiden Fenstern am Hinterende des Hauses und dem an der Seite hin und her. Nach fünfzehn Minuten wechselte Leila Ali am Vorderfenster ab. Ali fand eine alte Decke, aus der sie eine Liegestatt bereitete, so daß Janet sich hinlegen konnte. Der Junge blieb mit Leila am Fenster, spähte hinaus und rieb immer wieder mit der Hand über das Glas, als könne er so das Wasser draußen wegwischen.

Keiner sagte ein Wort; das Trommeln des Regens und die Windstöße schienen zuzunehmen. Jetzt war Bernie dran. Als er seiner Frau die Taschenlampe abnahm, drückte er sie ein paar Sekunden lang an sich.

Dann war Tanner an der Reihe, und anschließend nahm Ali wieder ihren Platz ein. Keiner von ihnen sprach es aus, aber sie begannen die Hoffnung aufzugeben. Wenn MacAuliff wirklich Streifen eingesetzt hatte und sich auf ihr Haus konzentrierte, dann schien es unlogisch, daß in mehr als einer Stunde noch kein einziger Polizeiwagen vorbeigekommen war.

»Da ist es, Dad! Siehst du das rote Licht?«

Tanner, Bernie und Leila rannten neben Alice und den Jungen ans Fenster. Ali hatte die Taschenlampe angeknipst und winkte jetzt mit ihr. Der Streifenwagen hatte seine Fahrt verlangsamt; er bewegte sich fast nicht mehr, hielt aber nicht an.

»Gib mir die Lampe!«

Tanner hielt den Scheinwerferkegel gerade, bis er im Wolkenbruch undeutlich aber doch unverkennbar die verschwommenen Umrisse des weißen Wagens erkennen konnte. Dann bewegte er den Lichtkegel schnell auf und ab.

Der Fahrer des Wagens mußte das Licht bemerken. Der Lichtkegel mußte über die Windschutzscheibe wandern, dem Fahrer in die Augen leuchten.

Aber der Streifenwagenfahrer hielt nicht an. Er erreichte die Einfahrt und fuhr langsam weiter.

Tanner schaltete die Lampe aus. Er wollte sich nicht umdrehen, wollte die Gesichter der anderen nicht sehen.

Jetzt sagte Bernie leise: »Mir gefällt das nicht.«

»Er muß es gesehen haben! Er *muß* einfach!« Ali hielt ihren Sohn fest, der immer noch durch das Fenster spähte.

»Nicht unbedingt«, log John Tanner. »Da draußen ist scheußliches Wetter. Seine Fenster sind wahrscheinlich genauso beschlagen wie unsere. Vielleicht noch stärker. Das ist bei Wagenfenstern oft so. Er kommt schon wieder vorbei. Das nächste Mal gehen wir ganz auf Nummer Sicher. Nächstes Mal laufe ich hinaus.«

»Wie denn?« fragte Bernie. »Du schaffst das nie rechtzeitig. Wir haben Möbel vor die Tür gestellt.«

»Durch dieses Fenster.« Tanner maß es in Gedanken ab. Es war viel zu klein. Wie leicht einem doch die Lügen fielen.

»Ich kann durchkriechen, Dad!« Der Junge hatte recht. Vielleicht würde es sich als notwendig erweisen, ihn zu schicken.

Aber er wußte, daß er das nicht tun würde. Er konnte das nicht.

Der Fahrer des Streifenwagens hatte den Lichtstrahl gesehen und nicht angehalten.

»Gehen wir wieder zu den Fenstern zurück. Leila, übernimm du jetzt. Ali, sieh mal nach Janet. Ich glaube, sie ist eingeschlafen.«

Tanner wußte, daß er sie beschäftigt halten mußte, selbst wenn das, was sie taten, sinnlos war. Sonst würde jeder seinen eigenen Gedanken nachhängen, seine eigene, ganz persönliche Panik empfinden.

Der Donner peitschte. Ein Blitz erhellte den Keller.

»Johnny!« Osterman hatte das Gesicht am linken hinteren Fenster. »Komm her.«

Tanner rannte zu Osterman hinüber und sah hinaus. Durch den Wolkenbruch konnte er einen kurzen, senkrechten Lichtstrahl vom Boden aufsteigen sehen. Er bewegte sich weit hinter dem Pool, in der Nähe des Wäldchens. Der Lichtkegel schwankte langsam, ruckartig. Dann erleuchtete ein Blitz die Gestalt, die die Taschenlampe hielt. Jemand kam auf das Haus zu.

»Jemand hat Angst, er könnte in den Pool fallen«, flüsterte Bernie.

»Was ist?« Alis Stimme hallte von der improvisierten Liegestatt ihrer Tochter zu ihnen herüber.

»Da draußen ist jemand«, antwortete Tanner. »Haltet euch völlig ruhig. Es könnte sein... Ja, es könnte die Polizei sein.«

»Oder derjenige, der auf uns geschossen hat! O Gott!«

»Schsch! Still.«

Leila verließ das Vorderfenster und ging zu Alice.

»Nimm das Gesicht von der Scheibe weg, Bernie.«

»Er kommt jetzt näher. Er geht um den Pool herum.«

Die beiden Männer traten zurück und bauten sich neben dem Fenster auf. Der Mann draußen trug einen großen Poncho und hatte seinen Kopf mit einem Regenhut geschützt. Er schaltete seine Taschenlampe aus, als er näher an das Haus kam.

Über sich konnten die Gefangenen jetzt hören, wie die Küchentüre klapperte, dann ein Krachen, als der Mann sich gegen das Holz warf. Bald hörte der Lärm auf, dann herrschte, abgesehen von dem Sturm, wieder Stille. Die Gestalt verließ die Umgebung der Küchentüre, und Tanner konnte jetzt von seinem Aussichtsplatz aus sehen, wie der Lichtstrahl auf und ab zuckte. Dann verschwand er am anderen Ende des Hauses, hinter der Garage.

»Bernie!« Leila richtete sich neben Alice und dem Kind auf. »Schau doch! Dort drüben!«

Durch ihr Seitenfenster fiel ein weiterer Lichtkegel. Obwohl er aus ziemlicher Entfernung kam, war der Lichtstrahl hell; er tanzte näher heran. Derjenige, der die Lampe hielt, rannte offenbar auf das Haus zu.

Plötzlich ging das Licht aus, dann wieder nur Regen und Blitze. Tanner und Osterman gingen an das Seitenfenster, jeder auf einer Seite, und blickten vorsichtig hinaus. Sie konnten niemanden sehen, keine Gestalt, nichts, außer Regen, den der Wind peitschte.

Von oben war ein lautes Krachen zu hören. Und dann noch einmal, diesmal schärfer, Holz, das gegen Holz schlug. Tanner ging auf die Stufen zu. Er hatte die Kellertüre versperrt, aber sie war dünn; ein einziger Fußtritt würde sie aus den Angeln reißen. Er hielt die Axt waagrecht vor sich, bereit, nach allem und jedem zu schlagen, der die Treppe herunterkam.

Stille.

Jetzt waren aus dem Haus keine Geräusche mehr zu hören.

Plötzlich schrie Alice Tanner auf. Eine große Hand rieb die Glasscheibe des vorderen Fensters. Der Lichtkegel einer kräftigen Taschenlampe durchdrang die Finsternis. Jemand kauerte hinter dem Licht, das Gesicht unter einer Regenkapuze versteckt.

Tanner rannte auf seine Frau und seine Tochter zu und hob das Kind von der Decke auf.

»Zurück! Zurück an die Wand!«

Das Glas zersplitterte und flog unter dem Fußtritt des Mannes draußen nach allen Richtungen davon. Weitere Fußtritte folgten. Lehm, Gras, Glas- und Holzsplitter flogen in den Keller. Der Regen fegte durch das zerbrochene Fenster herein. Die sechs Gefangenen kauerten an der vorderen Mauer, während der Lichtkegel über den Boden huschte, dann über die gegenüberliegende Wand und die Treppe.

Was dann folgte, lähmte sie alle.

Ein Gewehrlauf erschien am Rand des Fensterrahmens,

und eine Salve ohrenbetäubender Schüsse traf den Boden und die hintere Wand. Dann wurde es wieder still. Betonstaub wirbelte durch den Kellerraum; im grellen Schein der Taschenlampe sah er aus wie wallende Wolken. Wieder begannen die Schüsse, wild, ungezielt. Der Infanterist in Tanner wußte, was dort geschah. Ein zweites Magazin war in die Kammer eines automatischen Karabiners geschoben worden.

Und dann schlug ein zweiter Gewehrkolben das Glas des linken Hinterfensters, ihnen unmittelbar gegenüber, ein. Ein zweiter Lichtkegel huschte über die Reihe von Menschen, die sich gegen die Mauer drückten. Tanner sah, wie seine Frau ihre Tochter an sich preßte, den kleinen Leib mit dem eigenen schützte, und die Wut wallte in ihm auf, ließ ihn handeln.

Er raste auf das Fenster zu, schwang die Axt gegen das zerschlagene Glas und die geduckte Gestalt dahinter. Der Mann sprang zurück, Schüsse klatschten über Tanners Kopf in die Decke. Der Lichtkegel vom vorderen Fenster erfaßte ihn jetzt. Jetzt ist es vorbei, dachte Tanner. Für ihn würde gleich alles aus sein. Statt dessen schlug Bernie mit dem Spaten nach dem Gewehrlauf und lenkte die Schüsse von Tanner ab. Er kroch zu seiner Frau und den Kindern zurück.

»Hier herüber!« schrie er und schob sie auf die andere Wand zu, die Garagenseite des Kellers. Janet konnte nicht mehr aufhören zu schreien.

Bernie packte seine Frau am Handgelenk und zog sie in die Ecke. Die Lichtkegel kreuzten sich. Weitere Schüsse wurden abgegeben; Staub erfüllte die Luft; es wurde unmöglich zu atmen.

Das Licht vom hinteren Fenster verschwand plötzlich; das von vorne tastete immer noch unsicher durch den Raum. Jetzt veränderte der zweite Karabiner seine Position. Dann krachte etwas am Seitenfenster, und das Geräusch von zerbrechendem Glas war zu hören. Der breite Lichtkegel fiel jetzt wieder herein, blendete sie. Tanner schob seine Frau und seinen Sohn auf die hintere Ecke in der Nähe der Treppe zu. Schüsse peitschten; Tanner konnte das Vibrieren spüren, als die Kugeln gegen die Wand über ihm krachten und rings um ihn abprallten.

Sperrfeuer!

Er hielt den Axtstiel mit beiden Händen umkrampft und warf sich nach vorne durch das Fenster, begriff voll und ganz, daß jede einzelne Kugel jetzt seinem Leben ein Ende machen konnte. Aber niemand würde es beenden können, ehe er sein Ziel erreicht hatte. Nichts konnte ihn daran hindern!

Er erreichte das Seitenfenster und schwang die Axt schräg hinein. Ein erschreckter Schrei folgte; Blut schoß durch die Öffnung. Tanners Gesicht und Arme waren mit Blut bedeckt.

Das Gewehr im Vorderfenster versuchte, in Tanners Richtung zu zielen, aber das war unmöglich. Die Kugeln trafen den Boden.

Osterman rannte auf das andere Gewehr zu, hielt den Spaten an der Schulter. Im letzten Augenblick schleuderte er ihn durch die Umrisse der zerbrochenen Glasscheibe, als wäre er ein Wurfspieß. Ein Schmerzensschrei; das Feuer verstummte.

Tanner stützte sich gegen die Wand unter dem Fenster. In den Blitzen draußen konnte er das Blut über die Steine rinnen sehen.

Er lebte, und das war für sich allein betrachtet schon bemerkenswert.

Er drehte sich um und ging zu seiner Frau und den Kindern zurück. Ali hielt die immer noch schreiende Janet im Arm. Der Junge hatte sein Gesicht gegen die Wand gedreht und weinte unkontrolliert.

»Leila! Herrgott! *Leila!*« Bernies hysterischer Schrei ließ das Schlimmste befürchten. *»Leila, wo bist du?«*

»Hier bin ich«, sagte Leila leise. »Mir fehlt nichts, Darling.«

Tanner fand Leila an der vorderen Mauer. Sie war seiner Anweisung nicht nachgekommen, Deckung zu suchen.

Und dann sah Tanner etwas, das ihm trotz seiner Erschöpfung auffiel. Leila trug eine große, grüne Brosche – sie war ihm vorher nicht aufgefallen. Er sah sie jetzt ganz deutlich, denn sie leuchtete in der Finsternis. Ein irisierendes Leuchten, es handelte sich um eines dieser Modeschmuckstücke, wie sie in Boutiquen verkauft wurden. Es war unmöglich, sie in der Finsternis zu übersehen.

Ein schwacher Blitz erleuchtete die Mauer hinter ihr. Tanner war nicht sicher, aber er hatte kaum Zweifel: Rings um sie waren keine Einschußspuren.

Tanner hielt seine Frau und seine Tochter mit einem Arm und drückte den Kopf seines Sohnes mit dem anderen an sich. Bernie rannte zu Leila hinüber und umarmte sie. Jetzt war im Sturm das Heulen einer Sirene zu hören, der Wind trug das Geräusch durch die zerschmetterten Fenster zu ihnen.

Sie blieben bewegungslos stehen, wo sie waren, völlig ausgepumpt und am Rande ihrer Energie. Einige Minuten später hörten sie die Stimmen und das Klopfen oben.

»Tanner! Tanner! Aufmachen!«

Er ließ Frau und Sohn los und ging langsam zu dem zerbrochenen Vorderfenster.

»Hier sind wir. Hier, ihr verdammten, dreckigen Schweine!«

26.

Tanner hatte diese beiden Streifenbeamten häufig in der Ortschaft gesehen, wenn sie den Verkehr regelten oder in ihren Streifenwagen langsam durch die Straßen rollten, aber ihre Namen kannte er nicht. Sie waren vor einem knappen Jahr eingestellt worden und jünger als Jenkins und McDermott.

Jetzt griff er an. Er stieß den ersten Polizisten unsanft gegen die Flurmauer. Das Blut an seinen Händen besudelte den Regenmantel des Beamten. Der zweite Polizist war die Kellertreppe hinuntergerannt zu den anderen.

»Herrgott, loslassen!«

»Sie dreckiges *Schwein! Scheißkerl!* Wir hätten... Wir wären dort unten *umgebracht* worden! Wir alle! Meine Frau! Meine Kinder! *Warum haben Sie das getan?* Antwort will ich haben, und zwar schnell!«

»Verdammt, loslassen! *Was* getan? *Was* für eine Antwort, um Gottes willen?«

»Sie sind vor einer halben Stunde an diesem Haus vorbeigefahren! Sie haben die verdammte Taschenlampe gesehen und sind abgehauen! Weggerast sind Sie!«

»Sie sind verrückt! Ich war mit Ronnie im Norden! Wir haben vor nicht einmal fünf Minuten über Funk den Befehl bekommen, hierher zu fahren. Ein Ehepaar namens Scanlan hat Schüsse gemeldet...«

»Wer ist in dem anderen Wagen? Ich will wissen, wer in dem anderen *Wagen* ist!«

»Wenn Sie mich jetzt loslassen, dann geh' ich hinaus und hol' den Einsatzplan. Ich hab' vergessen, wer – aber ich weiß, *wo* sie sind. Sie sind drüben am Apple Drive. Dort ist eingebrochen worden.«

»Die Cardones wohnen am Apple Drive!«

»Das Haus der Cardones war es nicht. Das kenne ich. Needham heißen die Leute. Ein altes Ehepaar.«

Ali kam jetzt die Treppe herauf, sie trug Janet in den Armen. Das Kind würgte, rang keuchend nach Luft. Ali weinte leise und wiegte ihre Tochter in den Armen.

Ihr Sohn folgte ihr, das Gesicht vom Staub schmutzig und mit Tränen beschmiert. Anschließend kamen die Ostermans. Bernie hielt Leila an der Hüfte, stützte sie auf der Treppe. Er hielt sie fest, als würde er sie nie wieder loslassen.

Jetzt kam der zweite Streifenbeamte langsam durch die Kellertüre. Sein Gesichtsausdruck erschreckte den anderen Beamten.

»Heilige Maria, Mutter Gottes«, sagte er mit leiser Stimme. »Das reinste Schlachthaus ist das dort unten... Ich schwöre bei Gott, ich verstehe nicht, daß da noch welche am Leben sind.«

»Ruf MacAuliff an. Er soll gleich herkommen.«

»Die Leitung ist tot«, sagte Tanner und führte Ali behutsam zu der Couch im Wohnzimmer.

»Ich mach' es über Funk.« Der Streifenbeamte namens Ronnie ging zur Haustüre. »Er wird es mir nicht glauben«, sagte er leise.

Der andere Polizist holte einen Sessel für Leila. Sie brach förmlich in ihm zusammen und fing zum ersten Mal zu weinen an. Bernie beugte sich von hinten über seine Frau und strich ihr über das Haar. Raymond kauerte neben seinem Vater nieder, vor seiner Mutter und seiner Schwester. Er war so verstört, daß er nichts anderes tun konnte, als seinem Vater ins Gesicht zu starren.

Der Polizeibeamte ging auf die Kellertreppe zu. Es war offensichtlich, daß er hinuntergehen wollte, nicht nur aus Neugierde, sondern auch, weil die Szene im Wohnzimmer irgendwie zu persönlich war.

Die Tür öffnete sich, und der zweite Streifenbeamte beugte sich herein. »Ich hab' es Mac gesagt. Er hat den Anruf über sein Funkgerät entgegengenommen. Herrgott! Du hättest ihn hören sollen. Er kommt gleich.«

»Wie lange wird das dauern?« fragte Tanner von der Couch her.

»Nicht lange, Sir. Er wohnt etwa acht Meilen außerhalb. Und die Straßen sind in ziemlich miesem Zustand. Aber so wie seine Stimme klang, wette ich, daß es nicht lang dauern wird.«

»Ich habe ein Dutzend Beamte außen um das Grundstück herum aufgestellt und zwei Männer im Haus. Einer bleibt im Keller, der andere im Korridor. Ich weiß nicht, was ich sonst noch tun kann.« MacAuliff war mit Tanner zusammen im Keller. Die anderen waren oben. Tanner wollte den Polizeichef für sich.

»Hören Sie mir zu! Irgend jemand, einer von *Ihren* Leuten ist an diesem Haus vorbeigefahren und hat nicht angehalten! Ich weiß ganz genau, daß er die Taschenlampe gesehen hat! Er hat sie gesehen und ist weggefahren!«

»Das glaube ich nicht. Ich habe das überprüft. Niemand in den Streifenwagen hat hier irgend etwas entdeckt. Sie haben den Einsatzplan gesehen.«

»Ich habe *gesehen*, wie der Streifenwagen *wegfuhr!* Wo ist Jenkins? McDermott?«

»Die haben ihren freien Tag. Ich habe schon überlegt, ob ich sie holen soll.«

»Komisch, daß die am Wochenende frei haben, nicht wahr?«

»Ich wechsle meine Männer an den Wochenenden ab. Wir haben genügend Leute im Einsatz, genauso wie der Stadtrat es befohlen hat.«

Tanner fiel der Rechtfertigung suchende Tonfall in MacAuliffs Stimme auf.

»Sie müssen noch etwas tun.«

MacAuliff achtete nicht auf ihn. Er inspizierte die aus Hohlblocksteinen bestehenden Wände. Jetzt bückte er sich und hob ein paar Bleikugeln vom Boden auf.

»Ich möchte, daß jedes Beweisstück hier aufgehoben und zur Analyse eingeschickt wird. Wenn Newark es nicht schafft, setze ich das FBI ein. – Was haben Sie gesagt?«

»Ich sagte, daß Sie noch etwas tun müssen. Es ist äußerst wichtig, aber Sie müssen es mit mir alleine tun. Niemand anderer.«

»Was denn?«

»Sie und ich suchen uns jetzt ein Telefon, und dann werden Sie zwei Anrufe machen!«

»Wen soll ich denn anrufen?« MacAuliff stellte die Frage, weil Tanner ein paar Schritte auf die Kellertreppe zugegangen war, um sich zu vergewissern, daß niemand zuhörte.

»Die Cardones und die Tremaynes. Ich möchte wissen, wo sie sind. Wo sie *waren.*«

»Was zum Teufel...«

»Tun Sie, was ich Ihnen sage!«

»Sie denken...«

»Ich denke *gar nichts!* Ich will bloß wissen, wo sie sind. Wir wollen sagen, daß ich mir immer noch Sorgen um sie mache.«

Tanner ging auf die Treppe zu, aber MacAuliff stand immer noch reglos mitten im Raum.

»Augenblick mal! Sie wollen, daß ich anrufe und wollen sich dann einschalten und sich eine Bestätigung beschaffen. Okay, das kann ich tun... Jetzt bin aber ich dran: Sie gehen mir auf die Nerven! Das ist schlecht für meine Magengeschwüre. Was zum Teufel geht hier vor sich? Mir paßt das alles nicht! Wenn Sie und Ihre Freunde irgendwelche Schwierigkeiten haben, dann rücken Sie gefälligst mit der Sprache raus! Ich kann überhaupt nichts unternehmen, wenn ich nicht weiß, auf wen ich achten muß. Und eines will ich Ihnen sagen«, MacAuliff senkte die Stimme und deutete mit ausgestrecktem Finger auf Tanner, während er sich mit der anderen Hand den Leib hielt, »ich werde nicht zulassen, daß meine Personalakte versaut wird, bloß weil Sie da irgendwelche komischen Spielchen treiben. Ich will in meinem Revier keinen Massenmord, nur weil Sie mir nicht sagen, was ich wissen müßte, und mich so davon abhalten, diesen Massenmord zu verhindern!«

Tanner stand immer noch auf der untersten Stufe. Er sah sich um und überlegte. In der nächsten Minute würde er es wissen, dachte er.

»All right – Omega – Sie haben doch von Omega gehört?« Tanner fixierte MacAuliff und wartete darauf, daß der andere sich irgendwie verriet.

»Aber halt. Sie sind ja nicht für Omega überprüft, oder?«

»Wovon zum Teufel reden Sie?«

»Fragen Sie Jenkins. Vielleicht sagt er es Ihnen... Kommen Sie, wir gehen jetzt.«

Drei Telefonanrufe wurden von MacAuliffs Polizeiwagen aus getätigt. Die Information, die sie erhielten, war klar und präzise. Die Tremaynes und die Cardones waren weder zu Hause noch in der näheren Umgebung.

Die Cardones befanden sich in Rockland Country, beim Abendessen, sagte das Mädchen; ob der Polizeibeamte, falls er sie erreichte, wohl so freundlich wäre, sie zu bitten, zu Hause anzurufen. Eine dringende Nachricht aus Philadelphia wäre da.

Die Tremaynes waren, weil Virginia wieder übel geworden war, zu ihren Ärzten in Ridge Park zurückgekehrt.

Der Arzt bestätigte, daß die Tremaynes seine Praxis aufgesucht hatten. Er war ganz sicher, daß sie nach New York gefahren waren. Er hatte ihnen praktisch ein Dinner und einen Theaterbesuch verordnet. Mrs. Tremaynes' Rückfall hatte in erster Linie psychologische Gründe. Sie mußte auf andere Gedanken kommen, das vergessen, was sie an dem alten Bahnhof in Lassiter erlebt hatten.

Es war alles so klar, dachte Tanner. So gut durch zweite und dritte Personen verbürgt.

Und doch hatte keines der beiden Ehepaare ein sicheres Alibi.

Denn so, wie Tanner sich die Ereignisse im Keller rekonstruierte, hätte eine der Gestalten, die versucht hatte, sie zu töten, gut eine Frau sein können.

Fassett hatte gesagt, daß Omega aus Killern und Fanatikern bestünde. Männern *und* Frauen.

»Da haben Sie Ihre Antwort.«

MacAuliffs Worte drangen in Tanners Bewußtsein ein. »Wenn sie zurückkommen, werden wir das überprüfen. Leicht genug, das zu verifizieren, was sie uns erzählen. Das wissen Sie ja.«

»Ja ... Ja, natürlich. Rufen Sie mich anschließend bitte an.«

»Das verspreche ich nicht. Wenn ich der Meinung bin, daß Sie es wissen müssen, werde ich anrufen.«

Der Mechaniker traf ein, um die Wagen zu reparieren. Tanner führte ihn durch die Küche in die Garage und beobachtete seinen Gesichtsausdruck, als er die abgetrennten Drähte inspizierte.

»Sie hatten recht, Mr. Tanner. Jede einzelne Leitung. Ich werde notdürftige Verbindungen herstellen, und dann reparieren wir das drunten in der Werkstatt endgültig. Jemand hat sich da einen üblen Scherz mit Ihnen erlaubt.«

Tanner ging in die Küche zurück zu seiner Frau und den Ostermans. Die Kinder waren oben in Raymonds Zimmer, einer von MacAuliffs Beamten hatte sich erboten, bei ihnen zu bleiben, irgendwelche Spiele mit ihnen zu machen und zu versuchen, sie ruhig zu halten, während die Erwachsenen redeten.

Osterman blieb hartnäckig. Sie *mußten* Saddle Valley verlassen. Sie mußten nach Washington. Sobald der Kombi repariert war, würden sie abfahren, aber statt nach Washington würden sie zum Kennedy Airport fahren und dort ein Flugzeug nehmen. Sie wollten sich weder auf Taxis noch auf Limousinen verlassen. Gegenüber MacAuliff wollten sie auch keine Erklärungen abgeben; sie würden einfach in den Wagen steigen und wegfahren. MacAuliff hatte nicht das Recht, sie festzuhalten.

Tanner saß neben Ali, den Ostermans gegenüber, und hielt ihre Hand. Zweimal hatten Bernie und Leila versucht, ihn dazu zu zwingen, seiner Frau alles zu erklären, und beide Male hatte Tanner gesagt, daß er das erst tun würde, wenn sie alleine waren.

Die Ostermans glaubten, das zu begreifen.

Ali begriff es nicht, deshalb hielt er ihre Hand.

Und jedesmal wenn Leila sprach, erinnerte sich Tanner an ihre glänzende Brosche in der Finsternis des Kellers – und die von Schüssen unversehrte Wand hinter ihr. Es klingelte an der Haustüre, und Tanner ging nachsehen. Er kam zurück und lächelte.

»Geräusche aus der Wirklichkeit. Die Telefonreparaturgruppe.«

Tanner kehrte nicht zu seinem Sessel zurück. Die etwas verschwommenen Umrisse eines Plans begannen vor seinem geistigen Auge langsam Deutlichkeit zu gewinnen. Er würde Ali brauchen.

Seine Frau drehte sich herum und sah ihn an, las seine Gedanken. »Ich sehe mal nach den Kindern.«

Sie ging hinaus, und Tanner trat an den Tisch. Er griff nach seinen Zigaretten und steckte sie sich in die Hemdtasche.

»Wirst du es ihr jetzt sagen?« fragte Leila.

»Ja.«

»Sag ihr alles. Vielleicht kann sie mit diesem – Omega etwas anfangen.« Bernie wirkte immer noch ungläubig. »Ich kann das weiß Gott nicht.«

»Du hast doch das Zeichen an der Wand gesehen.«

Bernie sah Tanner eigenartig an. »Ich habe eine Spur an der Wand gesehen.«

»Entschuldigen Sie, Mr. Tanner.« Das war der Polizist, der vor der Küchentüre Posten bezogen hatte. »Die Telefonleute wollen Sie sprechen. Sie sind in Ihrem Arbeitszimmer.«

»Okay. Komme gleich.« Er wandte sich wieder Bernie Osterman zu. »Um dein Gedächtnis aufzufrischen, das Zeichen, das du gesehen hast, war der griechische Buchstabe Omega.«

Er ging schnell zur Küchentüre hinaus und in sein Arbeitszimmer. Vor den Fenstern hingen tief die Sturmwolken, und es regnete immer noch heftig, wenn auch schwächer als vor einer halben Stunde. Im Zimmer war es dunkel, nur die Schreibtischlampe war eingeschaltet.

»Mr. Tanner.« Die Stimme kam von hinten, und er fuhr herum. Da stand der Mann namens Cole mit der blauen Jacke der Telefongesellschaft bekleidet und musterte ihn aufmerksam. Ein weiterer Mann stand neben ihm. »Bitte, erheben Sie Ihre Stimme nicht.«

Tanners Schock war derartig, daß er die Kontrolle über sich verlor. Er warf sich auf den Agenten. »Du Schweinehund...«

Die beiden Männer hielten ihn auf. Sie drehten ihm die Arme auf den Rücken und drückten sie ihm ins Kreuz. Cole packte ihn an den Schultern und sprach schnell und eindringlich.

»Bitte! Wir wissen, was Sie durchgemacht haben! Daran können wir nichts ändern, aber wir können Ihnen sagen, daß alles vorbei ist! Vorbei, Mr. Tanner. Omega ist zerbrochen!«

»Ich will nichts von Ihnen hören! Ihr Dreckskerle! Ihr schmutzigen Schweine! Es gibt euch gar nicht! Die haben nie etwas von Fassett gehört! Ihre Telefone sind abgeklemmt! Ihr...«

»Wir mußten schnell weg!« unterbrach der Agent. »Wir mußten beide Posten aufgeben. Das war notwendig. Man wird Ihnen das alles erklären.«

»Ich glaube Ihnen kein Wort mehr!«

»Hören Sie nur zu! Entscheiden Sie sich später, aber *hören Sie zu*. Fassett ist keine zwei Meilen von hier und fügt die letzten Stücke zusammen. Er und Washington werden es bald geschafft haben. Bis morgen früh haben wir Omega.«

»Was für ein Omega? Was für ein Fassett? Ich habe Washington angerufen! Ich habe mit McLean in Virginia gesprochen!«

»Sie haben mit einem Mann namens Dwight gesprochen. Dem Titel nach ist er Andrews Vorgesetzter, aber das entspricht nicht den Tatsachen. Dwight war nie für Omega freigegeben. Er hat bei den Geheimdiensten nachgefragt, und der Anruf wurde dem Direktor gemeldet. Es gab keine Alternative, als die, alles abzuleugnen, Mr. Tanner. In Fällen wie diesen leugnen wir immer. *Das müssen wir.*«

»Wo sind die Wachen vor dem Haus? Was ist aus Ihren

gottverdammten Telefonwanzen geworden? Ihre Spezialtruppen, die nicht zulassen sollten, daß man uns auch nur ein Haar krümmt?«

»Das wird Ihnen alles erklärt werden. Ich will nicht lügen. Fehler gibt es immer. Sogar große Fehler, wenn Sie wollen. Wir können sie nie mehr ungeschehen machen, das wissen wir. Aber wir hatten auch noch nie mit einem Omega zu tun. Der wichtigste Punkt ist – das Ziel liegt jetzt vor unseren Füßen. Wir sind soweit!«

»Ach Quatsch! Das *Wichtigste* ist, daß meine Frau und meine Kinder fast getötet wurden!«

»Schauen Sie. Sehen Sie sich das an.« Cole holte eine kleine Metallscheibe aus der Tasche. Sein Kollege ließ Tanners Arme los. »Kommen Sie, nehmen Sie es nur. Sehen Sie es aus der Nähe an.«

Tanner nahm den Gegenstand in die Hand, drehte ihn herum, so daß das Licht darauf fiel. Er sah, daß der winzige Gegenstand korrodiert und wie mit Pockennarben überzogen war.

»Und?«

»Das ist eines der miniaturisierten Mikrofone. Die Korrosion kommt von Säure. Säure, mit der man es besprüht hat, um es funktionsunfähig zu machen. Die Mikrofone sind in jedem einzelnen Zimmer gestört worden. Wir bekamen überhaupt keine Sendungen.«

»Wie hat man sie denn gefunden?«

»Mit der richtigen Ausrüstung ist das ein Kinderspiel. Es gibt keinerlei Spuren daran, keine Fingerabdrücke. Das ist Omega, Mr. Tanner.«

»Und wer ist das?«

»Selbst ich weiß das nicht. Nur Fassett weiß es. Er hat alles unter Kontrolle. Er ist der beste Mann auf drei Kontinenten. Wenn Sie mir nicht glauben wollen, können Sie ja den Außenminister oder den Präsidenten selbst anrufen. In diesem Hause wird nichts mehr geschehen.«

John Tanner atmete ein paarmal tief durch und sah dann den Agenten an. »Es ist Ihnen doch klar, daß Sie überhaupt nichts erklärt haben.«

»Ich sagte doch, später.«

»Das genügt mir nicht!«

Cole erwiderte Tanners fragenden Blick. »Welche Wahl haben Sie denn?«

»Ich könnte diesen Polizisten hereinrufen und zu schreien anfangen.«

»Was zum Teufel würde Ihnen das denn einbringen? Damit könnten Sie sich ein paar Stunden Frieden kaufen. Wie lange würde das dauern?«

Tanner würde ihm noch eine weitere Frage stellen. Dabei war es gleichgültig, wie die Antwort lauten würde. Der Plan kristallisierte sich langsam in John Tanners Bewußtsein. Aber Cole würde das nie erfahren.

»Was muß ich denn machen?«

»Gar nichts müssen Sie – absolut nichts.«

»Verstehe. Vorbei... Also gut, ich – tue – nichts. Darf ich jetzt zu meiner Frau zurück?«

»Natürlich.«

»Sagen Sie, übrigens, ist das Telefon wirklich angezapft?«

»Ja, das ist es.«

Tanner drehte sich um, seine Arme schmerzten. Er ging langsam in den Korridor zurück.

Man konnte jetzt niemandem mehr vertrauen.

Er selbst würde dafür sorgen, daß Omega sich zeigte.

27.

Ali saß am Bettrand und hörte sich die Erzählung ihres Mannes an. Es gab Augenblicke, in denen sie an ihrer Vernunft zweifelte. Sie wußte, daß es Leute wie ihren Mann gab, die den größten Teil der Zeit unter Druck standen und die dann gelegentlich zusammenbrachen. Sie konnte ein gewisses Maß an Verständnis für solche Leute aufbringen, für Amokläufer, für Anwälte und Aktienmakler in der Panik bevorstehender Vernichtung, selbst Johns alles überwältigenden Drang, die Nichtreformierbaren zu reformieren. Aber das, was er ihr jetzt erzählte, überstieg ihr Begriffsvermögen.

»Warum hast du zugestimmt?« fragte sie ihn.

»Es klingt verrückt, aber man hat mich in eine Falle gelockt. Ich hatte keine Wahl. Ich mußte einfach.«

»Du hast dich freiwillig gemeldet!« sagte Ali.

»Eigentlich nicht. Als ich Fassett zustimmte, mir die Namen zu nennen, unterzeichnete ich eine Erklärung, nach der ich gemäß der nationalen Sicherheitsakte unter Anklage gestellt werden konnte. Sobald ich wußte, wer sie waren, hing ich am Strick. Fassett wußte das. Es war unmöglich, normale Beziehungen zu ihnen aufrechtzuerhalten. Und wenn ich das nicht tat, dann bestand die Gefahr, daß man mich unter Anklage stellte, weil ich irgendeinen Formfehler beging.«

»Wie schrecklich«, sagte Ali leise.

»Ich würde eher sagen, schmutzig.«

Dann berichtete er ihr von den Episoden mit Ginny und Leila draußen am Pool. Wie Dick Tremayne ihm in die Garage gefolgt war. Schließlich, wie Bernie gerade angefangen hatte, ihm etwas zu erzählen, ehe Janets Schreie das ganze Haus geweckt hatten.

»Er hat dir nie gesagt, was es war?«

»Er sagte, er biete mir nur Geld für Investitionen an. Ich

warf ihnen beiden vor, Omega anzugehören... Dann rettete er mein Leben.«

»Nein. Augenblick.« Ali beugte sich vor. »Als du hinausgingst, um die Schirme in Sicherheit zu bringen und wir dich alle im Regen beobachteten... Und dann fingen die Schüsse an, und wir gerieten alle in Panik. Ich versuchte hinauszulaufen, und Leila und Bernie hielten mich auf. Also schrie ich und versuchte, mich loszureißen. Leila – nicht Bernie – preßte mich gegen die Wand. Plötzlich sah sie Bernie an und sagte: ›Du kannst gehen, Bernie! Es ist schon gut, Bernie!‹ Ich habe das nicht verstanden, aber sie hat es ihm befohlen.«

»Eine Frau schickt ihren Mann nicht vor das Erschießungspeloton.«

»Darüber habe ich mich auch gewundert. Ich stellte mir die Frage, ob ich den Mut haben würde, dich hinauszuschikken – für Bernie.«

Und dann erzählte Tanner seiner Frau von der Brosche und der Wand ohne Einschüsse.

»Aber sie waren *im* Keller, Darling. Sie waren nicht *draußen*. Das waren nicht die, die auf uns geschossen haben.« Ali hielt inne. Die Erinnerung an das Schreckliche war einfach zuviel. Sie brachte es nicht über sich, weiter davon zu reden. Statt dessen erzählte sie ihm von Joes Hysterie im Wohnzimmer und der Tatsache, daß Betty Cardone sie durch das Fenster beobachtet hatte.

»Da wären wir also«, sagte er, als sie geendet hatte. »Und ich bin einfach nicht sicher, was das alles bedeutet.«

»Aber der Mann im Keller hat doch gesagt, alles wäre jetzt vorbei. Das hat er dir gesagt.«

»Die haben mir eine ganze Menge gesagt... Aber welcher ist es denn? Oder sind es alle drei?«

»Wer?« fragte sie.

»Omega. Es müssen Ehepaare sein. Sie müssen als Paare

auftreten... Aber die Tremaynes und die Cardones sind in dem Wagen mit Gas betäubt worden. Man hat sie an der Lassiter Street hinausgelassen. Aber hat man das wirklich?«

Tanner schob die Hände in die Taschen und ging auf und ab. Er trat ans Fenster, lehnte sich gegen die Wand und blickte in den Garten hinaus.

»Da draußen sind eine Menge Bullen. Die langweilen sich alle zu Tode. Ich wette, die haben den Keller nicht gesehen. Ich frage mich...«

Glas zersplitterte. Tanner fuhr herum, Blut spritzte aus seinem Hemd. Ali schrie und rannte zu ihrem Mann, als der zu Boden fiel.

Weitere Schüsse peitschten, aber keiner kam mehr durch das Fenster. Die Schüsse waren draußen.

Der Polizeibeamte im Flur stieß die Türe auf und rannte zu dem gestürzten Tanner. Höchstens drei Sekunden später kam der Polizist mit gezogener Pistole aus dem Keller gerannt. Draußen waren Stimmen zu hören. Leila kam herein, stöhnte und rannte zu Ali und ihrem Mann, der auf dem Boden lag.

»Bernie! Um Himmels willen, *Bernie!*«

Aber Osterman erschien nicht.

»Wir müssen ihn auf das Bett legen!« schrie der Streifenbeamte aus dem oberen Stockwerk. »Bitte, Madam, lassen Sie los! Ich will ihn auf das Bett legen.«

Man konnte Osterman auf der Treppe schreien hören. »Was zum Teufel ist hier passiert?« Er kam ins Zimmer. »Oh, *Jesus!* Oh, Jesus *Christus!*«

Tanner kam wieder zu Bewußtsein und sah sich um. MacAuliff stand neben dem Arzt; Ali saß auf dem Bett. Bernie und Leila standen am Fußende und gaben sich redliche Mühe, ihm aufmunternd zuzulächeln.

»Das kommt alles wieder in Ordnung. Ganz oberflächlich«, sagte der Arzt. »Schmerzhaft, aber nichts Ernstes. Ein paar Knorpel im Schulterbereich, das ist alles.«

»Hat man auf mich geschossen?«

»Ja, das hat man«, nickte MacAuliff.

»Wer hat auf mich geschossen?«

»Das wissen wir nicht.« MacAuliff versuchte, seinen Ärger zu unterdrücken, was ihm aber nicht ganz gelang. Der Captain war offenbar davon überzeugt, daß man ihn ignorierte; daß man ihm wesentliche Informationen vorenthielt. »Aber eines will ich Ihnen sagen: Ich werde jeden einzelnen von Ihnen verhören, und wenn ich die ganze Nacht dazu brauche, um herauszufinden, was hier vorgeht. Sie benehmen sich alle höchst unvernünftig, und ich werde das nicht zulassen!«

»Die Wunde ist versorgt«, sagte der Arzt und schlüpfte wieder in seine Jacke. »Sie können aufstehen und herumlaufen, sobald Ihnen danach zumute ist, aber seien Sie vorsichtig, Mr. Tanner. Das ist nicht viel mehr als ein tiefer Schnitt. Ganz geringfügiger Blutverlust.« Der Arzt lächelte und ging hinaus. Er hatte keinen Anlaß, dazubleiben.

Kaum war die Türe geschlossen, als MacAuliff abrupt sagte: »Würden Sie bitte alle im Keller warten? Ich möchte alleine mit Mr. Tanner sprechen.«

»Captain, er ist gerade angeschossen worden«, sagte Bernie entschieden. »Sie können ihn jetzt nicht verhören; das lasse ich nicht zu.«

»Ich bin Polizeibeamter in dienstlichem Auftrag; ich brauche Ihre Erlaubnis nicht. Sie haben gehört, was der Arzt gesagt hat. Er ist nicht ernsthaft verletzt.«

»Er hat genug durchgemacht!« Ali starrte MacAuliff an.

»Es tut mir leid, Mrs. Tanner. Das ist jetzt notwendig. Wenn Sie jetzt bitte alle...«

»Nein, das werden wir *nicht!*« Osterman ließ seine Frau stehen und ging auf den Polizeichef zu. »Er ist nicht derjenige, der verhört werden sollte. Das sind *Sie.* Ihre ganze verdammte Polizeitruppe sollte man sich vornehmen... Ich hätte wirklich gerne gewußt, warum dieser Streifenwagen nicht angehalten hat, Captain! Ich habe Ihre Erklärung gehört und kann sie nicht akzeptieren!«

»Wenn Sie so weitermachen, Mr. Osterman, rufe ich einen Beamten herein und lasse Sie einsperren!«

»Das würde ich nicht versuchen...«

»Lassen Sie es nicht darauf ankommen! Ich hatte schon früher mit Leuten Ihres Schlages zu tun! Ich habe in *New York* gearbeitet, Scheißjude!«

Osterman wurde plötzlich ganz leise. »Was haben Sie da gesagt?«

»Provozieren Sie mich bloß nicht!«

»Laß nur!« sagte Tanner vom Bett aus.

»Mir macht es nichts aus, wirklich... Geht nur hinunter, alle.«

Als er mit MacAuliff alleine war, setzte Tanner sich auf. Seine Schulter tat weh, aber er konnte sie unbehindert bewegen.

MacAuliff ging ans Fußende des Bettes und hielt sich mit beiden Händen an der Bettstelle fest. Er sprach ganz ruhig: »Sie werden jetzt reden. Sie sagen mir, was Sie wissen, oder ich stelle Sie unter Anklage wegen Verletzung Ihrer Auskunftspflicht in einem Fall von Mordversuch.«

»Die haben versucht, *mich* zu töten.«

»Das ist genauso Mord. M-o-r-d. Es macht nicht den geringsten Unterschied, ob der Anschlag Ihnen oder diesem Judenschwein galt!«

»Warum sind Sie so feindselig?« fragte Tanner. »Sagen Sie es mir. Eigentlich sollten Sie mir jetzt zu Füßen liegen und betteln. Ich bin ein Steuerzahler, und Sie haben mein Haus nicht beschützt.«

MacAuliff versuchte ein paarmal zu reden, schien aber an seiner eigenen Wut förmlich zu ersticken. Schließlich bekam er sich wieder in den Griff.

»Okay. Ich weiß, daß vielen von Ihnen die Art und Weise nicht paßt, wie ich die Dinge anpacke. Sie und Ihresgleichen wollen mich weghaben und irgendeinen Scheißhippie von der blöden Uni anheuern! Nun, dazu will ich Ihnen etwas sagen – das schaffen Sie nur, wenn ich irgendwo Mist baue. Und ich werde keinen Mist bauen! Dafür sorge ich! Diese Stadt wird sauber bleiben! Also werden Sie mir jetzt sagen, was hier vorgeht. Und wenn ich Hilfe brauche, dann hole ich mir die! Ich kann das erst, sobald ich etwas in der Hand habe!«

Tanner erhob sich von seinem Bett, zuerst etwas unsicher und dann zu seiner eigenen Überraschung ohne Mühe.

»Ich glaube Ihnen. Sie sind zu erregt, um zu lügen. Und Sie haben recht. Eine Menge von uns mögen Sie *tatsächlich* nicht. Aber das kann eine rein gefühlsmäßige Sache sein, wir wollen also nicht weiter darauf eingehen. Trotzdem werde ich hier keine Fragen beantworten. Statt dessen erteile *ich* jetzt einen Befehl. Sie werden dieses Haus Tag und Nacht bewachen, bis ich Ihnen sage, daß Sie aufhören können! Haben Sie das begriffen?«

»Ich nehme keine Befehle an!«

»Von mir schon. Wenn Sie das nicht tun, dann sorge ich dafür, daß Sie auf sechzig Millionen Fernsehschirmen als typisches Beispiel altmodischer, ungebildeter, unaufgeklärter Polizeibrutalität, als eine Bedrohung für echte Polizeiarbeit dargestellt werden! Sie sind überholt. Holen Sie sich Ihre Pension und verschwinden Sie.«

»Das werden Sie nicht tun...«

»Glauben Sie? Hören Sie sich mal um.«

MacAuliff stand da und starrte Tanner an. Die Adern an seinem Hals traten so hervor, daß Tanner glaubte, sie würden jeden Augenblick bersten.

»Wie ich euch Schweine hasse!« sagte er kalt. »Ich kann Sie nicht ausstehen.«

»Ich Sie auch nicht. Ich habe Sie in Aktion gesehen. Aber das hat jetzt nichts zu besagen. Setzen Sie sich.«

Zehn Minuten später rannte MacAuliff aus dem Haus, hinaus in den schwächer werdenden Julisturm. Er knallte die Haustüre hinter sich zu und gab den Beamten, die draußen auf dem Rasen warteten, einige beiläufige Anweisungen. Die Männer reagierten mit schwachen Ehrenbezeugungen, worauf MacAuliff in seinen Wagen stieg.

Tanner holte sich ein Hemd aus einer Schublade und schlüpfte etwas ungeschickt hinein. Dann verließ er das Schlafzimmer und ging die Treppe hinunter.

Ali stand im Flur und sprach dort mit einem Polizeibeamten. Sie eilte ihm entgegen.

»Das ganze Haus wimmelt von Polizei. Ich wollte, es wäre eine Armee. O Gott! Ich gebe mir alle Mühe, ruhig zu sein. Wirklich! Aber ich kann nicht!« Sie umarmte ihn, spürte den Verband unter seinem Hemd. »Was werden wir jetzt *tun*? Wer kann uns *helfen*?«

»Alles wird wieder gut. Wir müssen nur noch kurze Zeit warten.«

»Worauf?«

»MacAuliff beschafft mir Informationen.«

»Was für Informationen?«

Tanner schob Ali gegen die Wand. Er sprach ganz leise und vergewisserte sich, daß der Polizist sie nicht beobachtete. »Wer durch die Kellerfenster auf uns geschossen hat, ist verletzt. Einer ist sogar schwer verwundet – am Bein. Beim anderen sind wir nicht ganz sicher, aber Bernie glaubt, er hätte ihn an der Schulter oder der Brust getroffen. MacAuliff wird die Cardones und die Tremaynes aufsuchen. Dann ruft er mich an. Es kann eine Weile dauern, aber er kommt wieder auf mich zu.«

»Hast du ihm gesagt, worauf er achten soll?«

»Nein. Ich habe ihn nur gebeten, ihre Darstellung zu überprüfen, wo sie waren. Das ist alles. Ich will nicht, daß MacAuliff Entscheidungen trifft. Das ist Fassetts Sache.«

Aber in Wirklichkeit war es nicht Fassetts Sache, dachte Tanner. Es war seine Sache, nur die seine. Er würde es Ali sagen, wenn er *mußte*. Im letzten Augenblick. So lächelte er ihr jetzt nur zu, legte ihr den Arm um die Hüfte und wünschte sich, er könnte wieder frei sein, um sie zu lieben.

Um zehn Uhr siebenundvierzig klingelte das Telefon.

»John? Hier spricht Dick. MacAuliff war bei mir.« Tremaynes Atem hallte schwer aus dem Telefon, aber er bemühte sich mit Erfolg, wenigstens seine Stimme einigermaßen ruhig zu halten. Man hatte den Eindruck, daß seine Nerven zum Zerreißen gespannt waren. »Ich habe keine Ahnung, in was du dich da eingelassen hast – versuchter Mord, um Himmels willen! – und ich *will* es auch gar nicht wissen. Aber das ist jedenfalls mehr, als ich ertragen kann! Es tut mir leid, John, aber ich hole meine Familie da raus. Ich habe Plätze auf der Pan Am morgen früh um zehn bestellt.«

»Wohin geht ihr?«

Tremayne gab keine Antwort. Tanner wiederholte seine Frage. »Ich habe dich gefragt, wohin ihr geht.«

»Tut mir leid, John... Das klingt jetzt vielleicht blöd, aber ich will dir das nicht sagen.«

»Ich glaube, ich verstehe... Aber tu uns einen Gefallen. Kommt auf dem Weg zum Flughafen kurz vorbei.«

»Das kann ich nicht versprechen. Wiedersehen.«

Tanner hielt die Gabel mit der Hand fest und ließ sie dann langsam los. Er wählte die Nummer der Polizeistation von Saddle Valley.

»Polizei-Hauptquartier. Sergeant Dale.«

»Captain MacAuliff, bitte. Hier spricht John Tanner.«

»Er ist nicht hier, Mr. Tanner.«

»Können Sie ihn erreichen? Es ist dringend.«

»Ich kann es über Funk versuchen; wollen Sie warten?«

»Nein. Sagen Sie ihm nur, er soll mich so bald wie möglich anrufen.« Tanner gab noch seine Telefonnummer durch und legte dann auf. Wahrscheinlich war MacAuliff zu den Cardones unterwegs. Er hätte eigentlich inzwischen schon dort eintreffen müssen. Er würde bald anrufen. Tanner ging ins Wohnzimmer zurück. Er wollte die Ostermans aus der Fassung bringen.

Das war Teil seines Planes.

»Wer hat angerufen?« wollte Bernie wissen.

»Dick. Er hat gehört, was passiert ist. Er nimmt seine Familie und geht hier weg.«

Die Ostermans tauschten Blicke.

»Wohin?«

»Das hat er nicht gesagt. Sie haben einen Flug morgen früh.«

»Er hat nicht gesagt, wohin sie gehen?« Bernie stand scheinbar beiläufig auf, konnte aber seine Besorgnis nicht verbergen.

»Sagte ich doch. Er wollte es mir nicht sagen.«

»Das hast du nicht gesagt.« Osterman sah Tanner an. »Du hast gesagt, ›hat er nicht gesagt‹. Das ist etwas anderes, als wenn er es nicht sagen *wollte*.«

»Ja, da hast du wohl recht... Bist du immer noch der Ansicht, daß wir nach Washington fahren sollen?«

»Was?« Osterman sah seine Frau an. Er hatte Tanners Frage nicht gehört.

»Bist du immer noch der Ansicht, daß wir nach Washington fahren sollen?«

»Ja.« Bernie starrte Tanner an. »Jetzt mehr denn je. Du brauchst Schutz. Wirklichen Schutz. Die versuchen, dich umzubringen, John.«

»Das frage ich mich allmählich. Ich frage mich wirklich, ob sie *mich* umbringen wollen.«

»Was willst du damit sagen?« Leila stand auf und sah Tanner an.

Das Telefon klingelte.

Tanner eilte in sein Arbeitszimmer zurück und nahm den Hörer ab. Es war MacAuliff.

»Hören Sie«, sagte Tanner leise. »Ich möchte, daß Sie genau – *genau* – beschreiben, wo Tremayne während Ihres Verhörs war.«

»In seinem Arbeitszimmer.«

»*Wo* in seinem Arbeitszimmer?«

»An seinem Schreibtisch. Warum?«

»Ist er aufgestanden? Ist er herumgegangen? Zum Beispiel, um Ihnen die Hand zu geben?«

»Nein... Nein, ich glaube nicht. Nein, das hat er nicht getan.«

»Und was ist mit seiner Frau? Hat sie Sie ins Haus gelassen?«

»Nein. Das war das Mädchen. Tremaynes Frau war im Obergeschoß. Ihr war nicht gut. Das haben wir uns bestätigen lassen; wir haben den Arzt angerufen, erinnern Sie sich?«

»Richtig. Jetzt sagen Sie mir etwas über die Cardones. Wo haben Sie sie gefunden?«

»Zuerst habe ich mit seiner Frau gesprochen. Eines der

Kindermädchen ließ mich ein. Sie lag auf dem Sofa, ihr Mann war in der Garage.«

»Wo haben Sie mit ihm gesprochen?«

»Das sagte ich doch gerade. In der Garage. Ich bin auch gerade richtig hingekommen. Er ist nach Philadelphia unterwegs. Sein Vater ist krank. Sie haben ihm schon die Sterbesakramente verabreicht.«

»Philadelphia? – Wo war er genau?«

»In der *Garage*, sagte ich! Seine Koffer waren gepackt. Er war im Wagen. Er sagte mir, ich solle mich beeilen. Er wollte losfahren.«

»Er war *im* Wagen?«

»Das ist richtig.«

»Ist Ihnen das nicht seltsam vorgekommen?«

»Warum sollte es das? Hergott, sein Vater liegt im Sterben! Er wollte so schnell wie möglich nach Philadelphia. Ich werde das prüfen.«

Tanner legte den Hörer auf.

Keines der beiden Ehepaare war von MacAuliff unter normalen Umständen gesehen worden. Niemand von ihnen stand, niemand ging. Beide hatten gute Gründe, am Sonntag nicht in sein Haus zu kommen.

Tremayne hinter einem Schreibtisch, verängstigt, unbeweglich.

Cardone in einem Automobil sitzend, nur daran interessiert, so schnell wie möglich wegzufahren.

Einer oder beide *verwundet*.

Einer oder vielleicht beide Omega.

Die Zeit war gekommen. Es hatte aufgehört zu regnen; er würde sich jetzt besser bewegen können, obwohl es in den Büschen immer noch naß sein würde.

Er zog sich in der Küche um, zog die Kleider an, die er aus

dem Schlafzimmer heruntergetragen hatte: schwarze Hosen, einen schwarzen Pullover mit langen Ärmeln und Mokassins. Er steckte sich Geld ein und vergewisserte sich, daß wenigstens sechs Dimes dabei waren. Schließlich schob er sich eine Taschenlampe, die nicht viel größer als ein Füllhalter war, in den V-Ausschnitt seines Pullovers.

Dann ging er zur Flurtüre und rief Ali in die Küche. Er hatte vor diesem Augenblick viel größere Angst als vor allem anderen, das vor ihm lag. Und doch gab es keinen anderen Weg. Er wußte, daß er es ihr sagen mußte.

»Was machst du? Warum...«

Tanner hielt den Finger an die Lippen und zog sie an sich. Sie gingen ans andere Ende der Küche, wo die Tür in die Garage führte, dem Punkt, der am weitesten vom Flur entfernt war. Dort flüsterte er ihr leise zu:

»Erinnerst du dich daran, daß ich dich gebeten habe, mir zu vertrauen?«

Ali nickte langsam.

»Ich gehe jetzt eine Weile hinaus; nur auf kurze Zeit. Ich treffe ein paar Leute, die uns helfen können. MacAuliff hat die Verbindung hergestellt.«

»Warum können die nicht herkommen? Ich will nicht, daß du hinausgehst. Du darfst nicht hinausgehen!«

»Es gibt keine andere Möglichkeit. Das ist alles so vorbereitet«, log er und wußte, daß sie die Lüge ahnte. »Ich rufe dich in kurzer Zeit an. Dann wirst du wissen, daß alles gut ist. Aber bis dahin möchte ich, daß du den Ostermans sagst, daß ich spazierengegangen bin. Sag ihnen, ich sei so aufgeregt gewesen, oder sag ihnen, was du willst. Es ist wichtig, daß sie meinen, daß *du* glaubst, daß ich spazierengegangen bin. Daß ich jeden Augenblick wieder zurückkomme. Vielleicht spreche ich sogar mit den Leuten draußen im Garten.«

»Mit wem wirst du dich denn treffen? Das mußt du mir sagen.«

»Mit Fassetts Leuten.«

Sie hielt seinen Blick fest. Die Lüge war jetzt zwischen ihnen vereinbart, und sie blickte ihm suchend in die Augen. »Mußt du das tun?« fragte sie leise.

»Ja.« Er umarmte sie kurz, wollte gehen, ging mit schnellen Schritten zur Küchentüre.

Draußen schlenderte er auf seinem Grundstück herum, sorgte dafür, daß die Polizeibeamten vor und hinter seinem Hause seine Anwesenheit zur Kenntnis nahmen, bis er glaubte, daß sie aufhörten, ihn zu beobachten. Dann, als er das Gefühl hatte, daß niemand mehr auf ihn achtete, verschwand er in dem Wäldchen.

Er schlug einen weiten Bogen nach Westen, wich mit Hilfe des dünnen Lichtkegels seiner Taschenlampe Hindernissen aus. Die Nässe, der weiche Boden, behinderten ihn, aber schließlich sah er die Hofbeleuchtung seiner Nachbarn, der Scanlans, dreihundert Fuß von seiner Grundstücksgrenze entfernt. Er war triefendnaß, als er sich der hinteren Veranda der Scanlans näherte und schließlich klingelte.

Fünfzehn Minuten später – auch das hatte länger gedauert, als Tanner erwartet hatte – stieg er in das Mercedes-Coupé Scanlans und ließ den Motor an. Scanlans Smith & Wesson steckte in seinem Gürtel und drei zusätzliche Magazine in seiner Tasche.

Tanner bog links in den Orchard Drive ein und fuhr in Richtung auf das Ortszentrum. Es war schon nach Mitternacht; später, als er sich zurechtgelegt hatte.

Einen Augenblick lang beschäftigte er sich damit, gleichsam Inventur aufzunehmen, sich selbst und das, war er tat, zu bewerten. Er hatte sich nie für einen außergewöhnlich tapferen Mann gehalten. Jede Anwandlung von Mut, die er je an den Tag gelegt hatte, war immer dem Augenblick entsprungen. Und er kam sich auch jetzt nicht mutig vor. Er war verzweifelt. Das war seltsam. Seine Angst – der profunde, tiefempfundene Schrecken, mit dem er tagelang gelebt hatte – schuf sich jetzt ihr eigenes Gleichgewicht, gebar ihre eigene Furcht. Furcht davor, manipuliert zu werden. Er konnte das nicht länger hinnehmen.

Saddle Valley lag still da, die Hauptstraße im weichen Licht imitierter Gaslampen, die Geschäftsfassaden im Einklang mit dem Image stillen Wohlstands, der Saddle Valley anhaftete. Keine Neonröhren, keine Scheinwerfer, alles gedämpft und wohlanständig.

Tanner fuhr am Village Pub und am Taxistand vorbei, wendete auf der Straße und parkte. Die öffentliche Telefonzelle stand unmittelbar neben dem Mercedes. Er wollte den Wagen weit genug entfernt stehen haben, um die ganze Gegend überblicken zu können. Er überquerte die Straße und tätigte seinen ersten Anruf.

»Ich bin's, Tanner, Tremayne. Sei still und hör mir zu... Omega ist erledigt. Es wird aufgelöst. Ich mache Schluß. Zürich macht Schluß. Das war eure letzte Prüfung, und ihr habt sie nicht bestanden. Die Dummheit, die jeder einzelne an den Tag gelegt hat, ist unglaublich! Ich erteile die Befehle zum Schlußmachen noch heute nacht. Sei um halb drei beim alten Bahnhof an der Lassiter Road. Und versuche nicht, mich zu Hause anzurufen. Ich rufe aus einer Zelle an. Ich nehme mir ein Taxi dorthin. Mein Haus wird beobachtet, das habe ich *euch allen* zu verdanken! Sei um halb drei an der Lassiter Road und bringe Virginia mit. Omega ist zusammengebrochen! Wenn du mit dem Leben davonkommen und aussteigen willst, dann sei dort – halb drei!«

Tanner drückte die Gabel nieder. Als nächstes kamen die Cardones.

»Betty? Hier Tanner. Hör gut zu. Schnapp dir Joe und sag ihm, daß Omega erledigt ist. Mir ist es gleichgültig, wie du das machst, aber schaff ihn wieder her. Das ist ein Befehl aus Zürich. Sag ihm das! – Omega ist zusammengebrochen. Ihr seid alle verdammte Narren gewesen. Es war sehr dumm, meine Wagen lahmzulegen. Ich werde heute um halb drei am alten Lassiter-Bahnhof die Befehle zum Abbruch erteilen. Komm mit Joe hin! Zürich erwartet euch. Und versuche ja nicht, mich zurückzurufen. Ich rufe aus dem Ort an. Mein Haus wird bewacht. Ich nehme ein Taxi. Nicht vergessen. Lassiter-Bahnhof – sag es Joe.«

Wieder drückte Tanner die Gabel herunter. Sein dritter Anruf galt dem eigenen Haus.

»Ali? Alles klar, Darling. Du brauchst dir keine Sorgen mehr zu machen. Und jetzt sage nichts. Gib mir sofort Bernie ans Telefon... Ali, nicht *jetzt!* Ich will Bernie ans Telefon! – Bernie, ich bin's, John. Es tut mir leid, daß ich weggegangen bin, aber das mußte ich. Ich weiß jetzt, wer Omega ist, aber ich brauche deine Hilfe. Ich rufe aus dem Ort an. Ich brauche später einen Wagen... Nicht jetzt; später. Ich möchte nicht, daß man den meinen im Ort sieht. Ich nehme ein Taxi. Komm um halb drei an den Lassiter-Bahnhof. Wenn du aus der Ausfahrt kommst, biegst du nach rechts und fährst auf dem Orchard Drive in östlicher Richtung – er beschreibt einen leichten Bogen nach Norden –, du fährst etwa eine Meile weit. Dann siehst du einen großen Teich, er ist von einem weißen Zaun umgeben. Auf der anderen Seite ist die Lassiter Road. Fahr zwei Meilen die Lassiter hinunter, dann siehst du den Bahnhof. – Es ist vorbei, Bernie. Ich habe Omega um halb drei am Bahnhof. Um Himmels willen, *laß es jetzt nicht auffliegen!* Du mußt mir vertrauen! Rufe niemanden an und tue nichts! Du mußt nur *dort* sein!« Tanner legte den Hörer auf, riß die Tür auf und rannte zu dem Mercedes-Coupé.

28.

Er stand in der abgedunkelten Eingangsnische eines Spielzeugladens. Es kam ihm in den Sinn, daß Scanlans Mercedes im Ort recht bekannt war, und die Tremaynes, die Cardones und vielleicht sogar die Ostermans wußten, daß Scanlan sein nächster Nachbar war. Vielleicht lag darin sogar ein Vorteil für ihn, überlegte er. Wenn man davon ausging, daß er den Wagen ausgeborgt hatte, würde man weiterhin annehmen, daß er in der Gegend geblieben war. Die Suche würde also gründlich sein. Ihm blieb jetzt nur das Warten. Warten, bis kurz nach zwei, ehe er zum alten Lassiter-Bahnhof fuhr.

Im Ortszentrum würde er warten, um zu sehen, wer ihm folgte, wer versuchen würde, ihn daran zu hindern, den Treffpunkt aufzusuchen. Welches Ehepaar? Oder würden es alle drei sein? Denn Omega mußte jetzt von tiefer Angst erfüllt sein. Das Unaussprechliche war gesagt worden, das Geheimnis ans Licht gezerrt.

Omega würde jetzt versuchen, ihn aufzuhalten. Wenn irgend etwas von dem, was Fassett gesagt hatte, stimmte, war das die einzige Möglichkeit, die ihnen offen blieb. Sie mußten ihn aufhalten, ehe er den alten Bahnhof erreichte.

Damit rechnete er. Doch sie würden ihn nicht aufhalten – er würde dafür sorgen, daß es nicht dazu kam. Aber er wollte im voraus wissen, wer der Feind war.

Er blickte die Straße hinauf und hinunter. Vier Leute waren zu sehen. Ein Ehepaar, das einen Dalmatiner spazierenführte, ein Mann, der aus dem Pub kam und der Fahrer, der auf dem Vordersitz seines Taxis schlief.

Tanner sah jetzt, wie sich aus dem Osten langsam das Scheinwerferpaar eines Wagens näherte. Bald erkannte er, daß es sein eigener Kombi war. Er preßte sich in die unbeleuchtete Eingangsnische.

Am Steuer saß Leila Osterman. Alleine.

Tanners Puls beschleunigte sich. Was hatte er getan? Es war ihm nie in den Sinn gekommen, daß eines der Ehepaare sich in einer Krise trennen würde! Und doch war Leila alleine! Und es gab nichts, das Osterman daran hindern konnte, seine Familie als Geisel festzuhalten! Osterman war einer derer, die geschützt wurden, nicht einer der Gejagten. Er konnte sich frei bewegen, das Grundstück verlassen, wenn er das wollte. Er konnte Ali und die Kinder sogar zwingen, mit ihm zu gehen, wenn er das für notwendig hielt!

Leila parkte den Kombi vor dem Pub, stieg aus und ging schnell zu dem Taxifahrer hinüber, rüttelte ihn wach. Sie redeten einen Augenblick miteinander; Tanner konnte die Stimmen nicht hören. Schließlich wandte sich Leila wieder von ihm ab und ging zum Pub zurück, trat ein. Tanner blieb in der Eingangsnische stehen, spielte mit den Münzen, die er in der Tasche hatte, wartete darauf, daß sie wieder herauskam. Das Warten war für ihn wie ein Alptraum. Er mußte zu der Telefonzelle! Er mußte die Polizei erreichen! Er mußte sicherstellen, daß seine Familie in Sicherheit war!

Schließlich erschien sie wieder, stieg in den Wagen und fuhr davon. Fünf oder sechs Häuserblocks westlich von seinem augenblicklichen Standort bog sie nach rechts; der Wagen verschwand.

Tanner rannte über die Straße zu der Telefonzelle. Er warf einen Dime ein und wählte.

»Hello?«

Dem Himmel sei Dank! Es war Ali!

»Ich bin es.«

»Wo bist du...«

»Das ist jetzt nicht wichtig. Alles ist gut... Bei dir alles in Ordnung?« Er hörte scharf hin, ob ihrem Tonfall irgend etwas anzumerken war, das nicht stimmte.

»Natürlich ist hier alles in Ordnung. Wir machen uns große Sorgen um dich. Was machst du?«

Ihre Stimme klang ganz natürlich. Alles war gut.

»Ich habe jetzt keine Zeit. Ich möchte...«

Sie unterbrach ihn. »Leila ist weggefahren, um dich zu suchen. Du hast einen furchtbaren Fehler gemacht... Wir haben miteinander gesprochen. Du und ich, wir hatten unrecht, Darling. Das ist alles ganz *anders*. Bernie hat sich solche Sorgen gemacht, daß er meinte...«

Er unterbrach sie. Er hatte jetzt keine Zeit übrig, die er vergeuden konnte; nicht mit den Ostermans, nicht jetzt.

»Bleib vorsichtig. Tu, was ich sage. Laß sie nicht aus den Augen!«

Er legte auf, ehe sie etwas sagen konnte. Er mußte die Polizei erreichen. Jede Sekunde zählte jetzt.

»Polizeihauptquartier. Jenkins am Apparat.«

Der eine Mann bei der Polizeibehörde von Saddle Valley, der für Omega freigegeben war, war also zurück. MacAuliff hatte ihn zurückgerufen.

»Hauptquartier«, wiederholte der Beamte ungehalten.

»Hier ist John Tanner...«

»Du lieber Gott, wo waren Sie denn? Wir haben die ganze Gegend nach Ihnen abgesucht.«

»Sie werden mich nicht finden. Nicht, solange ich das nicht will... Jetzt hören Sie mir zu! Die beiden Polizisten im Haus – ich möchte, daß sie bei meiner Frau bleiben. Sie dürfen sie keinen Augenblick alleine lassen! Die Kinder auch nicht! Nie! Keiner von ihnen darf mit Osterman alleine sein!«

»Natürlich! Das wissen wir! Jetzt sagen Sie mir, wo Sie sind! Seien Sie doch kein verdammter Narr!«

»Ich rufe später wieder an. Versuchen Sie gar nicht erst herauszufinden, woher dieser Anruf kam. Ich bin bis dahin nicht mehr hier.«

Er warf den Hörer auf die Gabel und öffnete die Tür, sah sich nach einem besseren Aussichtspunkt als dem Ladeneingang um. Von dort konnte er nicht unbeobachtet weglaufen. Er fing an, die Straße zu überqueren. Der Taxifahrer schlief wieder.

Plötzlich hörte Tanner ohne jegliche Warnung das Dröhnen eines Motors. Die verschwommene Silhouette eines Wagens ohne Scheinwerfer schoß auf ihn zu. Er kam mit ungeheurer Geschwindigkeit irgendwo aus dem Nichts. Er rannte auf den gegenüberliegenden Bürgersteig zu, nur wenige Schritte vor dem daherrasenden Wagen, machte einen Satz auf den Bordstein.

Im gleichen Augenblick verspürte er einen kräftigen Schlag am linken Bein. Das durchdringende Geräusch von Reifen, die auf Asphalt bremsten, war zu hören. Tanner stürzte, wälzte sich zur Seite und sah, wie der schwarze Wagen den Mercedes nur knapp verfehlte und dann die Valley Road hinunterraste.

Die Stelle an seinem linken Bein tat scheußlich weh; seine Schulter tobte wieder. Hoffentlich würde er gehen können! Er mußte gehen können!

Der Taxifahrer kam auf ihn zugerannt.

»Herrgott! Was ist passiert?«

»Helfen Sie mir aufstehen, ja?«

»Na klar! Klar! Alles in Ordnung? Der muß vielleicht geladen haben! Herrgott! Umbringen hätte der Sie können. Soll ich einen Arzt holen?«

»Nein. Nein, ich glaube nicht.«

»Ich hab' ein Telefon dort drüben! Ich ruf' die Bullen an! Die haben in Nullkommanichts einen Doktor hier!«

»Nein! Nein, tun Sie's nicht! Es geht schon. Helfen Sie mir nur ein bißchen auf und ab gehen.« Es bereitete ihm Schmerzen, aber Tanner stellte fest, daß er sich bewegen konnte. Das war das Allerwichtigste. Der Schmerz hatte jetzt keine Bedeutung. Nichts außer Omega hatte etwas zu bedeuten. Und Omega hatte sich zeigen müssen!

»Ich glaube, ich rufe doch lieber die Polizei«, sagte der Fahrer, der immer noch Tanners Arm festhielt. »Solche Rowdys gehören nicht auf die Straße.«

»Nein... Ich meine, ich hab' die Nummer nicht gesehen. Nicht einmal, was für ein Wagentyp das war. Es würde nichts nützen.«

»Ja, wahrscheinlich nicht. Würde dem Schweinehund ja recht geschehen, wenn er gegen einen Baum raste.«

»Ja. Das finde ich auch.« Tanner konnte jetzt wieder alleine gehen. Er würde es schon irgendwie schaffen.

Das Telefon am Taxistand auf der anderen Straßenseite klingelte.

»Das ist mein Telefon... Bei Ihnen alles klar?«

»Sicher. Vielen Dank auch.«

»Samstagnacht. Wahrscheinlich der einzige Anruf, den ich während der ganzen Schicht kriege. Die haben um diese Zeit nur ein Taxi im Einsatz. Und das ist schon eines zuviel.« Der Fahrer setzte sich in Bewegung. »Viel Glück und alles Gute. Brauchen Sie auch wirklich keinen Arzt?«

»Nein, wirklich nicht. Vielen Dank noch mal.«

Er sah zu, wie der Fahrer den Hörer abnahm, sich eine Adresse notierte, und hörte dann seine Stimme, als er sie wiederholte:

»Tremayne. Sechzehn Peachtree. Bin in fünf Minuten da, Madam.« Er legte auf und sah, daß Tanner ihn beobachtete. »Was sagen Sie dazu? Zu einem Motel in Kennedy will sie. Mit wem sie's wohl dort treiben mag?«

Tanner wunderte sich. Die Tremaynes hatten zwei eigene Wagen... Hatte Tremayne die Absicht, den Befehl zu ignorieren, zum alten Lassiter-Bahnhof zu kommen? Oder hoffte er nur, ihn im Ort zu isolieren, indem er sicherstellte, daß das einzige Taxi, das zur Verfügung stand, nicht da war?

Beides war möglich.

Tanner humpelte auf eine Seitengasse zu, die am Pub entlangführte und in erster Linie von Lieferanten benutzt wurde. Sie führte zu einem öffentlichen Parkplatz, aus dem er, wenn es nötig sein sollte, ungesehen entkommen konnte. Er blieb in der finsteren Gasse stehen und massierte sein Bein. In einer Stunde würde er dort einen ansehnlichen Bluterguß haben.

Er sah auf die Uhr. Es war zwölf Uhr neunundvierzig. Noch eine Stunde, dann würde er zu dem alten Bahnhof fahren. Vielleicht würde der schwarze Wagen wiederkommen. Vielleicht würden auch andere kommen.

Er hätte gerne geraucht, wollte aber so nahe bei der Straße kein Streichholz anreißen. Das Glühen der Zigarette konnte er hinter der hohlen Hand verbergen, nicht aber die Flamme eines Streichholzes. Er ging zehn Meter in die dunkle Gasse hinein und zündete sich die Zigarette an. Er hörte etwas. Schritte?

Vorsichtig schlich er wieder zum Eingang an der Valley Road zurück. Der Ort war verlassen. Die einzigen Geräusche, die zu hören waren, kamen aus dem Pub. Dann öffnete sich die Tür des Lokals, und drei Leute kamen heraus: Jim und Nancy Loomis, mit einem Mann, den er nicht erkannte. Er lächelte wehmütig.

Da war er jetzt, John Tanner, der angesehene Chef der Nachrichtenredaktion von Standard Mutual, und verbarg sich in einer finsteren Gasse – schmutzig, vom Regen durchnäßt, mit einer Streifschußnarbe an der Schulter und einem beginnenden Bluterguß am Bein, den ihm ein Fahrer zugefügt hatte, der ihn ermorden wollte – und beobachtete Jim und Nancy aus dem Hinterhalt, wie sie das Pub verließen. Jim

Loomis. Omega hatte ihn berührt, und er würde das nie erfahren.

Auf der Valley Road kam aus dem Westen – der Richtung der Staatsstraße fünf – ein Automobil, das leise, mit höchstens zehn Meilen die Stunde, fuhr. Der Fahrer schien auf der Valley Road jemanden oder etwas zu suchen.

Es war Joe.

Er war also nicht nach Philadelphia gefahren. Es gab keinen sterbenden Vater in Philadelphia. Die Cardones hatten gelogen.

Tanner überraschte das nicht.

Er preßte seinen Rücken gegen die Mauer und hoffte, daß man ihn nicht sehen würde, aber er war ein kräftig gebauter Mann. Aus keinem anderen Grund, als weil es ihm ein Gefühl der Sicherheit vermittelte, zog Tanner die Pistole aus dem Gürtel. Wenn nötig, würde er Cardone töten.

Als der Wagen noch vierzig Fuß von ihm entfernt war, ließen zwei kurze Hupentöne eines zweiten Fahrzeugs, das aus der entgegengesetzten Richtung kam, Cardone anhalten.

Der zweite Wagen rollte schnell heran.

Es war Tremayne. Als er an der Gasse vorbeirollte, konnte Tanner sein von panischer Angst verzerrtes Gesicht sehen.

Der Anwalt hielt neben Cardone an, und die beiden Männer redeten schnell, mit leiser Stimme miteinander. Tanner konnte nichts verstehen, merkte aber, daß die beiden Männer schnell und in großer Erregung redeten. Tremayne wendete auf der Straße, und dann rasten die beiden Fahrzeuge in der gleichen Richtung davon.

Tanner entspannte sich, dehnte die verkrampften Glieder. Jetzt wußte er über alle Bescheid. Über alle, die er kannte, und einen weiteren, von dem er nichts wußte. Omega plus eins, überlegte er. Wer war in dem schwarzen Wagen gesessen? Wer hatte versucht, ihn zu überfahren?

Es hatte keinen Sinn, noch länger zu warten. Er hatte gesehen, was er sehen mußte. Er würde jetzt bis auf ein paar hundert Meter an den Lassiter-Bahnhof heranfahren und darauf warten, daß Omega sich erklärte.

Er ging aus der Gasse heraus, auf den Wagen zu. Dann blieb er stehen.

Mit dem Wagen stimmte etwas nicht. Im gedämpften Licht der Gaslaternen konnte er sehen, daß das Hinterende des Wagens auf die Straße heruntergesunken war. Die verchromte Stoßstange stand nur ein paar Zoll über dem Pflaster.

Er rannte auf den Wagen zu und holte die Taschenlampe heraus. Die beiden hinteren Reifen waren platt, das Gewicht des schweren Wagens ruhte auf den Felgen. Er kauerte sich nieder und sah zwei Messer in den Reifen stecken.

Wie? Wann? Er war die ganze Zeit höchstens zwanzig Meter entfernt gewesen! Die Straße war verlassen! Niemand! Niemand hatte sich an den Mercedes heranschleichen können, ohne ihm aufzufallen!

Höchstens vielleicht in diesen paar Augenblicken in der Gasse. Jenen Augenblicken, in denen er sich die Zigarette angezündet und sich an die Wand gepreßt hatte, um Tremayne und Cardone zu beobachten. Jenen Sekunden, in denen er geglaubt hatte, Schritte zu hören.

Die Reifen waren vor höchstens fünf Minuten aufgeschlitzt worden!

Herrgott, dachte Tanner. Es hatte doch noch nicht aufgehört! Omega war ihm auf den Fersen. Sie wußten Bescheid. Wußten über jeden Schritt, den er tat, Bescheid. Jede Sekunde!

Was hatte Ali am Telefon sagen wollen? Bernie hatte – was? Er ging auf die Zelle zu, holte den letzten Dime aus der Tasche. Während er die Straße überquerte, zog er die Pistole aus dem Gürtel. Vielleicht wartete derjenige, der ihm die Reifen aufgeschnitten hatte, irgendwo, beobachtete ihn.

»Ali?«

»Darling, um Gottes willen, komm nach Hause!«

»Es dauert nicht mehr lange, Honey. Ehrlich, es gibt keine Probleme. Gar keine Probleme... Ich möchte dich nur etwas fragen. Das ist wichtig.«

»Es ist genauso wichtig, daß du *nach Hause* kommst!«

»Du hast vorher gesagt, Bernie hätte sich zu etwas entschlossen. Was war das?«

»Oh... Als du das erstemal anriefst. Leila ist dir nachgefahren; Bernie wollte uns nicht alleine lassen. Aber er machte sich Sorgen, daß du nicht auf sie hören würdest, und dann hat er beschlossen, sich selbst auf die Suche nach dir zu machen, nachdem ja Polizei hier war.«

»Hat er den Triumph genommen?«

»Nein. Er hat sich von einem der Polizisten einen Wagen ausgeliehen.«

»O Gott!« Tanner wollte nicht ins Telefon schreien, aber er konnte nicht anders. Der schwarze Wagen, der plötzlich aus dem Nichts aufgetaucht war! Das *plus eins* war in Wirklichkeit doch Teil der drei! »Ist er zurück?«

»Nein. Aber Leila ist wieder da. Sie meint, er hat sich vielleicht verfahren.«

»Ich rufe wieder an.« Tanner legte auf. Natürlich hatte Bernie sich ›verfahren‹. Er hatte noch nicht genügend Zeit gehabt, zurückzufahren. Nicht, seit Tanner in der Gasse gewesen war, nicht, seit man ihm die Reifen aufgeschlitzt hatte.

Und jetzt erkannte er, daß er *irgendwie* zum Lassiter-Bahnhof mußte. Ihn erreichen und dort Stellung beziehen mußte, ehe irgendein Teil von Omega ihn aufhalten konnte oder erfuhr, wo er war.

Die Lassiter Road lag in nordwestlicher Richtung, etwa

drei Meilen vom Ortszentrum entfernt. Und ein oder zwei Meilen dahinter stand der alte Bahnhof. Er würde zu Fuß gehen. Das war alles, was er tun konnte.

Er machte sich so schnell er konnte auf den Weg. Die Schmerzen in seinem Bein ließen bald nach. Nach einer Weile duckte er sich in eine Türnische. Niemand folgte ihm.

Er setzte seinen Marsch im Zick-Zack-Kurs in nordwestlicher Richtung fort, bis er den Rand der Ortschaft erreichte – dort gab es keine Bürgersteige mehr, nur große Rasenflächen. Lassiter war jetzt nicht mehr weit. Zweimal legte er sich flach auf den Boden, wenn Autos an ihm vorbeirasten, deren Fahrer nur auf die Straße vor ihnen achteten, sonst auf nichts.

Schließlich erreichte er durch ein kleines Wäldchen hinter einem gepflegten Rasen die Lassiter Road.

Auf der grob geteerten Straße bog er nach links und setzte zum letzten Teilstück seines Abenteuers an. Seiner Berechnung nach hatte er höchstens noch eine oder eineinhalb Meilen zu gehen. Wenn sein Bein ihm nicht den Dienst versagte, würde er die verlassene Station in fünfzehn Minuten erreichen. Wenn nicht, dann würde er einfach sein Tempo verlangsamen – aber er würde hinkommen. Seine Uhr zeigte ein Uhr einundvierzig. Er hatte noch Zeit.

Omega würde nicht vor der Zeit kommen. Das konnte man sich nicht leisten. Es – oder sie – wußte nicht, was sie erwartete.

Tanner hinkte die Straße entlang und stellte fest, daß er sich besser – sicherer fühlte, wenn er Scanlans Pistole in der Hand hielt. Er sah ein Licht, das hinter ihm aufblitzte. Scheinwerfer, drei- oder vierhundert Meter entfernt. Er drang in das Wäldchen ein, das die Straße säumte, und legte sich flach auf den schlammigen Boden.

Der Wagen rollte langsam an ihm vorbei. Es war derselbe schwarze Wagen, der ihn an der Valley Road attackiert hatte.

Er konnte den Fahrer nicht sehen; die Straße war nicht beleuchtet, es war also recht dunkel.

Als der Wagen verschwunden war, ging Tanner zur Straße zurück. Er hatte überlegt, ob er vielleicht zwischen den Büschen weitergehen sollte, aber das ging nicht. Auf der Asphaltstraße würde er schneller vorankommen. Er ging weiter, humpelte jetzt wieder, fragte sich, ob der schwarze Wagen einem Polizisten gehörte, der augenblicklich auf 22, Orchard Drive, stationiert war. Ob der Fahrer vielleicht ein Schriftsteller namens Osterman war?

Er hatte fast eine halbe Meile zurückgelegt, als die Lichter wieder auftauchten, nur diesmal vor ihm. Er warf sich in das Gebüsch und hoffte, daß man ihn nicht gesehen hatte, entsicherte seine Pistole, während er auf dem Boden lag.

Der Wagen näherte sich jetzt mit unglaublicher Geschwindigkeit. Der Fahrer raste zurück, um irgend jemanden zu finden.

War es sein Ziel, *ihn* zu finden? Oder Leila Osterman?

Oder wollte er Cardone erreichen, der *keinen* sterbenden Vater in Philadelphia hatte. Oder Tremayne, der nicht zu dem Motel am Kennedy Airport unterwegs war.

Tanner stand auf und ging weiter. Sein Bein fühlte sich so an, als würde es ihm jeden Augenblick den Dienst versagen. Er hielt die Pistole fest in der Hand.

Die Straße beschrieb einen leichten Bogen, und dann war er da. Eine einzige Straßenlampe, die schon etwas durchhing, beleuchtete das zerfallende Stationsgebäude. Das alte Bahnhofsgebäude war mit Brettern vernagelt, und aus den Spalten in dem halbverfaulten Holz wucherte Unkraut. Kleine, häßliche Blätter wuchsen aus dem Fundament. Kein Wind, kein Regen war zu verspüren, kein Laut, nur das rhythmische Tropfen von Wasser von Tausenden von Ästen und Blättern – die letzten erschöpften Nachwirkungen des Sturms.

Er stand am Rande der verkommenen, von Unkraut überwucherten Parkfläche und versuchte sich zu entscheiden, wo er Posten beziehen sollte. Es war fast zwei Uhr, und er mußte ein Versteck finden. Das Stationsgebäude selbst! Vielleicht konnte er sich Zutritt verschaffen. Er machte sich auf den Weg, quer über die Kiesfläche.

Ein blinkendes Licht blitzte ihm in die Augen, seine Reflexe ließen ihn einen Satz nach vorne machen. Er rollte sich über die verwundete Schulter ab, fühlte aber keinen Schmerz. Ein kräftiger Scheinwerfer hatte die Düsternis durchstochen, die das Bahnhofsgelände einhüllte, und jetzt hallten Schüsse durch die Nacht. Kugeln bohrten sich rings um ihn in den Boden oder pfiffen ihm über den Kopf. Er rollte sich weiter, wußte, daß eine der Kugeln ihn am linken Arm getroffen hatte.

Jetzt hatte er den Rand der Kiesfläche erreicht und hob seine Pistole, richtete sie auf das blendende Licht. Er feuerte schnell in Richtung auf den Feind. Der Scheinwerfer explodierte; dann hallte ein Schrei. Tanner drückte immer wieder ab, bis das Magazin leer war. Er versuchte, mit der linken Hand in die Tasche zu greifen und einen zweiten Ladestreifen herauszuholen, mußte aber feststellen, daß er den Arm nicht bewegen konnte.

Jetzt herrschte wieder Stille. Er legte die Pistole hin und holte schwerfällig mit der rechten Hand ein Magazin heraus. Dann drehte er die Pistole herum, hielt den heißen Lauf mit den Zähnen fest und schob das frische Magazin in die Kammer, verbrannte sich dabei die Lippen.

Er wartete darauf, daß sein Feind sich bewegte, irgendein Geräusch verursachte. Aber nichts regte sich.

Langsam erhob er sich. Sein linker Arm war jetzt völlig bewegungsunfähig. Er hielt die Pistole vor sich, bereit abzudrücken, wenn sich das geringste im Gras bewegte.

Aber da war nichts.

Tanner schob sich rückwärts durch die Bahnhofstüre, hielt die Waffe in die Höhe, tastete den Boden vorsichtig mit den Füßen ab, um nicht von einem unerwarteten Hindernis zu Fall gebracht zu werden. Jetzt erreichte er die mit Brettern vernagelte Türe, wußte, daß er sich unmöglich Zugang verschaffen konnte, wenn sie zugenagelt war. Sein Körper war jetzt fast bewegungsunfähig. Er verfügte nur noch über wenig Kraft.

Trotzdem drückte er mit dem Rücken gegen die Tür, und das schwere Holz gab leicht nach, ächzte dabei laut. Tanner drehte den Kopf und sah, daß der Spalt drei oder vier Zoll breit war. Die alten Scharniere waren mit Rost verkrustet. Er warf sich mit der rechten Schulter gegen die Tür, und sie gab nach, ließ Tanner in die Finsternis stürzen, auf den verfaulenden Boden des Stationsgebäudes.

Dort blieb er ein paar Sekunden lang liegen. Die Bahnhofstüre stand jetzt zu Dreiviertel offen, die obere Hälfte war aus den Angeln gebrochen. Die fünfzig Meter entfernte Straßenlaterne lieferte stumpfes Licht. Zerbrochene oder fehlende Bretter im Dach ließen etwas Helligkeit hereinfallen.

Plötzlich hörte Tanner ein ächzendes Geräusch hinter sich. Unverkennbar ein Schritt auf dem verfaulenden Boden. Er versuchte sich umzudrehen, versuchte aufzustehen. Zu spät. Etwas schmetterte ihm gegen den Schädel. Er fühlte, wie ihn Benommenheit umfing, sah aber den Fuß. Einen in Verbände gehüllten Fuß.

Als er auf dem verfaulenden Boden zusammenbrach und Schwärze ihn umfing, blickte er nach oben in ein Gesicht.

Tanner wußte, daß er Omega gefunden hatte.

Es war Laurence Fassett.

29.

Wie lange er bewußtlos gelegen hatte, wußte er nicht. Fünf Minuten? Eine Stunde?

Er hatte keine Ahnung. Er konnte seine Uhr nicht sehen, den linken Arm nicht bewegen. Sein Gesicht berührte den zersplitterten Boden des Stationsgebäudes. Er spürte, wie das Blut langsam aus seiner Armwunde tropfte; sein Kopf schmerzte.

Fassett!

Der Manipulator.

Omega.

Wie er so dalag, huschten ihm isolierte Fragmente früherer Gespräche durch den Sinn.

›... wir sollten einmal zusammenkommen... unsere Frauen sollten zusammenkommen...‹

Aber Laurence Fassetts Frau war in Ost-Berlin getötet worden. Ermordet in Ost-Berlin.

Und dann war da noch etwas. Etwas, das mit einer Woodward-Sendung zu tun hatte. Der Sendung über die CIA vor einem Jahr.

›... ich war damals in den Staaten. Ich habe die Sendung gesehen.‹

Aber er war damals nicht ›in den Staaten‹. Fassett hatte gesagt, er wäre vor einem Jahr an der albanischen Grenze gewesen: ›... fünfundvierzig Tage des Feilschens.‹ Im Außendienst. Das war der Grund gewesen, weshalb er mit John Tanner Verbindung aufgenommen hatte, dem soliden, über alle Zweifel erhabenen Chef der Nachrichtenredaktion von Standard Mutual, einem Bewohner des Zielortes, Abgrund des Leders.

Es gab auch noch andere Widersprüche – keine so offensichtlichen mehr, aber es gab sie. Sie würden ihm jetzt nichts nützen. Sein Leben war im Begriff, in den Ruinen der alten Bahnstation von Lassiter ein Ende zu finden.

Er bewegte den Kopf und sah Fassett, der über ihm stand.

»Wir haben Ihnen für vieles zu danken. Wenn sie ein so guter Schütze sind, wie ich glaube, haben Sie dort draußen den perfekten Märtyrer geschaffen. Einen toten Helden. Wenn er nur verwundet ist, wird er ohnehin bald tot sein. Oh, er ist ein Teil von uns, aber selbst er würde erkennen, welch perfekten Beitrag er mit seinem Opfer leistet. Sehen Sie, ich habe Sie nämlich nicht belogen. Wir sind Fanatiker. Das müssen wir sein.«

»Was nun?«

»Wir warten auf die anderen. Ein oder zwei müßten auftauchen. Dann wird es vorbei sein. Deren Leben und das Ihre, fürchte ich. Und Washington wird sein Omega haben. Und dann wird vielleicht ein Außenagent namens Fassett eine weitere Belobigung bekommen. Wenn die nicht vorsichtig sind, machen sie mich eines Tages noch zum Direktor ihrer Operationen.«

»Sie sind ein Verräter.« Tanner spürte in dem dunklen Schatten unter seinem Rücken etwas. Es war ein lockeres Stück des Fußbodens, etwa zwei Fuß lang und ein oder zwei Zoll breit. Er setzte sich schwerfällig und unter Schmerzen auf und zog die Diele zu sich heran.

»Nach meiner Definition nicht. Ein Abtrünniger vielleicht. Kein Verräter. Wir wollen darauf nicht weiter eingehen. Sie würden meinen Standpunkt weder verstehen noch würdigen können. Wir wollen einfach sagen, daß nach meiner Ansicht Sie der Verräter sind. Sie *alle*. Sehen Sie sich doch um...«

Tanner schlug mit dem Stück Holz zu, ließ es mit der ganzen ihm noch verbliebenen Kraft auf den verbundenen Fuß heruntersausen. Blut brach hervor, breitete sich durch das Verbandsgewebe aus. Tanner warf sich in die Höhe, auf Fassetts Unterleib zu, versuchte verzweifelt, die Hand mit der Waffe zu packen. Fassett schrie auf. Tanner fand mit der rechten Hand das Handgelenk des Agenten, sein linker Arm war bewegungsunfähig. Er trieb Fassett gegen die Wand, trat mit dem Absatz auf seinen verwundeten Fuß, trat immer wieder zu.

Tanner riß dem anderen die Waffe weg, und sie fiel zu Boden, glitt auf die offene Türe und den schwachen Lichtstrahl zu, der von draußen hereinfiel. Fassetts Schreie zerrissen die Stille des Stationsgebäudes, als er gegen die Wand taumelte.

John hechtete auf die Pistole zu, hob sie auf und hielt sie in der Hand. Dann stand er auf, jeder Teil seines Körpers schmerzte, und das Blut floß ihm aus dem Arm.

Fassett war kaum noch bei Bewußtsein, stöhnte vor Schmerz. Tanner wollte diesen Mann lebend, wollte Omega lebend. Aber er dachte an den Keller, an Ali und die Kinder, und so zielte er sorgfältig und feuerte zweimal, einmal in die Masse von Blut und Fleisch, die Fassetts Wunde war, und einmal in seine Kniescheibe.

Er taumelte zurück zur Türe, stützte sich am Türrahmen. Von Schmerzen gequält sah er auf die Uhr: zwei Uhr siebenunddreißig. Sieben Minuten nach der für Omega festgesetzten Zeit.

Niemand würde jetzt kommen. Die Hälfte von Omega lag schmerzgepeinigt im Stationsgebäude; der Rest im hohen, feuchten Gras jenseits des Parkplatzes.

Er fragte sich, wer das dort draußen wohl sein mochte.

Tremayne?

Cardone?

Osterman?

Tanner riß ein Stück von seinem Ärmel ab und versuchte, sich den Stoffetzen um die Armwunde zu wickeln. Wenn er nur die Blutung etwas stillen konnte, selbst nur teilweise.

Wenn er das schaffte, würde er es vielleicht bis zu der Stelle schaffen, wo der Scheinwerfer gestanden war.

Aber er brachte es nicht zuwege, verlor das Gleichgewicht und fiel nach hinten zu Boden. Er war nicht besser dran als Fassett. Ihrer beider Leben würde hier verebben, hier an dieser Stelle. In der alten Bahnstation.

Ein Heulen begann; Tanner war nicht sicher, ob das nur seine Fantasie war, oder ob da wirklich etwas heulte. Und doch, es war Wirklichkeit! Es wurde lauter.

Sirenen, das Brausen von Motoren. Dann das Quietschen von Bremsen auf lockerem Kies und feuchtem Untergrund.

Tanner stützte sich auf den Ellbogen. Er bemühte sich mit aller Kraft aufzustehen – und wenn er es nur bis zum Knien schaffte, das würde schon genügen. Das würde ausreichen, um zu kriechen, wenigstens bis zur Türe zu kriechen.

Die Scheinwerferbündel sickerten durch die lockeren Bretter und den abgesprungenen Stuck, ein Lichtkegel hielt den Eingang umfaßt. Dann war eine Stimme zu hören, sie wurde von einem Megafon verstärkt.

»Hier spricht die Polizei! In unserer Begleitung befinden sich die Bundesbehörden! Wenn Sie Waffen haben, werfen Sie sie heraus und kommen Sie mit erhobenen Händen nach! Wenn Sie Tanner als Geisel gefangen halten, geben Sie ihn frei! Sie sind umstellt. Es besteht keine Möglichkeit zur Flucht!«

Tanner versuchte, etwas zu sagen, während er auf die Türe zukroch. Wieder erklang die Stimme.

»Wir wiederholen. Werfen Sie Ihre Waffen heraus ...«

Tanner konnte eine andere Stimme schreien hören, diesmal nicht über ein Megafon.

»Hier drüben! Licht bitte! Bei diesem Wagen! Hier drüben im Gras!«

Jemand hatte den Rest von Omega gefunden.

»Tanner! John Tanner! Sind Sie drinnen!?«

Tanner erreichte den Eingang und zog sich am Türrahmen in die Höhe, so daß der Lichtkegel ihn erfaßte.

»Da ist er! Herrgott, schau ihn an!«

Tanner fiel nach vorne. Jenkins rannte neben ihn.

»So, Mr. Tanner. Wir haben Sie so gut wie möglich verbunden. Das reicht, bis die Ambulanz da ist. Sehen Sie, ob Sie gehen können.« Jenkins stützte Tanner an der Hüfte und zog ihn in die Höhe. Zwei andere Polizeibeamte trugen Fassett heraus.

»Das ist er. Das ist Omega.«

»Das wissen wir. Sie sind ein sehr beachtlicher Bursche. Sie haben geschafft, was sonst keiner in fünf Jahren geschafft hat. Sie haben uns Omega geholt.«

»Da ist noch jemand. Dort drüben... Fassett hat gesagt, er wäre der andere Teil von ihnen.«

»Wir haben ihn gefunden. Er ist tot. Er ist immer noch dort. Wollen Sie hinübergehen und sehen, wer es ist? Damit Sie es eines Tages Ihren Enkelkindern sagen können.«

Tanner sah Jenkins an und erwiderte mit stockender Stimme: »Ja. Ja, das möchte ich. Ich denke, ich sollte das wissen.«

Die beiden Männer gingen ins Gras hinüber. Tanner war von dem Augenblick, der ihm jetzt bevorstand, gleichzeitig fasziniert und abgestoßen, dem Augenblick, in dem er selbst das zweite Gesicht von Omega sehen würde. Er fühlte, daß Jenkins das verstand. Er selbst mußte es sehen, er durfte es nicht aus zweiter Hand erfahren. Er mußte für den schrecklichsten Teil von Omega Zeugnis ablegen.

Dem Verrat der Freundschaft.

Dick. Joe. Bernie.

Einige Männer untersuchten den schwarzen Wagen mit

dem zerschossenen Scheinwerfer. Die Leiche lag mit dem Gesicht nach unten neben der Türe der Limousine. In der Finsternis konnte Tanner sehen, daß es ein großer, kräftiger Mann war.

Jenkins knipste seine Taschenlampe an und drehte die Leiche mit dem Fuß herum. Der Lichtkegel fiel ihr ins Gesicht.

Tanner erstarrte.

Es war Captain Albert MacAuliff.

Ein Polizeibeamter trat heran und sagte zu Jenkins:

»Die wollen herüberkommen.«

»Warum nicht? Jetzt kann ja nichts mehr passieren.« In Jenkins' Stimme klang mehr mit als nur eine Andeutung der Verachtung.

»Kommt rüber!« schrie McDermott einigen Männern im Schatten auf der anderen Seite des Parkplatzes zu.

Tanner konnte die drei hochgewachsenen Gestalten über die Kiesfläche gehen sehen. Sie gingen langsam, zögernd.

Bernie Osterman. Joe Cardone. Dick Tremayne.

Er hinkte, auf Jenkins gestützt, aus dem Gras, weg von Omega. Die vier Freunde sahen einander an; keiner wußte, was er sagen sollte.

»Gehen wir«, sagte Tanner zu Jenkins.

»Entschuldigen Sie uns, Gentlemen.«

Teil 4

Sonntagnachmittag

30.

Sonntagnachmittag in Saddle Valley, New Jersey. Die zwei Streifenwagen rollten wie gewöhnlich die Straßen hinauf und hinunter, aber sie rollten langsam dahin und bogen scheinbar träge in die schattigen Seitenstraßen. Die Fahrer lächelten den Kindern zu und winkten den Leuten zu, die ihren sonntäglichen Verrichtungen nachgingen. Man konnte Golftaschen und Tennisschläger in kleinen ausländischen Cabriolets und glänzenden Kombis sehen. Die Sonne leuchtete hell vom Himmel, die Bäume und der Rasen glänzten, erfrischt vom Julisturm.

Saddle Valley war wach, bereitete sich auf einen perfekten Sonntagnachmittag vor. Die Wählscheiben von Telefonen wurden gedreht, Pläne gemacht, unzählige Entschuldigungen für den vergangenen Abend angeboten. Sie wurden weggelacht – was zum Teufel, der letzte Abend war schließlich Samstagabend gewesen. In Saddle Valley, New Jersey, pflegte man alles, was sich Samstagabend zutrug, schnell zu vergeben.

Eine dunkelblaue Limousine mit Weißwandreifen, ein ziemlich neues Modell, fuhr in die Einfahrt der Tanners. Im Haus erhob sich John Tanner von der Couch und ging mühsam zum Fenster. Seine Brust und der ganze linke Arm waren bandagiert. Ebenso sein linkes Bein vom Schenkel bis zum Knöchel.

Tanner blickte zum Fenster hinaus auf die zwei Männer, die jetzt auf das Haus zugingen. Einen kannte er – Jenkins –, aber erst auf den zweiten Blick. Jenkins trug diesmal keine Polizeiuniform. Jetzt sah er wie ein typischer Bewohner von

Saddle Valley aus – leitender Bankangestellter oder Mitarbeiter einer Werbeagentur. Den zweiten Mann kannte Tanner nicht. Er hatte ihn noch nie gesehen.

»Sie sind hier«, rief er zur Küche hinüber. Ali kam heraus und blieb im Flur stehen. Sie war ganz alltäglich gekleidet, Jeans und ein Hemd, aber ihr Blick war alles andere als alltäglich.

»Ich glaube, wir müssen das hinter uns bringen. Der Babysitter ist mit Janet draußen. Ray ist im Club. Bernie und Leila sind inzwischen wohl schon am Flughafen.«

»Wenn sie es rechtzeitig geschafft haben. Sie mußten Aussagen machen und Papiere unterschreiben. Dick hat die juristische Vertretung für alle übernommen.«

Die Glocke schlug an und Ali ging zur Tür. »Setz dich, Darling. Ganz langsam, eines nach dem anderen, hat der Arzt gesagt.«

»Okay.«

Jenkins und sein ihnen unbekannter Partner traten ein. Alice brachte Kaffee, und dann setzten sich alle vier einander gegenüber.

Die Tanners auf der Couch, Jenkins und der Mann, den er als Grover vorstellte, in den Sesseln.

»Sie sind doch derjenige, mit dem ich in New York gesprochen habe, oder?« fragte John.

»Ja, der bin ich. Ich bin in der Agency. Übrigens, Jenkins auch. Er war seit eineinhalb Jahren hier eingeteilt.«

»Sie waren ein sehr überzeugender Polizeibeamter, Mr. Jenkins«, sagte Ali.

»Das war nicht schwierig. Das hier ist ein angenehmer Ort, nette Leute.«

»Ich dachte, es wäre der ›Abgrund des Leders‹.« Tanners Feindseligkeit war offenkundig. Die Zeit für Erklärungen war gekommen. Er hatte sie verlangt.

»Das natürlich auch«, fügte Jenkins mit leiser Stimme hinzu.

»Dann sollten wir besser drüber reden.«

»Also gut«, sagt Grover. »Ich will es in ein paar Worte zusammenfassen. ›Trennen und töten.‹ Das war Fassetts Motto. Omegas Motto.«

»Dann hat es wirklich einen Fassett gegeben. Er hat so geheißen, meine ich.«

»Freilich hat es den gegeben. Laurence Fassett war zehn Jahre lang einer der besten Agenten des CIA. Ausgezeichnete Beurteilungen, tüchtig. Und dann widerfuhr ihm einiges.«

»Er hat an den Feind verkauft.«

»So einfach ist das nie«, sagte Jenkins. »Wir wollen sagen, daß seine Loyalität wechselte. Sie hat sich drastisch verändert. Er wurde der Feind.«

»Und Sie wußten es nicht?«

Grover zögerte, ehe er antwortete. Er schien nach Worten zu suchen, die am wenigsten Schmerz bereiten würden. Er nickte kaum merkbar. »Wir haben es gewußt. Wir haben es schrittweise herausgebracht, über einige Jahre hinweg. Wenn Leute von Fassetts Kaliber abtrünnig werden, so merkt man das nie über Nacht. Das ist ein langwieriger Prozeß; eine Folge von Aufträgen mit einander widersprechenden Zielen. Über kurz oder lang zeigt sich dann ein Schema. Wenn es dazu kommt, macht man das meiste daraus – und genau das haben wir getan.«

»Mir scheint das furchtbar gefährlich und kompliziert.«

»Ein gewisses Maß an Gefahr vielleicht; kompliziert eigentlich nicht. Fassett ist manipuliert worden, so wie er Sie und Ihre Freunde manipuliert hat. Man hat ihn in die Aktion Omega eingeschaltet, weil er dazu geeignet schien. Er war brillant, und dies war eine explosive Situation. Gewisse Gesetze der Spionage sind fundamentaler Natur. Wir nahmen richtig an, daß der Feind Fassett die Verantwortung dafür übertragen würde, daß Omega *intakt* bliebe, er durfte nicht zulassen, daß es zerstört wurde. Er war gleichzeitig der General, der Verteidiger und die Angriffsmacht. Die Strategie war wohlüberlegt, das können Sie mir glauben. Beginnen Sie zu begreifen?«

»Ja.« Dieses Wort Tanners war kaum zu vernehmen.

»›Trenne und töte.‹ Omega existierte. ›Abgrund des Leders‹ *war* Saddle Valley. Die Überprüfung hier ansässiger Personen brachte die Schweizer Konten der Cardones und der Tremaynes zum Vorschein. Als Osterman auftauchte, stellte sich heraus, daß auch er ein Konto in Zürich hatte. Die Umstände waren für Fassett perfekt. Er hatte drei Ehepaare gefunden, die miteinander in eine illegale – oder zumindest höchst fragwürdige – finanzielle Transaktion mit der Schweiz verwickelt waren.«

»Zürich. Deshalb hat das Wort Zürich sie alle so nervös gemacht. Cardone war ja wie vom Blitz gerührt.«

»Dazu hatte er auch allen Anlaß. Er und Tremayne. Einer der Partner in einer höchst spekulationsfreudigen Maklerfirma mit einer Menge Mafia-Finanzierungen, der andere ein Anwalt, dessen Firma sich mit zweifelhaften Fusionsgeschäften befaßte – Tremayne, der Spezialist. Sie hätten ruiniert werden können. Osterman hatte am wenigsten zu verlieren, aber eine Anklage gegen ihn hätte bei seinen Verbindungen zu den Medien katastrophale Auswirkungen haben können. Wie Sie ja besser als wir wissen – die Welt der Medien ist höchst empfindlich.«

»Ja«, sagte Tanner ohne jedes Gefühl.

»Wenn es im Laufe des Wochenendes Fassett gelang, das Mißtrauen zwischen den drei Ehepaaren so zu verstärken, daß sie anfingen, einander Vorwürfe an den Kopf zu werfen

– würde der nächste Schritt Gewalt sein. Und sobald diese *Möglichkeit* einmal bestand, beabsichtigte das echte Omega, wenigstens zwei der Ehepaare zu ermorden. Dann konnte Fassett uns ein Ersatz-Omega liefern. Wer würde ihm da widersprechen können? Die Betreffenden würden tot sein. Es war brillant.«

Tanner erhob sich mit schmerzverzerrtem Gesicht von der Couch und hinkte an den offenen Kamin. Er hielt sich verärgert am Sims fest.

»Ich bin froh, daß Sie dasitzen und professionelle Meinungen äußern können.« Er wandte sich den Agenten zu. »Sie hatten nicht das Recht, *nicht das Recht!* Meine *Frau,* meine *Kinder* sind beinahe *ermordet* worden! Wo waren denn Ihre Männer draußen auf dem Grundstück? Was ist denn aus all den Schutzvorrichtungen der größten Firma der Welt geworden? Wer hat denn auf diesen elektronischen – *Dingern* gelauscht, die angeblich im ganzen Hause installiert waren? *Wo waren denn die Leute? Man ließ uns alleine in diesem Keller, ließ zu, daß wir beinahe starben!*«

Grover und Jenkins warteten. Sie akzeptierten Tanners Feindseligkeit ruhig und voll Verständnis. Dies war nicht das erste Mal, daß sie solches erlebten. Und dann sagte Grover leise, gleichsam als Kontrapunkt zu Tanners Ärger.

»In Operationen wie diesen rechnen wir damit, daß Fehler – ich will ehrlich sein, üblicherweise ein größerer Fehler – passieren. Das ist unvermeidbar, wenn man die Logistik bedenkt.«

»*Was für ein Fehler?*«

Jetzt sprach Jenkins. »Die Frage möchte ich gerne beantworten. Der Fehler war der meine. Ich war der leitende Beamte in ›Leder‹ und der einzige, der wußte, das Fassett abtrünnig geworden war. Der einzige. Am Samstagnachmittag sagte McDermott mir, daß Cole außergewöhnliche Informationen ausfindig gemacht hatte und mich sofort sprechen müsse. Ich habe das nicht mit Washington überprüft, es nicht bestätigen lassen. Ich habe es einfach akzeptiert und bin so schnell ich konnte in die Stadt gefahren. Ich dachte, daß Cole oder sonst jemand hier in ›Leder‹ herausgebracht hatte, wer Fassett wirklich war. Wenn das der Fall gewesen wäre, hätten wir völlig neue Anweisungen aus Washington bekommen müssen.«

»Wir waren vorbereitet«, unterbrach Grover. »Alternativpläne standen bereit.«

»Ich fuhr nach New York, begab mich in die Hotelsuite – und Cole war nicht da. Ich weiß, daß das unglaublich klingt, aber er war essen gegangen. Er war einfach *zum Abendessen gegangen*. Rr hatte den Namen des Restaurants hinterlassen, also fuhr ich hin. Dies alles nahm Zeit in Anspruch. Taxis, Verkehr. Ich konnte nicht telefonieren; alle Gespräche wurden mitgeschnitten. Fassett hätte etwas erfahren können. Schließlich erreichte ich Cole. Er wußte nicht, wovon ich redete. Er hatte keine Nachricht geschickt.«

Jenkins hielt inne, sein Bericht ärgerte ihn und war ihm sichtlich peinlich.

»Das war der Fehler?« fragte Ali.

»Ja. Das verschaffte Fassett die Zeit, die er brauchte. *Ich* verschaffte ihm die Zeit.«

»Riskierte Fassett denn nicht zuviel? Schließlich ging er damit doch selbst in die Falle? Cole hatte geleugnet, eine Nachricht geschickt zu haben.«

»Das Risiko hat er einkalkuliert. Sich die Zeit dafür ausgerechnet. Da Cole dauernd mit ›Leder‹ in Verbindung war, konnte eine einzige Nachricht, besonders eine aus zweiter Hand, leicht verstümmelt werden. Die Tatsache, daß ich darauf hereinfiel, sagte ihm auch noch etwas. Einfach ausgedrückt, ich mußte getötet werden.«

»Das erklärt aber die Wachen draußen nicht. Daß Sie nach New York fuhren, erklärt nicht, daß die Wachen nicht mehr da waren.«

»Wir sagten doch, daß Fassett brillant war«, fuhr Grover fort. »Wenn wir Ihnen sagen, weshalb die Leute nicht da waren, weshalb im Umkreis von Meilen keine einzige Streife war, werden Sie begreifen, *wie* brillant. Er hat systematisch sämtliche Männer von Ihrem Grundstück abgezogen, und zwar mit der Begründung, daß *Sie Omega* wären. Der Mann, den sie mit ihrem eigenen Leben beschützten, war in Wirklichkeit der Feind.«

»Was?«

»Denken Sie darüber nach. Sobald Sie einmal tot waren – wer konnte da noch das Gegenteil beweisen?«

»Aber warum glaubten sie das?«

»Die elektronischen Lauschgeräte. Sie funktionierten in Ihrem ganzen Hause plötzlich nicht mehr. Eines nach dem anderen fielen sie aus. Sie waren der einzige hier, der von ihrer Existenz wußte. Deshalb waren *Sie* derjenige, der sie ausschaltete.«

»Aber das stimmt doch nicht! Ich wußte nicht einmal, wo sie waren! Ich weiß es immer noch nicht!«

»Das hätte auch keinen Unterschied gemacht.« Diesmal sprach wieder Jenkins. »Die Kapazität dieser Sender reichte nur sechsunddreißig bis achtundvierzig Stunden. Nicht länger. Ich habe Ihnen gestern nacht einen gezeigt. Man hat ihn mit Säure behandelt. Es war bei allen der Fall. Die Säure hatte sich langsam durch die Stromkreise gefressen und die Geräte zerstört. Aber die Männer draußen wußten nur, daß sie nicht mehr funktionierten. Und *dann* erklärte Fassett, er hätte einen Fehler gemacht. *Sie* wären Omega, und er hätte das nicht erkannt. Man berichtete mir, daß er das sehr geschickt angepackt hat. Wenn ein Mann wie Fassett einen größeren Fehler zugibt, hat das etwas höchst Eindrucksvolles an sich. Er hat die Streifen zurückgezogen, und dann rückten er und MacAuliff für den Todesstoß vor. Sie waren dazu imstande, weil ich nicht hier war, um sie aufzuhalten. Er hatte mich vom Schauplatz des Geschehens entfernt.«

»Wußten Sie über MacAuliff Bescheid?«

»Nein«, antwortete Jenkins. »Er stand nicht einmal unter Verdacht. Die Deckung, die er sich verschafft hatte, war genial. Ein spießiger Kleinstadtpolizist, ehemaliger Angehöriger der New Yorker Polizei und darüber hinaus ein Rechtsradikaler. Offengestanden, der erste Hinweis, den wir bekamen, war Ihre Aussage, daß der Polizeiwagen nicht angehalten hatte, als Sie ihm aus dem Keller ein Zeichen gaben. Keiner der beiden Streifenwagen befand sich zu der Zeit in der Umgebung Ihres Hauses; das hat MacAuliff eindeutig geklärt. Aber er bewahrt in seinem Kofferraum ein rotes Signallicht auf. Eine ganz einfache Vorrichtung, die man auf dem Wagendach befestigen kann. Er umkreiste Ihr Haus, versuchte, Sie herauszulocken. Als er schließlich hierher kam, fielen uns zwei Dinge auf. Zunächst, daß man ihn über das Funkgerät in seinem Wagen erreicht hatte. Nicht zu Hause. Und zum zweiten eine allgemeine Bemerkung der Diensthabenden. Daß MacAuliff sich nämlich die ganze Zeit den Leib hielt und behauptete, seine Magengeschwüre machten ihm zu schaffen. Aber in MacAuliffs Akten war von Magengeschwüren nichts bekannt. Es war möglich, daß er verletzt worden war. Das erwies sich auch als richtig. Sein ›Geschwür‹ war eine Schnittwunde, die er Mr. Osterman zu verdanken hatte.«

Tanner griff nach einer Zigarette. Ali zündete sie ihm an.

»Wer hat den Mann in dem Wäldchen getötet?«

»MacAuliff. Machen Sie sich da keine Vorwürfe. Er hätte ihn getötet, ob Sie nun aufstanden und das Licht einschalteten oder nicht. Er hat auch Ihre Familie am letzten Mittwoch mit Gas betäubt. Er hat dazu Gas verwendet, das der Polizei für die Bekämpfung von Unruhen zur Verfügung steht.«

»Und was ist mit unserem Hund? Im Schlafzimmer meiner Tochter.«

»Fassett«, sagte Grover. »Sie ließen um dreiviertel Zwei Eiswürfel liefern; sie wurden vor dem Haus abgelegt. Fassett sah eine Chance, Panik zu erzeugen, also trug er sie ins Haus. Sie waren alle am Pool. Sobald er einmal im Haus war, konnte er handeln; schließlich ist er Profi. Er war einfach ein Mann, der Eiswürfel lieferte. Selbst wenn *Sie* ihn gesehen hätten, hätte er Ihnen sagen können, es handle sich um eine zusätzliche Vorsichtsmaßnahme seinerseits. Sie hätten bestimmt keinen Verdacht geschöpft. Und Fassett war ganz offensichtlich der Mann auf der Straße, der die Cardones und die Tremaynes betäubt hat.«

»Alles war darauf abgestimmt, uns *alle* in einem dauernden Zustand der Panik zu halten. Ohne Unterlaß. Mein Mann sollte dadurch gezwungen werden, einen unserer Freunde für den Schuldigen zu halten.« Ali starrte Tanner an und sagte dann mit leiser Stimme: »Und was haben wir getan? Wie haben wir reagiert?«

»Irgendwann war ich von jedem einzelnen überzeugt, daß er – oder sie – sich verraten hatte. Völlig überzeugt.«

»Sie hielten verzweifelt nach Hinweisen Ausschau. Die Beziehungen in diesem Hause während des Wochenendes waren im höchsten Grade persönlich. Fassett wußte das.« Grover sah zu Jenkins hinüber. »Sie mußten natürlich erkennen, daß alle Angst hatten. Sie hatten auch guten Grund dazu. Unabhängig von ihren eigenen persönlichen, beruflichen Schuldgefühlen teilten sie alle eine ganz besondere Schuld.«

»Zürich?«

»Genau. Das erklärt das, was sie am Ende taten. Cardone fuhr gestern nacht nicht zu seinem Vater in Philadelphia, der im Sterben lag. Er hatte seinen Partner Bennett angerufen und ihn gebeten herauszukommen. Er wollte nicht am Telefon mit ihm sprechen. Er dachte, sein Haus könnte vielleicht beobachtet werden. Und doch wollte er sich nicht weit von seiner Familie entfernen.

Sie trafen sich in einer Imbißstube an der Staatsstraße 5. Cardone erzählte Bennett von seinen Manipulationen in Zürich und bot an, von seinem Posten zurückzutreten. Er hatte die Idee, sich als Kronzeuge zu stellen, falls man ihm Immunität zusagte.«

»Tremayne sagte, er würde heute morgen abreisen.«

»Swissair. Direktflug nach Zürich. Er ist ein guter Anwalt und versteht sich auf diese Art von Verhandlungen. Er wollte retten, was zu retten war.«

»Dann ließen sie beide – unabhängig voneinander – Bernie im Stich.«

»Mr. und Mrs. Osterman hatten ihre eigenen Pläne. Ein Syndikat in Paris war bereit, ihre Investitionen zu übernehmen. Sie hätten nur ein Telegramm an ihre Anwälte in Paris zu schicken brauchen.«

Tanner stand auf und hinkte zu dem Fenster, das ihm den Blick auf den hinteren Teil seines Grundstücks bot. Er war nicht sicher, ob er noch mehr hören wollte. Die Krankheit grassierte überall. Sie ließ, wie es schien, niemanden unberührt. Fassett hatte das gesagt.

Das ist eine Spirale, Mr. Tanner. Niemand lebt mehr isoliert, gleichsam in einer Tiefkühltruhe.

Er drehte sich langsam zu den Regierungsbeamten um. »Es sind immer noch Fragen offen.«

»Wir werden nie alle Antworten liefern können«, sagte Jenkins. »Ganz gleich, was wir Ihnen jetzt sagen, werden diese Fragen noch lange da sein. Sie werden Ungereimtheiten finden, scheinbare Widersprüche, und daraus werden wieder Zweifel werden. Alles war für Sie zu subjektiv, zu persönlich. Sie haben fünf Tage lang in einem Zustand der Erschöpfung gearbeitet, mit wenig oder gar keinem Schlaf. Auch darauf baute Fassett.«

»Das meine ich nicht. Ich meine konkrete Dinge. Leila trug eine Brosche, die man in der Finsternis sehen konnte. In der Wand hinter ihr waren keine Einschüsse. Ihr Mann war nicht hier, als ich gestern nacht im Ort war. Jemand hat mir dort die Reifen zerschnitten und versucht, mich zu überfahren. Das Treffen am Lassiter-Bahnhof war *meine* Idee. Wie konnte Fassett davon gewußt haben, wenn nicht einer von ihnen es ihm gesagt hatte? Wie können Sie so sicher sein? Sie wußten nicht über MacAuliff Bescheid. Woher wissen Sie denn, daß sie nicht...« John Tanner hielt inne, als ihm klar wurde, was zu sagen er im Begriffe war. Er sah Jenkins an, der ihn seinerseits anstarrte.

Jenkins hatte die Wahrheit gesprochen. Die Zweifel waren wieder da.

Grover lehnte sich in seinem Sessel vor. »Alles wird zur rechten Zeit beantwortet werden. Jene Fragen sind nicht schwierig. Fassett und MacAuliff arbeiteten als Team. Fassett hatte veranlaßt, daß die Abhörleitungen auf seinen neuen Standort geschaltet wurden, sobald er das Hotel verließ. Er hätte leicht MacAuliff anrufen und veranlassen können, daß er Sie tötete, um dann selbst zum Bahnhof zu fahren, als MacAuliff ihm sagte, daß sein Vorhaben mißlungen war. Es ist kein Problem, sich andere Fahrzeuge zu verschaffen, und keine besondere Kunst, Reifen zu zerschneiden. – Mrs. Ostermans Brosche? Ein Zufall. Die Wand ohne Einschüsse? So wie diese Wand steht, ist direkter Beschuß fast unmöglich.«

»›Fast‹, ›hätte‹, ›können‹... O Gott!« Tanner ging zum Sofa zurück und setzte sich schwerfällig. Er griff nach Alıs Hand. »Augenblick.« Er fuhr zögernd fort: »Gestern nachmittag – ist in der Küche – etwas geschehen...«

»Das wissen wir«, unterbrach ihn Jenkins mit leiser Stimme. »Ihre Frau hat es uns gesagt.«

Ali sah John an und nickte. Ihre Augen blickten traurig.

»Ihre Freunde, die Ostermans, sind bemerkenswerte Leute«, fuhr Jenkins fort. »Mrs. Osterman sah, daß ihr Mann Ihnen helfen wollte, helfen *mußte*. Er konnte nicht einfach dableiben und zusehen, wie Sie getötet wurden. Sie stehen einander sehr nahe. Sie erteilte ihm die Erlaubnis, sein Leben für Sie aufs Spiel zu setzen.«

John Tanner schloß die Augen.

»Ich würde nicht darüber nachdenken«, sagte Jenkins.

Tanner sah Jenkins an und begriff.

Grover erhob sich aus seinem Sessel. Das war ein Signal für Jenkins, der es ihm gleich tat.

»Wir werden jetzt gehen. Wir wollen Sie nicht ermüden. Später wird noch genug Zeit sein. Das sind wir Ihnen schuldig... Oh, eines noch. Das gehört Ihnen.« Grover griff in die Tasche und holte einen Umschlag heraus.

»Was ist das?«

»Die Erklärung, die Sie für Fassett unterschrieben haben. Ihre Übereinkunft mit Omega. Sie werden mein Wort dafür akzeptieren müssen, daß die Bandaufzeichnung in den Archiven begraben ist. Auf tausend Jahre verschwunden. Um beider Länder willen.«

»Ich verstehe... Eines noch.« Tanner hielt inne, er hatte Angst vor seiner eigenen Frage.

»Ja, bitte?«

»Welcher von ihnen hat Sie gerufen? Wer hat Ihnen das von dem Lassiter-Bahnhof gesagt?«

»Sie haben es gemeinsam getan. Sie trafen sich alle hier und beschlossen, die Polizei anzurufen.«

»Einfach so?«

»Das ist ja die Ironie des Ganzen, Mr. Tanner«, sagte Jenkins. »Wenn sie das, was sie hätten tun sollen, früher getan hätten, wäre nichts von all dem geschehen. Aber sie haben sich erst letzte Nacht zusammengetan und einander die Wahrheit gesagt.«

Saddle Valley war von Flüstern erfüllt. In dem schwach beleuchteten Pub sammelten sich Männer in kleinen Grüppchen und redeten leise miteinander. Im Club saßen Ehepaare um den Pool und unterhielten sich mit leiser Stimme über die schrecklichen Dinge, die ihr ruhiges, sympathisches Zuhause berührt hatten.

Seltsame Gerüchte waren im Umlauf – die Cardones hatten einen langen Urlaub angetreten, und niemand wußte wo; in der Firma gab es Schwierigkeiten, sagten manche. Richard Tremayne trank mehr als gewöhnlich, und schon das, was er gewöhnlich trank, war zuviel. Und auch andere Geschichten über die Tremaynes waren im Umlauf. Das Mädchen war nicht mehr bei ihnen. Das Haus bei weitem nicht mehr das, was es einmal gewesen war. Virginias Garten sah bereits ungepflegt aus.

Aber bald hörten die Geschichten auf. Saddle Valley war durchaus widerstandsfähig. Die Leute vergaßen nach einer Weile, sich nach den Cardones und den Tremaynes zu erkundigen. Eigentlich hatten sie ohnehin nie hineingepaßt. Ihre Freunde waren eigentlich nicht von der Art, wie man sie im Club gerne hatte. Es war einfach nicht die Zeit, sich viele Gedanken zu machen. Es gab so viel zu tun. Saddle Valley war im Sommer ein herrlicher Platz. Warum sollte es das auch nicht sein?

Isoliert, sicher, unverletzbar.

Und John Tanner wußte, daß es nie wieder ein Osterman-Weekend geben würde.

Teile und töte.

Omega hatte trotz allem gesiegt.